我思

我思，我读，我在
Cogito, Lego, Sum

沈志明 主编
Collection de précurseurs
先驱译丛

（法）阿纳托尔·法朗士 著
吴岳添 译

Anatole France

Pourquoi nous sommes tristes
Essais littéraires
d'Anatole France

我们为什么忧伤
法朗士论文学

广西师范大学出版社
GUANGXI NORMAL UNIVERSITY PRESS
·桂林·

我们为什么忧伤：法朗士论文学
WOMEN WEISHENME YOUSHANG: FALANGSHI LUN WENXUE

策　　划：吴晓妮@我思工作室
责任编辑：张玉琴
助理编辑：韩亚平
装帧设计：何　萌
内文制作：王璐怡

图书在版编目（CIP）数据

我们为什么忧伤：法朗士论文学 /（法）阿纳托尔·法朗士著；吴岳添译. —桂林：广西师范大学出版社，2020.12
（先驱译丛 / 沈志明主编）
ISBN 978-7-5598-3142-2

Ⅰ. ①我… Ⅱ. ①阿… ②吴… Ⅲ. ①文学评论－世界－文集 Ⅳ. ①I106-53

中国版本图书馆 CIP 数据核字（2020）第 156455 号

广西师范大学出版社出版发行
（广西桂林市五里店路 9 号　邮政编码：541004）
网址：http://www.bbtpress.com
出版人：黄轩庄
全国新华书店经销
山东韵杰文化科技有限公司印刷
（山东省淄博市桓台县　邮政编码：256401）
开本：787 mm × 1 092 mm　1/32
印张：9.875　　　字数：180 千
2020 年 12 月第 1 版　　2020 年 12 月第 1 次印刷
印数：0 001—4 000 册　　定价：56.00 元

如发现印装质量问题，影响阅读，请与出版社发行部门联系调换。

CONTENTS
目 录

001　译序

011　欧里庇得斯
022　莎士比亚
037　法兰西喜剧院里的哈姆莱特
044　拉伯雷
054　斯塔尔夫人
064　乔治·桑和艺术的理想主义
072　巴尔扎克
081　梅里美
090　居斯塔夫·福楼拜
100　居斯塔夫·福楼拜的观念
110　夏尔·波德莱尔
120　波德莱尔的雕像
128　保尔·魏尔伦
140　保尔·魏尔伦:《我的医院》
148　斯特凡·马拉美:《诗与散文》

160	伊波利特 · 泰纳
165	埃德蒙 · 德 · 龚古尔
169	关于龚古尔兄弟的《日记》
179	左拉先生的纯洁
187	《土地》
199	《金钱》
208	《崩溃》
217	居伊 · 德 · 莫泊桑先生——批评家和小说家
224	居伊 · 德 · 莫泊桑先生和法国讲故事的人
235	在马拉凯码头上 ——亚历山大 · 仲马先生和他的演说
244	小仲马
250	阿尔封斯 · 都德
289	诺贝尔文学奖授奖辞
300	诺贝尔文学奖获奖演说
302	法朗士年表

译 序

阿纳托尔·法朗士（Anatole France，1844—1924）是法国19世纪末20世纪初重要的现实主义作家，是维系从左拉到罗曼·罗兰的法国民主主义传统的纽带，他率先把自己的斗争汇入了社会主义的时代潮流，是法国现代进步文学的开拓者。在长达六十年的创作生涯里，他出版了近四十卷作品，包括小说、诗歌、评论、政论、戏剧和回忆录，在当时的法国甚至全欧洲产生了巨大的影响。

法朗士原名阿纳托尔-弗朗索瓦·蒂波，出生于巴黎一个普通的书商家庭，从小就养成了读书的嗜好。他的父亲经营与法国大革命有关的书刊和资料，吸引了不少共和主义者，对他后来形成厌恶暴力的人道主义思想很有影响。中学毕业后，他靠着自学积累了丰富的知识，参加过主张唯美主义诗歌的帕尔纳斯派。他的诗作《金色诗篇》（1873）表达了对弱小动物的怜悯和对幸福的渴望，三幕诗剧《科林斯人的婚礼》（1876）把基督刻画成毁灭人间爱情的元凶，这部作品也被认为是帕尔纳斯派的杰作,他因此被推荐到参议院图书馆去担任职员。

1881年,法朗士发表小说《希尔维斯特·波纳尔的罪行》,塑造了学者波纳尔心地善良、学问渊博的感人形象,其实这就是他本人的写照。小说反映了他向往美好生活的乐观心情,是一曲对人性的善和美的动人赞歌,出版后获得法兰西学院的小说大奖。法朗士因而一举成名,得以出入贵妇们的沙龙,结识了他的终身伴侣——热情博学的卡娅菲夫人,并且在她的影响下,把早年发表的诗歌《圣女苔依丝的传说》改写成小说《苔依丝》。小说描写贵族子弟巴福尼斯在牧师的感召下皈依基督教,来到尼罗河畔的沙漠里苦修了十年。但是他忘不了美貌放荡的女演员苔依丝,赶到亚历山大城去把她从罪恶的深渊中拯救出来,送进了女修道院。可是巴福尼斯回到沙漠之后却坐卧不宁,终于不得不承认自己是爱上了她。最后苔依丝死后升入了天堂,巴福尼斯却被打入了地狱。

《苔依丝》栩栩如生地再现了古代埃及的风貌,使世俗生活的欢乐与修道士们的愚蠢形成鲜明的对比,这部反基督教的杰作引起了教权主义者的猛烈抨击,导致后来法朗士的所有作品都被罗马教廷列为禁书。法朗士目睹了上流社会的腐败,对国家、军队、教会、家庭和道德等貌似神圣的一切都产生了怀疑,愤而辞职成为专业作家,写出了哲理小说《鹅掌女王烤肉店》(1892)。它类似于伏尔泰的《天真汉》，借用18世纪的故事作框架，以烤肉店店主的儿子雅克·烤肉扦回忆老师瓜纳尔长老的言行的方式，以卓越的讽刺天才嘲弄了法国的社会现实。

法朗士于1896年当选为法兰西学院院士。不久德雷福斯事件爆发，犹太裔上尉德雷福斯被诬陷为向德国出卖军事机密的叛徒，被军事法庭判处终身监禁，从而加剧了民族主义的排犹浪潮。左拉挺身而出主持正义，成为德雷福斯派的领袖，法朗士始终和他并肩战斗，并在左拉去世以后继续坚持斗争。与此同时，他开始信仰社会主义，接近无产阶级和劳动人民，支持一切反对帝国主义和殖民主义的斗争，成为国内外著名的进步人士。尤其难能可贵的是，他还为备受列强欺凌的中国人民仗义执言。

法朗士的短篇小说《克兰比尔事件》（1901）描绘了卖菜老人克兰比尔的悲惨命运，这其实就是德雷福斯事件的缩影。小说深刻地揭露了资产阶级司法的腐败和资本主义制度的本质，在当时产生了很大的影响。1906年，德雷福斯终于获得彻底平反，法朗士全力支持的左翼联盟上台执政，但是激进党领袖克雷孟梭担任总理后竟镇压工人的罢工，使法朗士的人道主义梦想化为泡影。他在失望之余先后出版了《企鹅岛》（1908）和《天使的叛变》（1914），借用幻想小说来讽刺法国的历史和现实。他还写了一部反映法国大革命的名著《诸神渴了》（1912），以朴实悲壮的笔调记录了雅各宾专政时期的恐怖情景，希望人们从大革命的失败中吸取沉痛的教训。这部作品至今仍未失去它的现实意义。

十月革命胜利之后,法朗士支持苏维埃政权,带头签名抗议帝国主义国家对苏联的封锁,并且表示了对马克思的敬仰。1920年12月,法国统一社会党在图尔大会上发生分裂,他对新成立的法国共产党十分同情并积极捐款。1921年1月11日,《人道报》报道了他为法国共产党捐款的消息,并认为这是他加入法共的实际行动。他于同年荣获诺贝尔文学奖。1924年10月12日,法朗士在巴黎去世,法国政府和人民为他举行了隆重的国葬。

除了在小说创作和政治活动方面的成就之外,法朗士还是法国现代著名的文学批评家。从1886年到1893年,他在《时代报》上开设名为《文学生活》的评论专栏,一共发表了约三百篇评论,其中有一半被收入四卷本的《文学评论》出版。后来出版的《法朗士全集》又增加了一些篇目,共有208篇,分为6卷。从古希腊的欧里庇得斯到英国的莎士比亚,这些评论的内容包罗万象,但主要是对法国作家,特别是与他同时代的重要作家的评论。

19世纪是法国文学全面繁荣的时代,也是文艺理论和文学批评得到充分发展的时代。这个时代的批评家可以分为三类。

第一类是专门的文艺批评家,例如文艺批评家圣伯夫。

他发表了多部评论集,最有代表性的是十五卷《月曜日丛谈》。伊波利特·泰纳发表了《英国文学史》和《艺术哲学》,倡导自然主义的美学理论。布吕纳介[1]的批评论著最多,朗松[2]则以权威的《法国文学史》著称。拉法格[3]的文论虽然不多,却是法国最早的马克思主义文学批评家。

第二类是有文论的作家。他们并非专门从事文艺批评,但大多属于某个流派,为了阐述本流派的文学主张,往往写有重要的文艺论著或论文。例如浪漫主义文学的先驱斯塔尔夫人,她的《论文学》为文学的社会学批评开辟了道路。此外,雨果有《〈克伦威尔〉序》等许多宣扬浪漫主义的论文,巴尔扎克有《〈人间喜剧〉前言》等大量表达现实主义观点的序言,波德莱尔有著作《美学珍品》《浪漫派艺术》和关于美术的评论,左拉有评论集《实验小说论》和《自然主义小说家》等。

第三类可以称为散论家,他们既不是专门的批评家,也不是某个流派的成员。法朗士就属于这一类,所以他自己认为"我根本不是一个批评家"。一般来说,作家或多

---

[1] 费迪南·布吕纳介(Ferdinand Brunetière, 1849—1906),法国文学批评家,法兰西学院院士。
[2] 居斯塔夫·朗松(Gustave Lanson, 1857—1934),19世纪末20世纪前期法国文学史的研究与评论的权威,曾任巴黎高等师范学校校长。
[3] 保尔·拉法格(Paul Lafargue, 1842—1911),法国工人党的创始人之一,马克思的学生和女婿,法国最早的马克思主义理论家、宣传家和文艺批评家。

或少都会写一些评论，但只有其中的佼佼者才能独辟蹊径并自成一家。例如布尔热[1]在心理批评方面卓有成就，而法朗士的批评则是崇尚真善美的人道主义批评。他的批评不受任何理论的束缚，不拘泥于任何规则，而是凭自己的印象说话，有感而发、灵活生动。如果一定要指出他的批评倾向的话，可以说他与同时代注重形式美和表现真实的印象主义画派比较接近，或许可以归于印象主义批评的范畴。

　　法朗士以爱美著称，认为"在我们所有的人身上，无论是小人物还是大人物，在卑贱者和高贵者的身上，都有着一种爱美的本能，一种美化和装饰的愿望，它们散布在世界上形成了生活的魅力"。因此他对歌颂理想和美好事物的作家赞誉有加，例如对乔治·桑和莫泊桑等作家表示由衷的赞赏。他崇尚激情、爱情和一切美好的感情，"激情具有一些永恒的、永远不会消失的权利。它是人类事物的灵魂……没有它的话，人们就不再交流思想，因为世界会完结：世界是只有通过激情才存在的"。

　　法朗士继承了18世纪法国无神论者反对一切宗教的唯物主义传统，自称是百科全书派重要成员孔狄亚克的学生。他反对宗教，在许多小说里抨击信仰狂的虚伪，甚至把上帝写成一个暴君。他崇尚科学，但是并未走向当时流行的唯科学主义，而是对科学有着正确的理解，认为"纯

---

[1] 保尔·布尔热（Paul Bourget, 1852—1935），法国心理小说家，著有《当代心理学论丛》等批评论著。

粹的科学不可能是道德或不道德的。它独立于人类的一切观念、习俗和信仰，在实验室的沉默中追求着它崇高的目标——真理"。

法朗士把幽默和讽刺作为他得心应手的武器："没有讽刺，世界就会成为一座没有鸟儿的森林。"他是继伏尔泰之后法国最优秀的幽默大师，善于把动人的故事和对现实的抨击巧妙地融为一体，以丰富美妙的想象来表现寓意深刻的哲理，使人们在优美的艺术享受中得到教益和鼓舞，而且在辛辣讽刺的同时始终不失其高雅的风度，因而在法国文学史上占有重要的地位。

法朗士的批评具有坦诚的特色。他有感必发，并不讳言名家的缺点。例如他指出斯塔尔夫人的文笔不够简洁，拉伯雷是不自觉地写出了杰作，甚至认为雨果"没有人性，人心的秘密从未被他完整地揭示出来，他生来不是为了理解和爱的"。他对左拉《土地》的猛烈抨击更是人所共知。然而他一旦认识到自己批评失当就会勇于改正，例如他不是在德雷福斯事件爆发后才站在左拉一边的，而是从左拉发表《崩溃》以后就改变了对左拉的看法。他在出版帕尔纳斯派的文集时曾删去了马拉美和魏尔伦的诗作，因为"我不理解关于绝对的哲学，因而很难解释斯特凡·马拉美先生难懂的章节"。但是他后来承认："奥秘难道不是常常富有诗意？从前，我一直要求诗句有一种确定的意义，这是我的一个谬误。"

法朗士敢于对传统的观点提出质疑。他驳斥了勒孔特·德·李勒关于在中世纪里只看到饥荒、无知、麻风病和火刑的看法："实际上，在这个如果我们了解更多就会觉得不那么黑暗的时代里，还有许多其他的东西。"他在评论法国讲故事的人时，就系统地回顾了中世纪在文学方面的成就，表明他并不因袭成见，把中世纪看成黑暗的时代。同样，他也不同意文艺只属于有闲阶级的看法，而是一贯对劳动人民表示同情："我不认为必须出类拔萃才有权利说说自己是怎么回事。相反地，我认为普通人的隐情是值得倾听的。"

法朗士是公认的语言大师，他善于学习民间口语，总是用最富特征的语言来刻画人物，因此他的小说读起来总是明白生动、自然流畅，显示出法国古典主义语言明晰的特色。他对重要的作家通常都用简洁的语言做出公正的评价。"作家重要的修养就是把许多意义包含在很少的词语里。我们需要用那么多纸张来说明我们怎样感受生活吗？"他的评论大多篇幅不长，言简意赅，虽然已经隔了一个多世纪，但至今读来仍然清新感人。

法朗士的评论发表于19世纪末，也就是到了可以对19世纪的各种重要的文学思潮进行总结的时候，所以他的评论能够超脱某个流派的限制，而且具有纵观法国文坛全局的眼光，以及对不同的文学观和批评观进行比较的能力。因此法朗士的文艺评论是一份宝贵的文化遗产，不仅有助于我们研究法国19世纪的文学和批评，而且他的许多文艺观点至今仍然值得我们借鉴。

本书的目录是由沈志明先生选定的，笔者在翻译过程中对个别篇目进行了调整。法朗士的评论内容极为丰富，涉及大量的人名地名，笔者为此查阅了许多资料，根据需要对重要的人名和地名加了必要的注释。同时附上法朗士在获得诺贝尔文学奖时的授奖辞和获奖演说，以及法朗士的生平及创作年表。译文如有不妥之处，请专家和读者不吝指教。

吴岳添
2007年8月于北京
2020年7月修订

欧里庇得斯

勒孔特·德·李勒先生今天给了我们一场抒情戏剧《阿波罗尼德》，这是一部模仿古代风格的习作。众所周知，仿照歌德的榜样，《古代诗集》和《蛮荒诗集》的作者多次以完美的技巧，把希腊诗歌的形式移植到我们的语言里。尤其是在十二年以前，他写出了一个悲剧，其中的感情和色彩都借自埃斯库罗斯。

现在出现在书店里的《阿波罗尼德》是一种同样性质的习作，不过模特完全不同。这一次不再是埃斯库罗斯，而是欧里庇得斯。《阿波罗尼德》就是雅典第三个悲剧的伊翁[1]。

勒孔特·德·李勒先生在与希腊戏剧的巨人搏斗时显得精力过人，当他必须与欧里庇得斯那样多变又温存的天才较量时却又证实了自己的灵活。他为这次比赛找到了一

---

[1] 古希腊神话中的人物，是雅典王埃瑞克修斯之女克柔萨的儿子。译者注。本书脚注除特殊说明者均为译者注。

些充满温馨、魅力和柔情的法宝。他只要乐意就能显得强壮而粗暴,但在这里却显得和睦而纯真。实际上,人们不可能把神奇的诗歌艺术推进得比这位大师更远了。这部新作和以前的作品一样,以其无懈可击的完美令人震惊。

我说过《阿波罗尼德》的魅力是虔诚的魅力。在希腊原作里确实有一种被这位法国诗人仔细保留的神殿的芳香。主人公是一个年轻的祭司,舞台是一座神殿,每次合唱都是一次祈祷,结局是一篇神谕。

欧里庇得斯不是信徒,他是无神论者,然而同时是神秘主义者。他擅长描绘把青年男子的美和禁欲者的纯洁融合在一起的、伊翁和希波吕忒[1]这样的年轻信徒。

太阳升起的时候,年轻的伊翁穿着白色的衣服,戴着花冠,从阿波罗神庙的台阶上下来,采了一支具有象征意义的月桂树枝:

> 月桂树啊,在天国的花园里一片翠绿,
> 由芬芳的黎明用它的泪水来浇灌!
> 月桂树,显赫的欲望,把致命的日子遗忘,
> 它慰藉我们痛苦的是一个不朽的梦想!
> 请允许我用虔诚的双手,美丽的树啊,
> 将你神秘的树叶轻轻地擦过教堂的广场,

---

[1] 古希腊神话中阿玛宗人的女王,战神阿瑞斯的女儿。

以便大理石的可敬的白色
被心醉神迷的眼睛赞赏!

源泉啊,永远不会枯竭,
和谐地流淌和歌唱,
在青苔里,在被露水压弯的百合之间,
在孤独而迷人的山坡之上!
活水啊!在特尔斐城阿波罗神殿的门槛和台阶上,
倾泻着天蓝色瓶里的珍宝,
但愿我命定的日子里的波涛
也像贞节而纯洁的你一样流淌!

优美诗句的魔力啊!我们就这样被魔力带到了诗人、雕刻家、建筑师和哲学家们的神圣的雅典。

塞克罗普斯[1]的这块小岩石很久以来就是坚硬的、覆盖着油漆的、神秘微笑着的偶像。那里生活着既粗野又极美的、在编成辫子的长发里戴着金蝉的人,以及一大群靠大蒜和歌曲长大的水手。尚未开化的妇女们在广场上撕碎报告灾祸的信使。一个英勇而野蛮的守护神统治着小小的城邦,他的形象压在被米提尼亚战争[2]摧毁的古老的帕特农神

---

1 古希腊传说中的英雄,雅典的第一任国王。
2 公元前5世纪希腊人与波斯帝国的战争。

庙又大又低的轮廓上。

人类最动人的事物——雅典的守护神忽然粉碎了。马拉松[1]和萨拉米斯岛[2],被雅典人拯救的希腊,从波斯人那里夺得的珍宝,脱去镀金的便鞋坐在选中的城邦之上的胜利女神;如此迅速地来到的光荣和那么多的欢乐改变了雅典,使它成了具有白色的三角楣、金色和象牙色的巨像的城市,爱奥尼亚城邦的丰满的女保护人,斯巴达的漂亮对手,归根结底是由索福克勒斯的悲剧反映其和谐特性的祖国。但是这些辉煌的时刻非常短暂。在强大时保持节制,在富裕中保持朴素,服从众神,宁静的和平,在雅典如此富裕和如此突然的生活中,这样的日子很快就过去了。当和谐和完美的一致不再流露出来,当哲学精神的混乱使马拉松士兵们的孩子心神不安,人的权利被冒失地宣布,科学摧毁了有益的成见,城邦的众神被推理所抨击、被合法的毒药所报复的时候,谁将是令人不安的日子里的诗人?什么样的焦虑和悲伤的形象能表达新的思想?是欧里庇得斯。

如果愿意相信的话,这是一个开头像童话的故事。内萨克是小酒馆老板,他的妻子克里托是萨拉米斯岛上的香

---

[1] 雅典东北部约42公里处的村名。公元前490年,古希腊人在此战胜敌军,有个名叫斐迪辟的士兵从马拉松一口气跑到雅典报捷后死去。为了纪念这一事迹,1896年在雅典举行的第一届现代奥运会把马拉松至雅典的约42公里的距离列为比赛项目,即马拉松赛跑。
[2] 希腊岛屿,在雅典西部,希波战争中希腊舰队在这里摧毁了薛西斯一世的舰队。

料商,他们是在薛西斯一世[1]的波斯人来犯时到这里来避难的。克里托成了母亲,可怜的丈夫把巨大的希望寄托在即将出生的孩子身上。善良的内萨克就一个如此重要的问题去向神咨询,神回答说这段从小酒馆开始的命运,会在"戴着温柔而神圣的花冠"的荣誉中结束。孩子出生在第75届奥林匹亚竞技的第一年[2],血洗欧里普[3]的光荣的战斗日,所以他被命名为欧里庇得斯。为了协助实现神谕,可怜的双亲把他们的儿子培养成了一个田径运动员。他们唯一能想到的花冠就是竞技场的花冠,何况希腊人是尊重运动员的。对于一个崇拜人体的民族来说,角斗士的男性美怎么会不珍贵呢?只有哲学家才认为拳击、竞技和赛跑的荣誉是卑贱的:

"运动员,"他们说,"跟我们无法相比,因为高于人和马的体力之上的是我们的智慧。"

欧里庇得斯倾向于这种哲学,然而他之所以放弃竞技,停止在肢体上涂油,是为了用蜂蜡在木板上绘画,按照希腊的审美观致力于描绘纯粹的、不加缩短和透视地呈现的形态。但是他没有长期练习使用在火里烧红的小棒,而是转向另一种艺术,在普罗迪科斯的指导下研究修辞学。这

---

1 薛西斯一世(Xérxēs I,约公元前519—公元前465),波斯帝国国王,大流士一世之子。
2 两次奥林匹亚竞技之间有四年的间隔。
3 希腊地名,是欧贝岛与维奥蒂亚州之间的小通道。

位老师教导说什么都不是绝对的，人觉得可爱就是好的，让人不高兴的就是坏的。他否定庸人崇拜的众神，用生命为他具有远见卓识的亵渎付出了代价：他喝了毒芹汁。在普罗迪科斯的家里，欧里庇得斯遇到了一些友好的人，一些爱动脑筋的同行。他们揭示了他思想的高傲，对巧妙推理的热爱，对宗教的温和亵渎，归根结底就是他的本性。然而欧里庇得斯真正的老师是克拉佐美尼的阿那克萨戈拉[1]，他在雅典讲授爱奥尼亚学派的学说。与这些学派的精神相适应，他研究万物的本原，并且相信在他所说的"奴斯"（nous），也就是精神里找到了它。他说，动物、植物、世界，一切都以不同的方式渗透了精神。通过它，植物能认识和渴望：它们为长叶子而高兴，为枯萎而悲痛。精神决定全部思想的所有形态，在给人两只手的同时也控制了手。对大自然的凝视，对永恒规律的可悲而自豪的顺从，对事物的强大和人类的弱小的感受，这就是年轻的欧里庇得斯在这位对现象观察深刻、因精神自由而伟大的哲学家的学派里要理解的东西。阿那克萨戈拉的自然学是完全合理的。他把许珀里翁的儿子、"不知疲倦地被他的马拖着，照亮着必死的人和不死的众神的太阳神"说成一块炽热的大石头，比伯罗奔尼撒半岛还要大。在这种自然学看来，风不再是神奇的，而是来自空气的突然稀薄。阿那克萨戈

---

[1] 阿那克萨戈拉（Anaxagoras，约公元前500—约公元前428），古希腊哲学家。

拉向雅典人揭示日食的原因，从而使他们免去了一种古老而又代价昂贵的恐惧。他被控告为不信神，是伯里克利[1]的泪水使他免遭处死。雅典人将他驱逐出境，或者不如像他所说的那样，是他们远离了他。他隐居在朗普萨柯[2]。他最后的想法是善意的，说明他是一个可爱的老人：他要求把他死去的那天作为小学生的假日。他死时72岁，人们相信他是心甘情愿地离开了他曾在这里深入思考的世界。

他的弟子还很年轻时就显得是个诗人。在第81届奥林匹亚竞技的第一年，他在巴克科斯[3]剧场上演了第一出悲剧，这个剧场背靠塞克罗普斯的岩壁，靠真正的日光来照明。

阿那克萨戈拉的学生在这里从一个新的角度表现了人类的行为，他在悲剧里贯穿了他学过的哲学。在此之前，命运一直影响着悲剧，使它看起来是一片可怕的黑暗。一种无法把握的、难以理解的、与人无关的权力，使人们彼此折磨。一些巨人般的英雄高傲地一动不动，在平静的恐怖中等待命定的杀人或被杀、世代的仇杀。像大屠杀那样大规模的杀戮的时刻，就是老埃斯库罗斯让观众看得害怕、透不过气来的形象。索福克勒斯本人是最完美的诗人，

---

1 伯里克利（Pericles，约公元前495—公元前429），古代雅典政治家，民主派的代表人物。
2 在小亚细亚北端。
3 古希腊神话中的酒神。

法朗士论文学　017

最纯粹的悲剧家,他设想的命运是一种独立于人的力量。欧里庇得斯则把人的命运置于人自身,它决定着行动的动机。他第一个描绘了生命活动的全部益处,这些比健康重要千倍和更为珍贵的心灵疾病的(我的意思是指全部的激情)美。

娶了内西罗克的女儿科莉娜之后,他与岳父这个出色的文人过着和睦的生活,但却因妻子的不端行为经受着残酷的痛苦。失去妻子之后,他娶了另外一个女子,她让他受着同样的痛苦。她名叫梅利托。欧里庇得斯的整个一生都流露出悲伤的色彩。他常常到故乡的岛上去思考他的悲剧。从那以后,人们就展示萨拉米斯岛上的一个石室,这位最古老的描绘悲哀的诗人就在那儿的阴影里梦想。一个亚历山大人如此简洁明了地说起过他:"高贵的阿那克萨戈拉的弟子为人不大可爱:他几乎不笑,甚至不会在饭桌上说笑话,但他所写的都很美,是美人鱼的歌声。"

尽管他喜欢和一些朋友谈话,但最乐意的还是和书籍交往。他拥有一个图书馆,这在当时是罕见的新鲜事情,那时人人都几乎只在充满花香和蜜蜂的露天里谈论诗歌、科学或哲学。他对阅读的兴趣是如此强烈,以至于把能够安静地"翻阅这些向我们说话和造成智者的光荣的纸张"当成一种恩惠。古代的胸像使我们看到他瘦长的面孔,上面有着疲惫和痛苦的皱纹。前额的高甚于宽,头顶上稀少的头发卷曲着落在耳朵上面,沉思的大眼睛,嘴角略微下垂，他身上的一切都表明他是个温和而忧伤的人，生活没有给他任何安慰。

他与当时在剃须匠的铺子里讲授智慧的苏格拉底建立了友谊。费纳瑞特[1]的儿子几乎从来不去剧场，但是却观看了欧里庇得斯的全部悲剧。有人甚至说他参与了其中某些诗篇的编写。人们永远无法知道在欧里庇得斯的悲剧里，苏格拉底的手笔占有多大的比例，但是按照亨利·韦尔的看法，在诗人的一些格言里，特别是他在《美狄亚》里用肉体的爱，去反对另一种属于智者派（即美德派）的、由美好的心灵所启示的、（他认为）好得多的爱，都略微可以看出苏格拉底教导的痕迹。

人所共知，阿那克萨戈拉后来被怀疑论者所认同，因为至少从他以哲学的冷漠来看待庸人所说的善恶来看，他是属于他们之列的，他总是把智慧置于冷漠之中。这也是欧里庇得斯的哲学，他把沉思看成至高无上的善。

他常说："拥有学问的人是幸福的！他不寻求侵犯他的同胞，不考虑不正当的行为。注视着万物永恒的本性、经久不变的秩序、起源和要素，他的灵魂不会因任何可耻的欲望而败坏。"

这就是动人而高尚的格言。但是像普罗迪科斯、阿那克萨戈拉和苏格拉底一样，欧里庇得斯对于众神有着与城

---

[1] 苏格拉底的母亲。编注。

邦的古老格言相反的想法，这种现代的科学精神在某些观察家的眼睛里构成了一种对宗教的危险亵渎。欧里庇得斯的全部作品都流露出对希腊神圣和英雄的概念的蔑视，由此产生了一切仇恨、凌辱和灾难。归根结底，要么像普罗迪科斯那样逃走，要么像阿那克萨戈拉那样死去。哲学的诗人离开了雅典，到一个暴君身边去寻找这种民主没有赋予他的自由。他死在阿尔克拉奥斯[1]王宫的住所里。

以上我不知不觉地讲述了欧里庇得斯的生平。我不会像那个展示魔灯的人那样，对你们说如果重新开始的话我还会这样讲。相反，我相信我会用另一种稍微不同的方式来讲述。我不会再说欧里庇得斯曾是运动员和画家，因为实际上人们对此一无所知。一块古代的石头向我们展现了他在两个分别代表"体育场"和"悲剧"的女人之间犹豫不决。但是必须了解这块石头是不是古代的，以及它是否真正代表着欧里庇得斯，还有归根结底，雕刻师是否没有受到过任何一则传说的启发。厄泽伊先生会用他可靠而迷人的学问告诉我们。我是不会知道的。听说有人在迈加拉[2]展示欧里庇得斯创作的一些绘画，然而这种说法可靠吗？当然，必须要有讲述的怪癖，才能讲出一些像这样没有把握的故事。我多么愿意只让读者去看亨利·韦尔先生写在

---

[1] 阿尔克拉奥斯，马其顿国王（公元前413—公元前399），曾接待过流亡的欧里庇得斯。
[2] 希腊地名。

这本收有欧里庇得斯七部悲剧的选集前面的序言！那是学问在说话。不过，按照希腊人的榜样，我喜欢故事，乐于听所有的诗人和哲学家所说的一切。哲学和文学，这是西方的《一千零一夜》。

莎士比亚

一　莎士比亚和培根[1]

一个我认识的"记者",有一天和一位哲学教授在咖啡馆里喝着啤酒,聊着一桩谋杀案和一次火灾的时候,产生了要了解上帝的兴趣。他询问同桌的伙伴,对方不等他请求就追根溯源、滔滔不绝地说了起来,但是我的记者朋友不习惯一本正经的抽象语言,绝非那种会陶醉于玄学的神圣狂欢的人,所以就不再谈下去了。刚听到本质和因果关系这两个词,他就焦躁不安地拍起脑门来。接着,当对方和他谈到偶然性的时候,他立刻打断了谈话,永远不想再发现永恒的真理了。在回到与他的才华极为相称的职业上去之后,他喊道:

"幸亏上帝不是一条新闻!"

不,上帝不是一条新闻。不过我不会对莎士比亚说同

---

[1] 弗朗西斯·培根(Francis Bacon, 1561—1626),英国科学家和哲学家,以散文随笔的写作著称,曾任掌玺大臣和大法官,著有《论科学的价值和发展》和《新工具》等。

样的话,他像上帝一样创造了很多,却也许从来都没有存在过。"谁写了莎士比亚的作品?"大逆不道的人问道。莎士比亚是个现实问题。维克多里安·萨尔杜先生与费里西安·尚普索尔先生谈论《哈姆莱特》;他们让我们看到了《仲夏夜之梦》,还要让我们看《威尼斯商人》的波莱尔先生,此刻给我们的是《无事生非》;还应该感谢这出喜剧的翻译者勒尚德尔先生,他以如此鲜艳的色彩描绘了贝特丽丝和培尼狄克[1]——这一对喝倒彩的人,这两只罕见的鸟儿、爱情的乌鸦,就像朱丽叶和罗密欧是爱情的夜莺一样。就在今天,一位博学的教授保尔·斯塔普菲先生,发表了一篇《莎士比亚与希腊悲剧》,读来挺有趣,因为它是通过研究人的感情来进行文学批评的。

还不止于此:一位美国作家伊格纳托斯·道耐里先生,为了证明掌玺大臣培根是莎士比亚全部悲剧的作者,此刻正在进行一项重要的研究,今年11月28日的《时代报》概述了这位大胆的批评家的论据。它们并非都是新的,道耐里先生支持的论点已经提出30年了。是一位美国少妇——迪莉娅·培根[2]小姐,在1856年第一个主张与她同姓的名人是那些被错误地归功于莎士比亚的戏剧的真正作者。这种看法并非只得到一些怀疑者。美国法官霍尔姆斯、英国的威廉·史密斯都极力捍卫这一观点,年迈和声望极

---

[1] 《无事生非》中的两个主要人物。
[2] 培根的后人,1856年加入美国国籍。

高的帕尔梅斯顿勋爵也听从了他们的意见。这位杰出的政治家死的时候坚信《哈姆莱特》和《新工具》出自同一个人之手。英国的亨利·波特夫人成立了一个以培根命名的协会，目的在于使一种不仅引起英国文学界，而且引起全人类思想界的关注的论证变得尽善尽美。确实，重新开辟关闭了那么多世纪的通向科学的道路并且给牛顿开路的伟大哲学家，同时拥有最多变和最丰富的诗人的想象力，这是不可思议的事情。理解得如此透彻的人还能感觉到一切，现代哲学之父同时是诗人之王，这也是不可思议的。而通过一种难堪的对照，这种双重的卓越将汇集在一个卑贱而自负的灵魂上，汇集在一个其弱点甚至发展成罪行、其可怕的忘恩负义曾使一位无动于衷的女王和整个英国感到恶心的人身上，这个人还曾是渎职的法官，无论在顺境或逆境中都显得同样卑劣。想到这个可鄙的人的思想达到了精神美的最高境界，人们就已经不知所措了。如果还要相信怯懦地指控埃塞克斯伯爵[1]的人创造了整整一个由诗意的、迷人的忧伤和神圣的恐怖笼罩着我们的世界，而且此人作为朱丽叶和哈姆莱特的"父亲"、不公正的掌玺大臣，对杰出人物内心的欢乐和痛苦负有一半的责任，我们的不满会达到什么程度！因为我们谁不曾与维罗纳的情人一起爱过，与丹麦王子一起怀疑过？如果这是真的，如果培根的

1　埃塞克斯伯爵（1st Earl of Essex，1566—1601），莎士比亚的朋友和保护人之一。

确是这些像大自然一样模糊且众多的悲剧的作者，那就应该站在他这一边，并且说：他是做好事的人。至于我，我会毫不犹豫地祝福一位如此杰出的创造者的善意。天才是一种美德，美是一种纯洁。那些用话语或者仅仅是微笑，把一种理想带给世界的人是善良的。如果培根创作了《哈姆莱特》，埃塞克斯的子女的呼吁就白费力气了。培根是一个神，我只能崇拜他。

不过这说得有点远了。迄今为止，人们尚未确定掌玺大臣对莎士比亚作品的权利。培根的理论始终处于自相矛盾的状态，它有朝一日是否能成为一种真理也很值得怀疑。在这个时候，在期待《时代报》某一天预告过的道耐里先生的书出版之时，这种理论依然是一句空话，只是勉强得到了某些微不足道和不可靠的论据的支持。然而应该承认，掌玺大臣勋爵的生活的某些特点，完全可以用来进行一种初看起来似乎是荒谬的假设。培根始终自夸热爱戏剧。青年时代他就和一些年轻贵族过着豪华放荡的生活，债台高筑，与城里的夏洛克[1]签订借据，经济上捉襟见肘。"1592年，贫病交加，他为了谋生而写作。"没有什么比这更确实的了。培根的信奉者们补充说，他为了谋生而写作的，就是默默无闻的莎士比亚在同一年用自己的名字上演的那个悲剧。没有什么比这更难得到证实的了。人们设想培根作为宫廷

---

[1] 莎士比亚戏剧《威尼斯商人》里的犹太高利贷者。

人物和法官，不会让人用他的名字来演喜剧。那就必须确定他写了一些喜剧，而莎士比亚没有写。培根的信奉者们仅仅证实，他们所钟爱的这个人在伊丽莎白王朝末期有时间写一些剧本，因为他当时失宠，被剥夺了一切职务。他们补充说在1613年，培根勋爵被任命为总检察长，莎士比亚就停止上演戏剧了。但这只是一些巧合。确实，莎士比亚在生命的最后五年保持沉默，这也许是因为他的富裕、疾病和疲惫不堪，对人类极为反感，是个大乡巴佬和大酒鬼。我欣赏那些明智的人，他们责备莎士比亚放弃了他曾经大为成功的戏剧，认为这是没有道理的。哎！先生们，也许莎士比亚不是通情达理的，可是我们了解他吗？他曾是屠夫和偷猎者，在剧场门口看守过马匹。他经常酗酒，吃过许多官司。他发财以后成了一个乡村绅士的样子。这差不多就是人们所了解的他的全部生活。亨利·科森先生最近发表了一篇关于莎士比亚的出色论文，他不相信1613年威尔[1]停止上演戏剧是因为培根从此不再能提供剧本了。我也不相信这一点。但是亨利·科森先生补充说："培根，像莎士比亚一样，最后的岁月过的是退隐的生活，谁都不认为他从1621到1626年能写出一个剧本来。"我要请科森先生注意，培根当时正从事重要的、直到去世才中断的哲学研究。莎士比亚的结局是不清楚的，但培根的结局并

---

1 莎士比亚的名字"威廉"的昵称。

非如此。

　　正如人们可以预料的那样，对比考察莎士比亚和培根的作品为培根的信奉者们提供了一些论据。原因就在于这个世界上很少有事情能够被完全证实。应该赞赏波特夫人的热忱和诚意，她在大英博物馆的尘埃中发现了培根的一份未发表的手稿，里面汇集了简洁明了的格言，或者如果你们更愿意的话，也可以说这是一本汇集动人表达方式的笔记。众所周知，掌玺大臣注重优美和高雅。人可以同时成为一位杰出的思想家和一个附庸风雅的作家。培根两者兼备。他有很多趣味，从最高雅的到最恶浊的都有。他有一个记录优美语言的本子，以备不时之需。然而波特夫人在这个本子里找到了一些莎士比亚熟悉的表达方式。这种巧合值得关注，但并非异乎寻常。莎士比亚和培根难道不是同胞和同时代的人吗？如果说培根生活在宫廷里，莎士比亚就是在让绅士们说话。"培根信奉者们的一些论据，"亨利·科森先生说道，"著名到了有名称的程度，就像古代经院哲学的三段论一样。"这就是《马修斯书信》。它摘自一封托比·马修斯爵士从英国发给培根的信件，其中可以看到这句很不清楚的话："我所了解的我的民族和海洋这边的最了不起的精神，来自阁下的名字，尽管它以另一个名字而著称。"我看不出这句话意味着什么，但是我很清楚它并不意味着那个使培根出名的另一个名字是莎士比亚。然而这正是培根的信奉者们赋予《马修斯书信》的意思。培根的通信表达了一些旨在诱惑培根信奉者们头脑的神秘意义和奇特的暧昧之处。有人谈到了"隐藏的诗人们",由这个杰出的流亡者寄出的"趣味读物",并且把赌注押在"一报还一报"这句谚语上——它恰恰被莎士比亚当成了一出喜剧的名称。人们会同意这只是一些很不确定的微光,一些鬼火,它们跳动的光芒会使人误入歧途和惶惑不安。

然而还不止于此。在这位诗人和哲学家的作品里,对鲜花和植物的列举几乎一模一样。还有亚里士多德的一句话,这两位同代人在引用时同样误解了它,而这个共同错误的根源还不得而知。这也能让这位才子高兴一阵,必须要用另外的东西来说服他。最后,道耐里先生谈到他只能部分辨认的一封密码信,培根就是要以此来正式宣布他是莎士比亚悲剧的作者。

这一次似乎真有些奇特和不可思议了。关于这个来自美国的消息,人们无意中想到了埃德加·坡[1]的《金甲虫》,以及读了就能发现一笔宝藏的带密码的羊皮纸。不过当然应该提到培根对于密码通信是极有兴趣的。他在他的《论科学的价值和发展》中广泛探讨了这个问题。再说,此刻只要怀疑就够了。事先驳斥和否认将会启发一种有点粗俗的哲学。

---

[1] 埃德加·爱伦·坡(Edgar Allan Poe,1809—1849),美国小说家,以推理小说著称。

一天的难处一天承担就够了。今天，我在保尔·斯塔普菲先生如此深刻却又如此易懂的书里，发现了一个不利于培根信奉者们的证据。我不认为它会摧毁他们，但是会给他们带来许多痛苦。我把它从这本《论科学的价值和发展》的一个段落里抽出来，培根在书里用诗意反对历史，承认这两位缪斯中的前一位有一种道德美，而后一位则没有。下面就是他如何解释这种美的：

> 由于真实的历史不可能在它的记叙中向我们描绘总是按照其业绩来获得报偿的美德和罪行，诗意就纠正它们，得出一些更符合司法的结局。

我们看到，培根在理论上赞成幸运的结局，支持让恶人服刑和给好人报酬、满足我们内心模糊地所带有的正义的那些理想的人。然而，如果认为是培根撰写了被认为是莎士比亚所著的悲剧，那么就必须承认他是与他本身的诗歌风格绝对矛盾的诗人。莎士比亚乐于看到的结局并不符合正义的法律。在莎士比亚剧作里，人就像在大自然里一样死去，因为人是脆弱的，或者直截了当地说人总是要死的，这后一个理由本身就足够了。在这方面，请你们回答，道德与奥菲利娅悲惨的死亡有关吗？我还很愿意让朱丽叶和罗密欧幸福地死去，既然他们是要死在一起的。他们为爱情而生，应该像蝴蝶一样在第一次接吻之后，在他们晕花一现的鲜艳的美中死去。应该羡慕他们。然而苔丝德蒙娜的死不就是一种怜悯吗?这个温柔的人做了什么事情而得到了这样的命运?只是因为她的爱情不符合父亲的心愿。这是一种可以宽恕的错误,因为它是一个不由自主的、充满柔情而又与生俱来的错误。确实有一个英国的医生想为莎士比亚的表面看起来不道德的结局辩护,在可怜的威尼斯女人身上找出了第二个、比第一个更不可原谅的错误。他指出:她没有条理,总是把手帕带在身边。如果她是一个更好的主妇,把衣物收拾得更加整齐,她就不会死去了。

可是人们会坚持相信苔丝德蒙娜是无辜的,会永远同情她。那么科尔德莉娅呢?是什么使她遭到了无可挽回的厄运?与传统相反,她的死是如此令人痛苦,以至于梅兹埃尔先生把它归咎于这位伟大的悲剧家对于谋杀的酷爱。莎士比亚与培根就是这样处于明显的矛盾之中。我相信在许多方面,他们彼此的哲学都是不一致的。这正是我们有一天要考察的东西,如果你们愿意的话。然后我们还会问:"谁写了莎士比亚的作品?"是谁写了莎士比亚的悲剧?很可能既不是培根也不是莎士比亚。

1887 年 12 月 11 日

二 真正的麦克白

星期四在奥德翁剧院里，埃德蒙·哈罗科特先生就莎士比亚的《麦克白》举行了一场演讲，我为根本无法去听而遗憾。哈罗科特先生是一位高尚的诗人，他的才气达到了艺术的巅峰。我记得去年在萨拉·伯恩哈特夫人家里，听他朗诵过他的一首诗。那首诗是一种神话，颂扬了纯粹的艺术。我们欣赏它丰富的节律、艳丽的形象以及冷漠的美，诗人像一个穆安津[1]念《古兰经》的章节那样背诵诗句。甜美的女悲剧演员对这种背诵非常欣赏，它显然充分表达了诗人虔诚而神秘的理想。哈罗科特先生对诗句的崇拜有一种平静的狂热。我知道他有时朗诵一些不那么严肃的诗篇，但是我肯定他在朗诵这样的诗篇时仍然保持着一种东方式的庄重。有人告诉我在奥德翁剧院里他极为生动地谈了《麦克白》，我很容易就相信了这一点。

莎士比亚悲剧的绝妙之处在于从中能发现一切，它们是迷人的森林。莎士比亚就像天空和大地：我们忧愁的时候就以为他也忧愁，我们高兴的时候就以为他也高兴，好像他在分享我们所有的感情。实际上，他既没有恨也没有爱：他的冷漠是神圣的。他的作品是神灵从未向人类描绘过的最优美的漫步，到里面去随便跑跑也是美妙的事情。

---

[1] 在清真寺尖塔上宣布祈祷时间已到的人。

光在里面游荡还不够，应该迷失在里面。应该在里面寻找哭泣的石头和唱歌的鲜花。几个月以前，诗人莫里斯·布肖尔和我在《暴风雨》的岛屿里相遇，并且惊讶、陶醉于这种梦幻般的漫步中的神秘之处。我们每人都在里面发现了无数闻所未闻的事情，但并不雷同。于是我们明智地得出结论，在这个神奇的世界里还有不计其数的名胜有待我们发现。

《圣徒帕科姆[1]生平》里说，忒拜依德的孤独者[2]阅读《圣经》以发现一些寓意，对于这位与人类隔绝的温和老人来说这大概是一种极大的欢乐。在莎士比亚的作品里，人们也能随时发现生活的一些象征，一些光彩的形象。埃米尔·蒙泰古先生如此出色地翻译和评注了莎士比亚的剧作，他不会否认我的话，因为我正是要从他那些使善良的圣徒帕科姆那么快乐的巧妙发现中借用一个最有趣的例子。

埃米尔·蒙泰古先生曾写过一篇关于《麦克白》的深刻论文，他在研读这部剧作时注意到，这位忧郁的葛莱密斯爵士在谋杀邓肯时，不知道女巫们在哪里。命中注定他要在挪威人福里斯战败之后，在欧石楠丛生的地方遇见她们。但是到哪里去找到她们？"再说，她们是否有一所住宅？"这位评注的诗人补充说，"她们是模样邪恶的少女，是一旦说出决定命运的话就会消失的不祥的幽灵。"麦克

1　帕科姆（Pachomius, 290—346），聚居苦修的创始人，生活在埃及。
2　指帕科姆。忒拜依德是基督教禁欲者在埃及隐居的荒僻地。

白在谋杀班柯的时候，对这些女人还一无所知。但是当他想到要摆脱麦克德夫的时候，却知道到哪里去找她们了。这是否是诗人的粗心大意？就像人们在这部杰作里能够指出不止一处的疏忽一样。莎士比亚没有让人印刷《麦克白》，甚至没有费心去重读一遍。剧本里的脱节之处比比皆是：例如在隔了一场之后，主人公就忘记自己已经战胜和俘虏了考德爵士，谈论他的时候还像在谈论一位强大而成功的首领。你们还想要一个更加明显的例子吗？从人物所说的话来看，剧中的所有情节都是在七天之内发生的。但是显然不能相信他们的话，因为实际上故事持续了好几年。这些不连贯的地方都被诗人仓促的想象忽视了。我们并不为此担心。关于这个问题，詹姆斯·达尔梅斯特泰先生说得很妙："他们在西莱纳的小酒馆里讨论的时候，如果学者本·约翰逊或者其他某个人指责他健忘的话，莎士比亚会认为他们说得有道理，接着露出再自然不过的笑容补充说：'这是干什么？阿拉伯的箴言说不要拔狮子尾巴上的毛。'"

大人物的漫不经心是可爱的，人们喜爱塞万提斯，他让桑丘骑上自己的驴去寻找丢失的这同一头驴。埃米尔·蒙泰古先生是否会用这类疏忽来解释，事先不知情的麦克白忽然知道了女巫们在什么地方？不，蒙泰古先生像圣徒帕科姆一样，发现了一种象征，立刻就把他的发现——或者随你们怎么说——把他的发明告诉了我们。发明，难道不就是发现，人们不正是按照教会的旧历说发明真正的十字架吗?"一旦沉溺于罪行之中,"蒙泰古先生说,"麦克白就获得了一种可怕的学问;他本能地通晓一切罪恶地区的地理,而且除了自己的内心之外无须通过别的间谍了解情况,他准确无误地一直走进了女巫们的山洞。"要承认这种评注是无懈可击的,如果莎士比亚从未想到过这种象征——这是非常可能的——那么蒙泰古先生想到这一点就是经过深思熟虑的了。杰作就是这样驱使它们最高贵的读者产生动人的观念和形象的。只要想一想就会明白,这甚至就是杰作最伟大的功绩和首要的用处。

听说哈罗科特先生在他的讲演里,探讨了麦克白这一传说的历史渊源。这是一个有趣的、詹姆斯·达尔梅斯特泰先生几年前研究过的题材,我们刚才提到了这个被文人们珍视的名字。历史为我们描绘的麦克白是一个优秀的国王。1040年,在他还是马奥莫尔,也就是马里郡的长官的时候,他就支持他的盟友奥克尼群岛的索法恩伯爵,反对与之交战的邓肯国王。索法恩是邓肯的表弟,和他争夺苏格兰的王位。从那时起就很难识别合法的理由了,而我倾向于相信这在今天是不可能的。麦克白娶了一个高贵的寡妇格鲁欧奇,作为嫁妆,她对他提出要向邓肯国王进行三次复仇:她的第一个丈夫,基尔科姆盖因长官,在他的城堡里被活活烧死;她唯一的兄弟被谋杀;她的祖父肯尼斯四世,苏格兰国王,被邓肯的祖父马尔科姆推翻和杀死。因此麦克白通过他的妻子获得了通向苏格兰王位的权利。邓肯一直前进到马里郡，麦克白发动进攻并且向国王的军队挑战。邓肯在一个名叫波特戈瓦南，也就是"铁匠铺"的地方被杀死了。这个名称有可能参照了经典的死亡场景——逃跑的国王被谋杀在路上一个偏僻的铁匠铺里，但是没有任何证据表明麦克白犯下了这一罪行。

他很容易就成了苏格兰的国王，统治了十七年。他灵活而公正，使苏格兰繁荣起来，使法律得到尊重。编年史家这样概括了他的统治时期：Rex Macabeda decem Scotioe septemque fit annis, in cuius regno fertile tempus erat.[1] 确实，如果从在苏格兰发现的麦克白的同代人凯努特国王的数额巨大的金币来判断，麦克白时代的国家是富裕的。贸易吸引着英格兰的资金。因为麦克白是城市的国王，市民们的国王，对于各个氏族和好战的贵族来说是很可怕的，可以说是苏格兰的路易十一。他颁布的法令把矛头指向氏族的封建制度：禁止向国王之外的任何人宣誓；除了为保卫国王和王国之外禁止佩带武器；禁止总督们购买土地，或在他们统治的区域里缔结儿女的婚姻，违者处以死刑；禁止贵族家庭通过婚姻联合起来，违者处以死刑；等等。

麦克白到罗马去朝圣，在穷人当中到处施舍，编年史上说："永远为神圣的教会而工作。"他在1045年镇压了邓肯的父亲克里尼安的一次叛乱。但是九年之后，

---

[1] 拉丁文，意为"麦克白当了十七年国王，他在位的时期是繁荣的时期"。

在神秘的"铁匠铺"被杀死的国王的儿子、年轻的马尔科姆·塞恩莫尔,在英格兰国王忏悔者爱德华、诺森伯兰郡伯爵西华德的支持下,率领一支庞大的军队攻打麦克白。麦克白在这场战役里显示了最后的力量。战败逃跑之后,他在苏格兰北部坚持了四年,最后在卢法南的阿伯丁伯爵领地里失败被杀,马尔科姆被宣告为苏格兰国王。

这就是真正的麦克白。历史徒然地为他辩护:传说和诗意使他遭到了永恒的诅咒。

1889年3月3日

法兰西喜剧院里的哈姆莱特

"晚安,可爱的王子,让一群群天使用他们的歌声伴你入眠!"这是星期二午夜时分在走出法兰西喜剧院的时候,我们和霍拉旭[1]一起对年轻的哈姆莱特所说的话。同样,我们应该祝愿让我们度过一个动人夜晚的人晚安。是的,哈姆莱特王子是个可爱的王子。他漂亮而不幸,了解一切却不知道如何去做。他值得被人羡慕和怜悯,他比我们当中任何一个人都更坏和更好。他是一个男人,他是人,是整个人类。我向你们担保,在满座的剧场里,足足有二十个人有这种感觉。"晚安,可爱的王子!"人们离开您时头脑里不可能不想着您,而三天来我一直在想您之所想。

我感到在您身上看到了一种忧伤的欢乐,我的王子,它更胜于一种快活的欢乐。我要悄悄地告诉您,我觉得剧场里的观众有点漫不经心、举止轻率:对此一定不要过分

---
[1] 哈姆莱特的同学和挚友。

抱怨，也根本用不着吃惊。这是一个由法国男人和女人组成的剧场。您没有穿晚礼服，您在上层金融界里绝对没有一段艳情，也绝没有在您的上衣翻领的饰孔上插一朵栀子花。所以包厢里的夫人们有点咳嗽，同时吃着冰镇的水果；您的遭遇无法唤起她们的兴趣。它们绝非上流社会的风流韵事，只是人类的一些遭遇。您强迫人们去思考，这是个错误，这里的人决不会原谅您。不过在剧场的其他地方，还有一些被您深深感动的人。在对他们谈论您的时候，您是在向他们谈论他们自己。所以他们喜爱您胜过其他一切像您这样由天才创造的人物。我在剧场里幸运地碰巧坐在奥古斯特·多尔夏恩先生的身边。他理解您，我的王子，就像他理解拉辛[1]一样，因为他是诗人。我相信我也有点理解您，因为我来自海边……哦！别担心我说您是两个海洋。那是一些字眼，只是一些字眼，而您是不喜欢它们的。不，我只是想说我理解您，因为在辽阔的环境中经过两个月的休息和遗忘之后，我变得非常纯朴，非常容易理解真正美的、高尚和深刻的东西。在我们巴黎的冬天，人们乐于对美好的事物、时尚的风情和各个小小的流派里难懂的俏皮话产生兴趣。但是在田野和海洋的大环境中，在乡村漫步的充分悠闲中，感情上升并且净化了。当人们从那里回来的时候，就对莎士比亚这样一个野蛮天才的内心世界有了

---

[1] 让·拉辛（Jean Racine, 1639—1699），法国古典主义剧作家，著有《安德罗马克》《费德尔》和《阿塔莉》等。

充分的准备。所以您受到欢迎,哈姆莱特王子;所以您的全部想法都模糊地游荡在我的嘴唇上,用恐怖、诗意和忧伤笼罩着我。您看到了:在《蓝色评论》和别的地方,人们在思忖您的悲哀来自何方。人们公正地认为它是如此深沉,以至于不相信最可怕的家庭灾难足以使您悲哀到这种程度。一位非常著名的经济学家埃米尔·德·拉弗雷先生,认为这应该是一种经济学家的忧伤,并且还专门写了一篇文章进行论证。他告诉我们,他的朋友朗弗雷和他本人在1851年政变之后经受过类似的忧伤,而最使您痛苦的事情,哈姆莱特王子,是在您年轻的时候,篡位者克劳狄斯[1]插手丹麦事务这一恶劣状况。

因为我相信您对祖国的命运极为忧虑,并且要为福丁布拉斯在命令四个将军像抬军人那样,把您的遗体抬到高台上去的时候所说的话而欢呼,他喊道:"哈姆莱特如果能够活着,一定是个英明的国王。"然而我不认为您的悲哀完全是埃米尔·德·拉弗雷先生的忧伤,我相信它要更加崇高、更有智慧。我相信它出自一种强烈的命运的启示。您觉得黑暗的不仅是丹麦,而且是整个世界。您不再抱有任何希望,甚至像拉弗雷先生一样,对公法的原则也不抱希望了。那些对此仍然怀疑的人,去想想从您已经因死亡而冰凉的嘴唇里说出来的、动人而又辛酸的祈祷吧:"啊,

---

[1] 哈姆莱特的叔父,是他杀父娶母和篡位的仇人。

霍拉旭！如果你真把我放在你的心坎里，现在你就慢一点去寻舒服，忍痛在这个冷酷的世界上留口气，讲我的故事。"[1]这是您最后的话。那个听这些话的人不像您那样有一个被罪恶败坏的家庭，他不像您那样是一个命中注定的凶手。他是一个自由、聪明和忠诚的人，是一个非常幸福的人。可是您知道，哈姆莱特王子，您知道他从来都不是这样的人。您知道世界上一切都是恶。一定要说出来的话，您是个悲观主义者。也许是您的命运把您推向了绝望：它是悲惨的。但是您的天性符合您的命运。正是这一点使您变得如此令人钦佩：您生来是为了感受不幸的，而您对自己的鉴赏力已经有所体验了。您被侍候得很周到，王子。所以您品尝了多少把您浸透的恶呀！宫廷里有着什么样的诡计！在痛苦方面您是行家和鉴赏者。

伟大的莎士比亚创造了您这样一个人。我清楚地感到他自己也不是一个乐观主义者，所以他创造了您。从1601到1608年，他用他那迷人的双手，把很大一群我认为是悲痛或狂怒的幽灵写得栩栩如生。就是在那个时候他写出了被伊阿古害死的苔丝德蒙娜，一位老国王的玷污了麦克白夫人的小手的鲜血，以及可怜的考狄利娅，还有他最喜爱的您和雅典的泰门。

是的，泰门！看来莎士比亚显然和您一样是个悲观主

---

[1] 《莎士比亚悲剧四种》，卞之琳译，人民文学出版社，1988年，第184页。

义者。他的同行，第二部《杰尔福》的作者，听说每天晚上在滑稽剧团里猛烈地抨击可怜的悲观主义者的莫罗先生，会说些什么呢？哦！他每天让他们度过艰难的一刻钟，我同情他们。到处都有毫不怜悯地嘲笑他们的幸运者。处在他们的位置上，我不知道该躲到哪里去。然而哈姆莱特会给他们勇气。他们有站在他们一边的约伯和莎士比亚。这使天平稍微矫正了一些。保尔·布尔热先生这一次就得救了，而这是由于您，哈姆莱特王子。

当我现在写作的时候，我眼前就有一幅表现您的古老的德国版画，不过在这幅版画里我难以将您认出。它刻的是将近1780年的时候，您在柏林剧院的那个样子。您当时根本没有穿您母亲说起的那套庄重的丧服，这件紧身短上衣，这件短裤，这件外套，德拉克洛瓦在一些笨拙但极美的画里确定您的特征的时候，曾如此高雅地给您戴上的这顶无边的高帽，穆内-苏利[1]先生戴它时是如此富有男性魅力和诗意。不！您在18世纪的柏林人面前出现的时候，穿着一套今天我们觉得非常奇怪的服装。您穿的是——我的版画证实了这一点——法国最新式的服装。您有着梳理成鸽翼形状的头发，扑着白粉；穿着绣花的细布绉领，缎纹短裤，丝绸长袜，带扣的鞋子和宫廷的小外套，总之是凡尔赛朝臣们的全套丧服。我还忘了亨利四世的帽子，全

---

1 穆内-苏利（Mounet-Sully, 1841—1916），法国演员，在法兰西喜剧院扮演重要的悲剧角色。

国三级会议上真正的贵族帽。穿上这套奇装异服,腰部挂上一把宫廷宝剑之后,您就站在奥菲利娅的脚下。我担保,她穿着带裙环的裙子,高高地梳着玛丽·安托瓦内特[1]式的头发,上面戴着一顶奥地利的大羽毛饰帽子,显得非常亲切。所有其他的人物都穿得和她相称。他们和您一起,观看贡札古·伊·巴蒂斯塔的悲剧[2]。您漂亮的路易十五时代的扶手椅空着,让人看到了它的绒绣上的所有花朵。您已经趴在地上窥伺着国王的面孔,它无声地招认着使您负有复仇使命的罪行。国王也像路易十六一样,戴着一顶亨利四世式的漂亮帽子。您也许以为我会进行嘲笑和讽刺,为我们的饰物和服装的进步而得意非凡了。您错了。当然,如果您不再穿我这幅古代版画里的流行服装,如果您不再像为王储服丧的普罗旺斯伯爵,如果您的奥菲利娅不再像夫人们那样梳妆打扮,我是不会感到丝毫遗憾的。完全相反,您现在的样子我会喜欢得多。不过服装对于您不算什么,您可以穿任何您乐意的服装,只要漂亮您穿了都会合适。您属于所有的时代和所有的国家。您在三个世纪里一点都没有变老。您的灵魂和我们每个人的灵魂有着相同的年龄。我们生活在一起,哈姆莱特王子,您就是我们,是

---

[1] 玛丽·安托瓦内特(Marie Antoinette, 1755—1793),法国王后,路易十六的妻子,法国大革命期间与路易十六一起被送上断头台。
[2] 《贡札古之死》是哈姆莱特为了试探继父克劳狄斯而安排的一出戏剧,用维也纳公爵贡札古被谋害的过程影射克劳狄斯和王后。

一个处在普遍的恶之中的人。有人挑剔您的言论和行动，指出您和自己并不一致。人们在问：如何把握这个无法把握的人物？他轮流像中世纪的一个僧侣和文艺复兴时期的一个学者那样来思考，他具有哲学头脑，然而却充满了诡计。他厌恶撒谎，而他的一生只是一个漫长的谎言。他优柔寡断，这是显而易见的，可是某些批评家却认为他充满了种种决心，而且不能说全是错的。最后，我的王子，有人声称您是一个思想库、一堆矛盾，而不是一个人。但是这一点反而正是您深刻的人性的标志。您敏捷而缓慢，勇敢而胆怯，善良而残酷，您既信仰又怀疑，您是智者，但尤其是疯子。总之一句话，您活着。我们当中谁不在某些方面和您相像呢？我们当中谁的思想没有矛盾，谁的行动是前后一致的呢？我们当中谁不是疯子？我们当中有谁会不怀着怜悯、同情、赞美和恐惧交织的心情对您说"晚安，可爱的王子！"？

拉伯雷[1]

您曾经在一位碰巧是个有鉴赏力和才气，善于思考、观察、感受和想象的学者的陪同下，参观过某个雄伟的古迹吗？例如您是否曾和利用考古学来创作歌谣，又利用歌谣来研究考古学，懂得一切皆是虚荣的阿纳托尔·德·蒙泰格隆先生一起，在库西堡[2]的伟大废墟中漫步？当谢尔布里埃兹[3]的朋友们围着菲狄亚斯[4]的一匹马，或者沙特尔大教堂[5]的一座雕像发表熟悉的宏论的时候，您是否听过他们的讲话？如果您有过这些高尚的乐趣，那么您在读保尔·斯

---

[1] 本文是对波尔多文学教授保尔·斯塔普菲的《拉伯雷，他的生平、天才和作品》的评论。
[2] 库西堡，在法国埃斯纳省，是军事建筑的杰作，1917年被德军摧毁。
[3] 维克多·谢尔布里埃兹（Victor Cherbuliez，1829—1899），法国小说家、评论家，法兰西学院院士。
[4] 菲狄亚斯（Pheidias，约公元前490—公元前431），古希腊雕刻家，曾负责修建和装饰帕特农神庙。
[5] 沙特尔大教堂，始建于13世纪的法国哥特式教堂，在巴黎西南方的厄尔-卢瓦尔省。

塔普菲先生的新作的时候会重新发现它们的某种迹象。它在本义上是一次围绕拉伯雷的漫步,一次博学、幸运和动人的漫步。拉伯雷的作品是一座大教堂,一座位于人类词汇下面,思想自由的、宽容的大教堂,但也是一座风格华丽的大教堂,中世纪雕刻家珍视的檐槽喷口、怪物和古怪离奇的场面应有尽有,以致在这个布满大小钟楼的地方,在这种杂乱地隐蔽着疯子、智者、普通人、动物和僧侣形象的一大堆尖顶中有迷路的危险。

更加混乱的是这座尖顶风格的教堂,像圣欧斯塔什[1]那样装饰着文艺复兴时期风格迷人的怪面饰、贝壳和细小的人像。当然,人们可能会迷失其中,实际上很少有人冒这个风险。但是有了保尔·斯塔普菲先生这样一位向导,经过无数有趣的通道之后,人们总是会重新找到道路的。

保尔·斯塔普菲先生熟悉拉伯雷。当然这是不够的——他爱拉伯雷,这才是要点。你们还会说他的爱并不恬静。最好他心爱的大教堂是在没有图纸的情况下胡乱建造的,有一半是拱门,以致看不到阳光。但他就喜欢它这个样子,而且是有道理的。他喊道:"我可亲的拉伯雷!"犹如但丁叹息:"我美丽的圣约翰!"

在这同一座城市里,保尔·斯塔普菲先生在杰出的诗人和拉丁语学者弗雷德里克·普莱西斯旁边讲授文学。在

---

[1] 圣欧斯塔什,巴黎的教堂,建于1532—1637年。

这个欢笑和富裕的波尔多,我去年参观了圣瑟兰的地下室。陪同我的圣器室管理人让我看它衰败的样子是多么动人,它的粗俗在生动地向心灵说话。他还加上了一句:"先生,一场大难在威胁着它:它得到了大笔的捐赠,人们就要来装饰它了!"

这个圣器室管理人属于保尔·斯塔普菲先生这一派,他是绝对不愿意人们用美妙的插图和惊人的评述去美化拉伯雷的。保尔·斯塔普菲先生对这位作家研究有素,当然不会找到那些对拉伯雷一知半解的人所发现的一切,所以他没有看出拉伯雷曾预见过法国大革命。我不想详细分析他的著作,也不评论他的考证。说实话,我这样做的话会感到几分尴尬,因为我对拉伯雷的研究比起他来要差得多了。谢天谢地!我也和别人一样追求过庞大固埃[1]式的享乐。约翰修士[2]对于我不是一张陌生的面孔,我早就变得像他那样了。但是斯塔普菲先生却是潜心研究了两年,所以毫无准备地与一位如此拉伯雷化的拉伯雷研究者争论是会有些不妥的。

然而我承认拉伯雷作品里使他印象最深的东西却从未使我感动。在他看来拉伯雷似乎首先是非常快活的。他像拉伯雷的同代人那样进行评价,这表明他是不大会弄错的。但是我承认庞大固埃的粗俗言行,并不比14世纪的檐槽

1　庞大固埃,拉伯雷《巨人传》中的一个人物,学识广博。编注。
2　约翰修士也是《巨人传》中的人物,有胆有识。编注。

喷口的粗俗更使我发笑。我也许错了，但还是说出来好，我是完全坦率的：这位默东的本堂神父[1]的作品里使我不快的东西，就是他依然是僧侣和教士，而且达到了这种程度——他的玩笑过于纯洁，它们妨碍了享乐，而这是最大的错误。

关于道德范畴的问题，我认为已经说清楚了，他的作品出自一个诚实的人。和斯塔普菲先生一样，我还在其中重新发现了一种人道的、善意和仁慈的伟大崇高激情。是的，拉伯雷是善良的，他本能地憎恨"通过一个洞穴观看的阴险者，伪善者，迟缓者，吹牛者，伪君子，游手好闲的告密者，假装虔诚者，假装谦逊者，长毛的爪子，以及其他这类派别的、伪装后用面具来欺骗世界的人"。

他说："那些人，你们像我做的那样去讨厌和仇恨他们吧。"

他的爱笑、自由和开朗的天性厌恶狂热和暴力，也正因为如此他才是善良的。正如国王的姐姐，那个善良的玛格丽特·德·纳瓦尔[2]一样，他决不会站在刽子手一边，同时也警惕地不站在殉难者一边。他坚持他的见解，直到遭受火刑就另当别论了，他和蒙田一样，事先就认为为一种理想而死，这是在为一些推测付出高昂的代价。我非但不

---

[1] 拉伯雷晚年在默东担任过本堂神父。
[2] 玛格丽特·德·纳瓦尔（Marguerite de Navarre，1492—1549）是国王弗朗索瓦一世的姐姐，是法国人文主义早期的杰出代表。

指责这一点，而且要加以赞扬。应该把殉难留给那些根本不懂得怀疑的人，他们把单纯本身作为固执的借口。为了一种见解而被人烧死是有点不妥当的。和于勒·勒迈特尔[1]先生笔下的塞雷努斯一样，一些人对某些事物显得那么有把握，会使人们感到不快，因为人们自己经过多少研究尚且无答案，结果只能存疑。殉难者们缺乏讽刺，而这是一个不可宽恕的缺陷，因为没有讽刺，世界就会成为一座没有鸟儿的森林。讽刺，这是思考的快乐和睿智的喜悦。我还要对你们说什么呢？我要指责殉难者们的某些狂热，我怀疑在他们与他们的刽子手之间有某种天然的亲缘关系，我想象他们一旦变得最强大，就会心甘情愿地变成刽子手。我也许错了，然而历史证明我是对的。它让我看到的加尔文，处在为他准备的柴堆和他点燃的柴堆之间；它让我看好不容易从索邦神学院的刽子手那里逃出来的亨利·埃蒂安纳，而他是去向他们揭发拉伯雷该受种种酷刑的。

　　拉伯雷为什么会把自己交给魔鬼呢？他根本没有一种能在火焰中证明的信仰。他不是天主教徒，也不是新教徒，所以他如果在日内瓦或者巴黎被烧死的话，必定是一种令人遗憾的误会造成的。实际上，斯塔普菲先生说得好极了，拉伯雷既不是神学家也不是哲学家，他不了解任何从那以后人们为他找到的一切动人的观念。他对科学有着崇高的

---

[1] 于勒·勒迈特尔（Jules Lemaître, 1853—1914），法国作家、批评家和剧作家，法兰西学院院士。

热忱,只要能方便地研究医学、植物学、宇宙学、希腊语和希伯来语,他就会感到满足、赞美上帝,除了魔鬼之外不再仇恨任何人了。这种掌握知识的热情当时鼓舞着最崇高的人。从修道院的尘土里发掘出来的古代文学的珍宝重见天日,通过博学的出版商驰名于世,在威尼斯、巴塞尔和里昂的印刷厂里大量地印刷。拉伯雷自己发表了一些希腊文手稿。像他的同代人一样,他杂乱地欣赏着一切古代的作品。他的头脑是一个阁楼,堆放着维吉尔、卢奇安[1]、提奥弗拉斯特[2]、狄奥斯科里德[3],古代的前期和后期的文化。但他尤其是个医生,流浪的医生和自夸的预言家。卡冈都亚和庞大固埃在他的生活中所占的地位,并不比堂吉诃德在塞万提斯的生活里多,所以善良的拉伯雷不自觉地写出了他的杰作,而这通常是人们写出杰作的方式。只要有一个优秀的天才,是完全用不着预先准备的。现在有一种文学和一些文学的习俗,我们活着是为了写作,但不是为了活着而写作的。我们费了九牛二虎之力,尽力想写好的时候,魅力却随着本性一起离我们而去了。人们写出一部杰作(我要承认这种机会很少)的最大的机会,倒是不要做任何准备,不要有文学的虚荣心,要为缪斯和自己写

---

[1] 卢奇安(Loukianou,约125—约192),亦译琉善,古希腊哲学家,讽刺诗人。
[2] 提奥弗拉斯特(Theophrastus,约公元前371—约公元前287),古希腊哲学家。
[3] 狄奥斯科里德(Dioscorides,约40—约90),古希腊医生。

作。拉伯雷就是天真地写出了世界上最伟大的作品之一。

他以写作为乐,既没有任何构思,也没有任何观念。他的意图首先是为一个使老太太和仆人开心的民间故事写一个续篇。他这个意图根本没有实现,而他为恶棍准备的东西,却成了最优秀的人的美味佳肴。所以它使人类的智慧感到困惑,何况它也总是困惑的。

拉伯雷不知道自己是他那个时代的奇迹。在一个文雅、粗俗和学究气的时代里,他的文雅、粗俗和学究气无与伦比。他的天才使寻找他缺点的人感到惶惑。由于他什么缺点都有,人们就有理由怀疑他没有任何缺点。他是智者和疯子,朴实而造作,文雅而粗俗,他思绪混乱,头脑发涨,总是自相矛盾。但是他使人看到一切和热爱一切。他文笔出奇,尽管经常堕入奇怪的反常之中,但没有比他更优秀的作家,在词语的选择和安排方面也没有人比他走得更远了。他的写作好比人们在漫步。他酷爱词语。看看他怎样把它们连接起来真是奇妙。他不知道,他停不下来。这个要巨人的人完全过分了。他有一连串不可思议的名词和形容词。例如卖烤饼的人与牧羊人争吵,后者就被叫作"下流坯、豁牙子、癞皮狗、丑八怪、坏东西、黑良心、懒汉、馋虫、醉鬼、吹牛、不知浅、土包子、要饭的、寄生虫、混子、臭美、学人样、傻瓜、混蛋、饭桶、猪猡、呆头呆脑、嬉皮笑脸、无赖、流氓、放狗屁、吃人屎"[1]，等等。

要注意的是我没有全部写出来。有时是词语的音调在刺激他，使他高兴，就像一头随着铃铛的声音而奔跑的骡子。

他乐于使用一些幼稚的叠韵："无所事事的人随着我的风笛声无所事事地疯疯癫癫。"

他是如此优秀的母语的缔造者，他的语言具有乡土的气息，但他忽然用法语说起希腊语和拉丁语来了，就像他嘲笑过的、也许同时在暗地里赞美的利木赞的小学生那样，因为钟爱他嘲笑的东西是这位伟大的嘲笑者的特征之一。他把发情的母狗称为利西斯克·奥尔戈斯，把一匹独眼的母马称为埃斯克·奥尔布。我们的象征主义诗人，德·雷尼耶[2]先生和让·莫雷亚斯[3]先生本人，据我所知都没有想象出更罕见的词汇。但是善良的拉伯雷在里面放进了一副好脾气，人们只能和他一起消遣的随和。在他成功的时候，他的文笔最华丽也最迷人。还有什么句子比这个有些偶然地从第三章里抽出来的、与刚刚征服的各个民族要遵循的政策有关的句子更加可爱？

---

1 拉伯雷：《巨人传》，成钰亭译，上海译文出版社，1981年，上册，第102页。
2 亨利·德·雷尼耶（Henri de Régnier, 1864—1936），法国诗人，法兰西学院院士。
3 让·莫雷亚斯（Jean Moreas, 1856—1910），法国诗人，象征主义流派的发起人，但不久就与象征派分道扬镳。

> 这样国家的人民,跟新生的婴儿一样,须要喂奶、保育和养护;跟新栽的树苗一样,须要扶持、巩固,防止风暴、灾害和破坏;像一个久病新愈、刚刚恢复健康的病人,须要调理、伺候和将养。[1]

句子简单吗?这是穿着短衬裙的佩莱特。没有什么比为妻子巴德贝克的死亡而哭泣的卡冈都亚的悲叹更活泼的了。因为拉伯雷就像大自然一样。死亡不会改变他无边的快乐。

> 我的妻子已经死了,那么,苍天,我哭也哭不活她啊;她现在好了,至少是在天堂上,假使不比天堂更好的话;她为我们祈祷,她现在很幸福,不必再担心世上的苦痛和灾难。天主虽然使我们不能再看见她,活着的人他还是要保佑的!慢慢地我考虑考虑再找一个。[2]

作为结束,你们愿意听听结束塔波古神父生命的冒险叙事吗?讲故事的人的艺术永远不可能超过它了。

> 那匹母马一害怕,吓得又是蹦,又是放屁,

---

[1] 拉伯雷:《巨人传》,版本同前,第432页。
[2] 同上,第238页。

跳跃奔跑，后蹄直踢，连连不停地放屁，塔波古虽然用尽气力抓住鞍鞯，最后还是从马上摔了下来。马镫本来是用绳子编制的，现在右边的那一只把他漏孔的鞋套得紧紧的，他再也无法摆脱出来。就这样，他被拖在马屁股后边，被马踢个不停，那马被吆喝声、炮火声吓得乱跑。塔波古的脑袋被踢成两半，脑浆倾散在十字架旁边；胳膊也被踢断，这里扔一只，那里扔一只；两条腿也断了；肠子成了一团肉酱；那匹马跑到修道院时就只剩下塔波古的一只右脚和一只歪歪扭扭的鞋了。[1]

这一切说得多么好啊！就像一种巨大的快乐分布在这个屠杀的场面上，夸张本身消除了恐怖。所以让我们和斯塔普菲先生一起，热爱"博学而可亲的拉伯雷"，原谅他作为本堂神父的玩笑，让我们说他归根结底是仁慈和善良的。

---

[1] 同前，下册，第725页。

斯塔尔夫人

25年前,一位有才华的夫人谨慎地出版了一部斯塔尔夫人的通信集。她怀着这种虔诚之心,书中的回忆对她来说高于一切。我们完全可以说出她的名字:她就是勒诺尔芒夫人。内克的女儿[1]在这本书里显示出人们熟悉的宁静而崇高的形象。

从那时起,这种动人的布局就被完全打乱了。有人出版了邦雅曼·贡斯当[2]的日记,我们有了柯丽娜[3]的被粗暴脱掉的帽子;缪斯的黑色发卷被情欲的冲动扭曲得像狂怒的蛇一样。我们看到了热情的眼泪、挚爱的眼泪,燃烧着

1　斯塔尔夫人本名是热尔曼娜·内克,她的父亲雅克·内克是巴黎的金融巨头。她长大后顺从母命嫁给了瑞典驻巴黎大使斯塔尔男爵。
2　邦雅曼·贡斯当(Benjamin Constant,1767—1830),法国政治家和作家,斯塔尔夫人的情人,两人之间充满了感情的风暴。他的代表作是自传体小说《阿道尔夫》,书中的埃雷诺尔就是指斯塔尔夫人。
3　斯塔尔夫人同名小说的女主人公。

这些美丽的眼睛,它们的目光将雷电固定在米赛诺角[1]上。门只是半开了一会儿,但是我们拿着《阿道尔夫》的钥匙,我们知道埃雷诺尔的真正的名字。

今年我们连续看到了三部描写斯塔尔夫人的著作。首先是布莱纳哈塞特夫人用德语撰写、由奥古斯特·狄埃特里克译成法文的内容丰富的传记;接着是巴黎文学院副教授德若普先生关于《柯丽娜》的作者在意大利期间的回忆录;最后是阿尔贝·索莱尔[2]先生的一部综合性的论著,他将其收入了这套《大作家丛书》,他在其中已经撰写过《孟德斯鸠》了。这样,斯塔尔夫人就同时成了一位妇女、一位教授和一位外交官的研究对象。幕布就会被掀起来了吗?我们听到了抽泣和混杂在祈祷里的指责吗?他们会向我们描绘某种会玷污名誉的文字吗?什么都不用担心。这一次谁都不会泄露内心的秘密。这个女人是热情的,根本不相信恶;这位教授是严肃的,再说他只是在意大利的沙龙里遇见的斯塔尔夫人;这位外交官是敏锐的,但也是谨慎的,是我们杰出的合作者。我将阿尔贝·索莱尔先生称为外交官,他的著作不仅是主题,而且就连文笔和才气都表明他当之无愧。

他关于斯塔尔夫人的论著受到了热烈的欢迎,我听见

---

[1] 意大利地名。
[2] 阿尔贝·索莱尔(Albert Sorel, 1842—1906),法国历史学家、外交史专家,法兰西学院院士,著有《欧洲与法国大革命》。

到处都在赞扬它，这是公正的。阿尔贝·索莱尔先生深刻地了解内克的女儿所生活的时代。他非常清楚地显示了这个勇敢的女人如何形成她的观点，怎样跟上时代，并投入和结合到时代中去。画面的背景极为出色。至于主要的人物形象，她大概是被详尽地研究并用许多技巧加以处理的。不过我怀疑，这是不是一个完全类似的形象。我感到在其中缺了点什么东西，可能是生动和热情，也可能是感人的朴实。像索莱尔先生这样特别适宜于叙述国家的重要利益和重大事务的作家，想向我们揭示一个主要是用心来生活的女人，这看起来像一种赌注。索莱尔先生当然是赢了，而且赢得很多，但是正如人们在类似的情况下赢了一样，花费了太多的脑筋。

斯塔尔夫人绝非如此：她始终缺乏一种可靠的敏感。有一天她说喜剧永远不应该描绘可笑的人，她这样想是因为善良，也因为她从来看不到可笑的人，哪怕是在绘画里面。她最美好的天赋是同情，她的同情心博大而深沉。她整个一生都在人类的爱情里游泳。从来没有一个女人像她那样如此热情地投入到当代的种种激情、感情和观念之中。少女时代在内克夫人的沙龙里，在哲学家之中，她就经受了哲学的磨炼；她憎恨神秘主义和迷信，热诚地信仰人类具有无限的可完善性，是热情的理性主义者。她要"阐明一切，理解一切，衡量一切"。

那是人们信仰理性的至高无上的权威的时代，是德里斯勒·德·萨勒[1]这样说的时代:"只要把这些词刻在我的墓碑上:上帝,人类,自然,他解释了这一切。"

她21岁时就大胆地宣扬合乎天性的道德。她在论著中描写了激情的影响:"有一些完全由恐惧和牺牲构成的美德,它们的实现能给予实践它们的优秀心灵以一种非常高尚的满足;但是也许随着时间的推移,人们会发现一切不符合天性的东西都并非必需,不同国家的道德也和宗教一样承担着迷信。"

她是感觉论者,然后观念的潮流卷走了她,这种潮流把我们全都卷走,我们越是沉溺其中就越是感觉不到。与大革命的法国一起,她感到获得了新生,变成了一个严肃的人。她说:"在共和国时代应该从所有的书籍以及习俗中消除放荡的内容。"她几乎梦想着对自然规律简单服从就能取得进步,因此只是渴望对自己进行斗争、考验、战斗和获得胜利。她是合乎道德的,而且是发自内心,犹如一个女人,她的心已经在把一个世界带走的风暴中变得坚定,而她合乎的道德是一种与激情联系在一起、使她自己的天赋成为可能——如果还是一种牺牲的话——的道德。因此在献身的同时仍然能够合乎道德,问题就在于享受一种崇高的牺牲,而这恰恰是浪漫的心灵几乎永远都能成功做到的。

---

[1] 德里斯勒·德·萨勒(Delisle de Sales,1741—1816),法国作家,在诗歌、戏剧、哲学、历史等领域多有建树。

不错,她是合乎道德的,这是就她具有一颗伟大而高尚的心灵而言。至于这些弱点——H. 弗吉埃先生说有人把三套院士制服扔在上面了,应该根据形成她的精神的时代观念来进行判断,这些观念不再是我们的观念了。当时所有的或者几乎所有的妇女,如果不是笃信宗教,就把一切都给了爱情。这是从恐怖时代的断头台下幸免于难的少女们虔诚保留下来的习俗。高尚而有理性的朱斯蒂娜夫人绝不缺乏这一点,博蒙夫人同样如此;然而她是一个天使,因为她在肉体方面毫无可取之处,既无美貌也不健康。她们生来多愁善感,根本不怕魔鬼。斯塔尔夫人的感觉和生活就像她那个时代的妇女,而她至少还有一个可怕的借口——激情。但是在暮年来临之前,她已经被对祈祷的强烈需要所控制了。她的神不再是万物的最高理性,而是天国里的上帝。理解对她来说已经不够了。她在从前与一些哲学家对话的时候曾对神秘主义表示怀疑,现在却屈从于它的甜蜜的恶了。她阅读《圣经》和《效法基督》[1];新教对于她来说太枯燥了,她和费纳隆[2]有了一些精神上的对话。

---

[1] 中世纪基督教宗教修养读物,被后世天主教作为神修学著作,亦译《师主篇》。托马斯·厄·肯培著,原文为拉丁文,共四卷,后由高乃依译成法文出版。
[2] 弗朗索瓦·德·费纳隆(François de Fénelon, 1651—1715),法国古典主义的最后一个代表,著有《忒勒马科斯历险记》等。

她所理解的费纳隆,也许不是居庸夫人[1]的费纳隆,而是谢尼埃[2]和迷路的母牛费纳隆,但他还是基督徒,天主教徒,而这个想要理解一切的女人,现在思考起所有不能言传的神秘来了。她怎么会变成这个样子呢?难道是对爱情的哀悼使她投身于对宗教的笃信?不。因为她没有放弃爱情,它始终像一个烧伤的疤痕一样附在她的肉体上,直到她的灵床。再说,她也并不笃信宗教:她几乎算不上一个信徒,只是一个教徒:那么在她身上和在她周围发生了什么事情呢?是她在其中游泳的时代的洪水把她带到了十字架的脚下。在法国大革命之后,法国的美好社会不再相信理性的万能,不再听曾向她预言回归黄金时代的哲学家们的话了。

她担心一个没有信仰的民族。她要信仰,尤其要大众都去信仰。她在重新打开的教堂面前激励着自己的想象力。回忆起那么多流淌的鲜血,那么多堆积着被石灰吞噬的受害者骸骨的废墟,她谦卑地跪下自言自语:帕尔卡[3],主啊。这就是斯塔尔夫人在没有信仰之后又有信仰的原因。不过她内心仍然是从前的她,理性主义者,多愁善感,而宗教信仰对于她实际上只是一层淡淡的模糊的诗意。这也是因

---

1 居庸夫人(Madame Guyon,1648—1717),法国神秘主义者,她的寂静主义学说对费纳隆很有影响。
2 安德烈·谢尼埃(Andrea Chenier,1762—1794),法国诗人,因反对雅各宾派专政而被送上断头台。
3 古罗马神话中的生育女神,是命运女神之一。

为1801年引导她的宗教运动既不坚定也不深刻。如果没有与教皇达成的"和解协议",人们甚至不知道是否发生过一阵悲歌般的动人激情,斯塔尔夫人就像憧憬当时的一切激情那样憧憬着它。

然而她在道德美方面赢了;她非常痛苦,而痛苦净化了她的灵魂。她理解了对自我的超脱和纯洁的爱情,她针对自己就要来到的末日说道:

"如果可能的话,应该注意到这个生命的衰老就是另一个生命的青春。不关心自己而没有停止关心他人,灵魂中就有了某种神圣的东西。"

但是透过她的感情和思想的变化,她始终依然是命运造就她的那个样子:一个崇高的痴情者。

她有漂亮的眼睛和手臂,但不是美人:她脸盘太胖,嘴巴既不纤细也不完美,腰身沉重,这些在她想激发的、对于她如同空气和阳光般必需的感情里都是使她感到痛苦的麻烦。她不是根本没有被爱,就是被爱得很糟糕。她的才华和成就永远也无法使她感到安慰。正是她说出了这一点:"对于女人来说,荣誉只是对幸福的辉煌哀悼。"她在谈吐方面闪耀着无与伦比的光彩,说话就是她的胜利。但是她清楚地感到自己没有引人注目的神秘天赋和魅力。她在被她所爱的男人的眼睛中看到她并不美。她写了一些小说,把自己描绘成她本来想那么可爱的样子。黛尔菲娜和柯丽娜,就是经过美化的她。她甚至给了柯丽娜这条她围在头上、露出黑色发卷的印度女人的大围巾。但是由于她的坦率和真实,由于她是根据自己的体验来描绘男人,她只是把一些冷漠的崇拜者给了黛尔菲娜、柯丽娜,也就是另一个她。雷翁斯爱着黛尔菲娜,但是他娶了另外一个女人,因为他的母亲要他这样做。奥斯瓦尔德爱着柯丽娜,但是他由于担心损害父亲的名声而没有娶她。雷翁斯和奥斯瓦尔德是顺从的儿子和恭敬的情人。当这个绝妙的女人向我们描绘穿着阴暗和飘动的外套,心灵更为阴暗和飘动的漂亮的奥斯瓦尔德,而且还天真地告诉我们,"永远真实,永远深沉和热情,可是却总是准备放弃他柔情的目标"的时候,我们不禁要笑起来。

她周围的人有点嘲笑这种才华横溢的天真,老总督莫里斯只有一条腿,但是脾气很好,也很幽默,他在读了《柯丽娜》这段关于泰拉奇纳[1]之夜的叙述之后给她写信说:

"我遗憾的是您的苏格兰勋爵,在这美丽的月光下没有更加大胆一些。我记得听人说过一个被医生诊断为患了不治之症的可怜的德国少女。当时她悲伤地哭了起来:'不,不,我还不能死,在这之前我是应该结婚的。'"

她当然是坦率的,她的小说是真实的。——真实,瞧您说的,这个黛尔菲娜,这个柯丽娜,还有她的竖琴,她的王冠,以及她在卡皮托利山丘[2]上的胜利。哎!不错,没

---

1 泰拉奇纳,意大利地名。
2 卡皮托利山丘,罗马的朱庇特神殿所在地。

有什么比这更真实的了。这是天性本身,是被1802年的时尚所美化的天性。你们只要等上一百来年,就会看到人们谈论被我们1890年的小说家们美化的天性。斯塔尔夫人当然既不缺乏天性,也不缺乏天赋。她的小说真实地表现了她的心灵和社会的精神。

她常说:"小说应该在对世界的观察中获得资料。"她是她那种方式的自然主义者,讨厌陈腐。然而她的作品,特别是小说,当我们翻阅的时候,却感到里面充满了陈腐的东西。这是因为她的语言陈旧了。即使在她的新作里面,语言也已经不大令人满意,不够简洁、准确,没有文采。

在斯塔尔夫人的作品里,最使我不快的是她反对法国政策,也就是她与贝纳多特和莫罗一起投身于国王们的联盟。人们可以指责她这一点,索莱尔先生没有这样做。人们也可以谅解她,因为她是瑞士女人的女儿和一个瑞典人的寡妇(我不谈她再嫁的德·罗卡先生,这确有其事,然而是秘密进行的),她无须尽一个法国女人的全部义务。索莱尔先生也没有这样做。人们可以为这种保留感到遗憾,他对本世纪初的政治和民族的思想史是如此熟悉,是对斯塔尔夫人在1812年奉行的爱国主义的合适评判者。相反,有一封在1815年4月23日致克劳福特先生的信,被梯也尔先生在他的大作中赞许地加以引证了。她在信里极力防止英国进入反法同盟。这封信否认和纠正了斯塔尔夫人过去的行为。但是她的家人认为这封信是不可靠的。这场争论很有意思。人们会惋惜索莱尔先生没有介入，他是完全有发表见解的权威的。

此外，斯塔尔夫人固然避开了任何想向我们隐瞒真相的诱惑，却也可能弄错了许多事情。不过至少没有任何粗俗或自私的东西使她的谬误变得卑鄙，因为她有着崇高和伟大的心灵。

关于她的性格只有一种声音。对她非常了解的蓬斯特滕[1]说过："她极其善良。"拜伦勋爵宣称："她是世上最好的女人。"她在去世前不久说出了这句应该出名的话："我始终是同一个活泼和忧伤的人。我爱过上帝、我的父亲和自由。"她在一生中还爱过其他东西，然而她在这个坦率的时刻说的是实话。她爱过的其他东西，她曾经在如此的痛苦和不安中极力寻求却又徒劳的东西，仍然是一种向往至高无上的善的模糊渴望，是一种向着真正的爱，总之是向着她内心设想的上帝的冲动。

1890 年 9 月 7 日

---

1 维克多·德·蓬斯特滕（Charles Victor de Bonstetten, 1745—1832），瑞士作家。

乔治·桑和艺术的理想主义

只有到了今天,我们才衡量得出卡洛先生的猝死在我们当中留下的空虚。卡洛先生在充满活力地从事脑力活动的时候突然离去了。他死后的第二天,在最初的惊讶中——请原谅我们这样说——我们谈论他就像他还会复生一样,似乎还像前一天晚上那样亲近。我们尚未感到他已经一去不返,从此已成故人。从那以后,我们怀念卡洛先生,而且会长时间地怀念他。我们会说:"现在谁能像他那样,如此清晰地说明一切新的体系和新兴的学说?谁来教诲那些不信教的人?谁能成为异教徒温顺的使徒?我们会从什么样的嘴唇上去获得简洁的哲学推理?没有什么比一位可亲的学者更加美妙和难得了。富有灵感的教学是一件神圣的事情,而这件事情已随他而去了。"

我们之所以这样说,是因为一本他身后出版的小册子重新唤起了我们的惋惜之情。在他去世前几天,卡洛先生最后一次校阅了为《大作家丛书》所写的关于乔治·桑的著作。众所周知,这套丛书研究的是当代文学中主要作家的生平、照片和影响。每一卷都是一册专题论著。埃·卡洛先生关于乔治·桑的论著刚刚出版,这一卷是丛书出版以来的第三册[1]。前面三册是于勒·西蒙先生的《维克多·库赞[2]》,加斯东·布瓦西埃先生的《塞维涅夫人》和阿尔贝·索莱尔先生的《孟德斯鸠》。

正在印刷的有雷翁·萨伊先生的《图尔戈[3]》和费迪南·布吕纳介的《伏尔泰》。预告出版的有加斯东·帕里斯先生的《维庸[4]》,纪尧姆·基佐先生的《多比涅》,舍尔布里埃兹先生的《卢梭》,欧仁·梅尔希奥尔·德·沃居埃子爵的《约瑟夫·德·迈斯特》,波迈罗尔先生的《拉马丁》,保尔·布尔热的《巴尔扎克》,于勒·勒迈特尔的《缪塞[5]》,伊·泰纳先生的《圣伯夫》,G.莫诺先生的《基佐》,布吕纳介的第二部论著《布瓦洛》。我说这些并非为自己抱怨,而是恰恰相反。从我刚才列举的名单中,可以看出这项文学事业的主持者精心挑选的批评家,都以他

---

[1] 这是从这套丛书初版后开始算起的,实际上应该是第四册。
[2] 维克多·库赞(Victor Cousin,1792—1867),法国哲学家、政治家,法兰西学院院士。
[3] 雅克·图尔戈(Jacques Turgot,1727—1781),法国经济学家。
[4] 弗朗索瓦·维庸(François Villon,1431—1463?),法国中世纪抒情诗人,著有《小遗言集》和《大遗言集》等。因偷盗等罪名多次入狱,最后被逐出巴黎,不知所终。
[5] 阿尔弗雷德·缪塞(Alfred de Musset,1810—1857),法国诗人、剧作家和小说家。

们的鉴赏力、著作和机敏的天性表明了他们足以胜任。

他们要卡洛先生写一部关于乔治·桑的论著是不无道理的。唯灵论哲学与对桑夫人的纪念，正如与她青春时代的缪斯一样密切相关。对他来说，仅仅《印第安娜》作者的名字就概括了那些充满美妙梦幻和热烈争论的日子。他告诉我们："这个名字代表着那么多崇高的激情，那么多模糊的渴望、思想的莽撞、深深的沮丧、非凡的希望，混杂在怀疑造成的优雅折磨之中！……"在唤起他的记忆的时候，他重新充满魅力，他的书则是对桑夫人卓越天才的一份敬意。确实，在对待家庭和社会方面，《上帝的思想》的作者与《莱莉娅》的作者的观点并不相同，但是观点在桑夫人的作品里无关紧要，相反地感情就是一切，人们无须与她有同样的想法，只要像她那样感受就可以欣赏这种感情了。

这个令人钦佩的女人的灵魂自如地分布在作品之中：

……就像这些纯洁而动人的水
从天然的源头中不经意地流淌出来。

不要问她在想些什么：想法意味着思考，而她是不思考的。她让她的朋友们去为她思考；她接受现成的观点，宁愿重复而不是去理解它们。她在世界上的唯一作用是以无与伦比的华丽文笔表现对大自然的感情和激情的形象。

大自然，她看得很清楚，因为她觉得它是美的。大自然只是显示出来的那个样子：本身既不美也不丑。只是人的目光造成了天空和大地的美。我们把美赋予热爱的事物。爱包含着理想的一切秘密。卡洛先生为此在他的书里，提到了这位心灵与田野上的鲜花一致，热爱万物的高大而天真的女人的一个迷人特征。乔治·桑说："把我的双手放到我脸上的时候，闻到一股鼠尾草的气味，因为我才碰过它的叶子。这种小草现在盛开在离我几里路的山上。我爱护它们，带回来的只是它们美妙的气味。它们留下的气味来自何方？香气不会使散发它的植物遭到任何损害，而是附着在一个朋友的手上，在旅途中使他陶醉，使他久久地回味着他喜欢的鲜花的美，它是多么珍贵的东西。心灵中的香气，就是回忆……"

她与大自然始终是融洽的，在闻一株鼠尾草时会感到未曾见过的上帝就在她的身上。我们绝不要被关于艺术和真理的华丽辞藻所蒙蔽。美的秘密连所有的小孩子都感觉得到。卑微者往往比高贵者更快地猜想到它。爱，就是美化；美化，就是爱。

自然主义艺术并不比理想主义艺术更真实。左拉先生对人和大自然的观察，并不比桑夫人更加真实。他观察它们时只靠自己的眼睛，正如她也靠自己的眼睛一样。他对事物所做的见证只是一种个人的见证。他告诉我们大自然是如何在他面前成为碎片的：确实如此，可是他不懂宇宙是怎么回事，也不知道它是否存在。自然主义者和理想主义者同样都是表象的玩物，他们彼此都是洞穴幽灵的猎物。正因为如此培根才把我们永恒的无知称为原则，这种无知是人类的命运强加于我们的，我们被包围在自身之中，就像在一块峭壁里，只能孤独地、神情恍惚地待在这个世界中。那么，既然我们对于大自然的所有见证彼此都如此缺乏客观的真实性，既然我们对事物形成的印象都不符合事物本身、而只是符合我们的心态，为什么不宁可去寻找和领略充满魅力、美和爱的形象呢？希腊人就是这么做的。他们崇拜美，相反地，丑对于他们来说似乎是不道德的。然而他们对事物的真实性或大自然的仁慈几乎都不抱幻想。这些希腊人很早就有了一种不抱幻想的痛苦哲学。

就在今天早晨，我翻阅维克多·布洛夏尔关于怀疑论者的精彩著作，从中看到科学的怀疑存在于希腊最古老的学派之中，带着它的忧伤和辛酸。智慧的希腊从童年起就容忍了信仰的不可能性。它的宗教只是它由于没有宗教信仰才进行的消遣，所以这种宗教也许是符合人性和有益健康的。至少，这个迷人的小民族不会用信仰的不可能性、爱的不可能性来增加它的痛苦。在真离它而去的时候，它明智地追逐着爱，而爱是不会像真那样欺骗它的。

这是因为美取决于我们，它是我们热爱的一切的感性形式。在理想主义小说家与现实主义小说家之间，这个问题提得很不恰当。把现实与理想对立起来，似乎理想不是我们可以抓住的唯一现实。实际上，自然主义者要为我们描绘可憎的生活，而理想主义者则力图美化它。他们是多么正确啊！他们做的事情多么出色！人类有一种无休止的欲望，一种永恒的需要，就是美化生活和存在的一切。桑夫人说得多么好啊："由于一种自然规律，人的头脑不由自主地美化他注视的对象和使它变得崇高。"为了美化生活，我们有什么没有发明出来？我们给战争和爱情穿上了华丽的服装，我们歌唱自己的欢乐和痛苦。一切文明的所有巨大的努力都是为了美化生活。自然主义是相当不人道的：因为它要挫败全人类的这项工程。它扯掉了首饰，撕破了面纱，使为自身的理想化而喜悦的肉体遭受屈辱，它把我们拉回到原始的野蛮时代，回归洞穴和湖上桩屋[1]。

这也许是颓废者的一种乐趣。但是过分固执地感受它会有危险。它通向一种不可救药的野蛮，将一切迷人和优雅的存在变为废墟。桑夫人是一位富于理想的伟大艺术家，正因为如此我才爱她并且崇敬她。听说卡洛先生的著作极受读者的欢迎，是奥德翁画廊里的畅销书。太好了！它的成功如果是艺术中理想回归的预兆，我们就应该为之欢欣鼓舞了。

我也听说今天已被过分遗忘的乔治·桑的小说以后会有读者。我希望如此，我要大家不但读她最明智和最平静

---

[1] 湖上桩屋，史前时期筑在湖上的住所。

的小说，而且也要读她早期最热情的《莱莉娅》和《雅克》。人们从中无疑会发现一种对权利和激情的大胆要求。正如老夏多布里昂所说的那样，这违反了生活的公正性。可是《勒内》的作者不也同样在世界上传播了火热的言语吗？再说何必否定激情的权利呢？激情的那份权利不是它向社会要求的，而是它怀着欲望的狂热和纯洁的平静从社会里窃取的。没有什么能阻止它：它意识到它是命中注定、不可避免的。人们怎么会怕它呢？它把焦虑和担忧变成乐趣。各种宗教本身拿它也毫无办法，它们只是向它提供了一种额外的满足：忏悔的满足。它的荣耀、幸福和惩罚只属于自己，它对一切颂扬或压抑它的著作都毫不在乎。

颂扬激情，这正是优秀的诗人早在杰出的小说家之前所做的事情。在莱莉娅和《雅克》中的费南德之前，有过费德尔[1]、狄多[2]、丽米妮[3]、朱丽叶、埃里费勒[4]、维莱达[5]，其中也许有一种燃起这些情火的危险。可是哪里没有危险？在人生结束之后，谁能说"我没有损害过任何人"？

---

1 费德尔，古希腊神话中雅典王忒修斯的续妻，她爱上丈夫前妻之子希波吕托斯而酿成悲剧，是欧洲悲剧的一个著名题材。
2 狄多，古罗马传说中迦太基女王。
3 丽米妮，弗兰齐斯嘉·达·丽米妮，12世纪时的意大利女子，但丁在《地狱篇》中描绘了她与保罗的乱伦爱情。
4 埃里费勒，古希腊神话中阿尔戈斯英雄塔拉奥斯的女儿。
5 维莱达，日耳曼神话中古德意志的一位著名的女预言家，死后被奉为女神。

但是这些情感触及人性中宽容的方面。阐述它们，就是为处在最痛苦和最动人的欢乐中的人争光。描绘罪恶的小说要比表现激情的小说远为有害。为什么呢？因为罪恶比激情更容易引起联想，因为它是缓慢而悄无声息地潜移默化，因为归根结底它属于普通人的范畴。关于罪恶的小说，桑夫人从未写过。

桑夫人始终坚信人类的大事就是爱情，她说对了一半。饥饿和爱情是世界的两轴，人类全都是以爱情和饥饿为中心的。巴尔扎克在人身上看到的最主要的东西就是饥饿，也就是对于维持生命和成长的感觉、吝啬、占有欲、物质奢望、贫困、斋戒、消化、肉体的声誉。他极为精确地表现了手、下巴和胃的一切功能，肉食者的一切习惯。乔治·桑并不由于只让我们看情人而降低其重要性。卡莱尔[1]在被阿尔韦德·巴里纳引用的一个段落里说："爱情的全部问题在于一种可悲的浅薄，在歌颂英雄的时代里没有人会费心去考虑它。"年迈的卡莱尔相当冷漠。然而，整个大自然的目标似乎没有别的，只是把所有的人投入彼此的怀抱，使他们在无限的虚无之间，领略亲吻的昙花一现的陶醉。

---

1 托马斯·卡莱尔（Thomas Carlyle, 1795—1881），英国历史学家和批评家。

巴尔扎克[1]

有一天我到拉丁区的一个书店里去淘旧书,发现书店的角落里有一个头发很长、还算年轻的人,看起来性格豪爽。他的脸我见过,可是我想不起他的名字了。他翻阅着一本书,他的目光,微笑,额头活动的皱纹,开朗的姿态,他身上的一切在他决定和谁说话之前就在说话了。要嗅出一个唠叨的人是用不着多少本能的。我觉得自己应该溜走,否则就会成为他的猎物。然而我留了下来。索福克勒斯说得有道理,没有人能躲开他的命运,这在我的一生中屡试不爽,证明我不会抗拒厄运或好运,当然屡见不鲜的还是厄运。说实话,我一点都不讨厌这个喜欢旧书的人。他有一副幸运的模样,有穷人那种使人感觉不到穷困的悠然自

---

[1] 阿纳托尔·塞尔夫贝尔和于勒·克里斯托弗:《奥·德·巴尔扎克的〈人间喜剧〉索引》,附有保尔·布尔热的导言,卡尔芒-雷维出版社。斯波勒贝克·德·洛旺茹尔子爵(洛旺茹尔的查理):《奥·德·巴尔扎克先生的作品史话》,第二版,卡尔芒-雷维出版社。原注。

得、总是在梦想的懒汉的神情。他的服装与其说肮脏还不如说漫不经心,好像只是沾上了图书馆里高雅的灰尘。他毫无顾忌和漠不关心地把它们带在身上。只有帽檐宽得出奇和绸带竖起的帽子才流露出一种趣味、一种意愿,也许甚至是一种审美观。这个人只靠大脑活着,大概就只关心脑袋上的穿戴,其他服装对他来说毫无意义。我遗憾地说明他的双手是脏的。不过我们知道,传说图书管理员之王、贝尚松的老威斯在这方面也同样马虎。他的双手就像麦克白夫人的双手一样,它们在沐浴之后依然漆黑,而威斯先生说这是他在浴盆里读书的缘故。

那个拿着书的人一看到我,就拍着他那本旧书向我走来。

"看看吧,"他对我说,"这是神圣的法律,上帝的戒律。"

他拿着一本萨西[1]注释的《旧约》,翻到《出埃及记》的第二十章,用食指指着让我看第四节:"你们不可雕刻形象。"他接着又说:"人类因为违反了这本戒律将会死于疯狂。"

我明白我是在和一个疯子打交道。我并不因此而恼火。疯子有时是很有趣的。我不认为他们比其他人更善于推理,但是他们是用其他方式推理的,而这正是应该感谢他们的

---

[1] 希尔维斯特·德·萨西(Silvestre de Sacy, 1758—1838),法国东方学者。

地方。我并不担心会使他感到有点不快。

"请原谅,"我对他说,"我是偶像崇拜者,我也崇拜形象。"

"而我,"他答道,"我疯狂地爱过它们,为此忍受过无数的痛苦。所以我憎恨它们,把它们当作魔鬼。您难道从来没有读过这个人的真实故事吗?莱奥纳多的拉约孔德[1]使他成了疯子,所以有一天他从四方画廊出来就跳进了塞纳河。您不记得吕西安·德·萨莫萨特说过的一个希腊青年,克尼德[2]的维纳斯为他启示了一种渎圣的和致命的爱情?您不知道卢浮宫里赫耳阿芙罗狄蒂[3]的大理石雕像,已经被游客抚摸得磨损了,所以博物馆管理部门不得不用一道栅栏来保护这个可怕而迷人的雕像吗?您难道忘了在所有基督教国家里,十字架上的基督和绘制的圣母像是最粗俗的偶像崇拜的对象吗?应该承认,一般来说绘画和雕像扰乱感官,使头脑迷失方向,使人对现实感到厌恶和恐怖,使人类变得比在原始的野蛮状态时更加不幸千倍,它们是亵渎宗教的可恶的作品。"

我犹豫不决地反驳说,在使人类激动不安的血与肉的亢奋中,雕像和绘画是很小的部分,而艺术则相反地使它

---

[1] 莱奥纳多即意大利文艺复兴时期的画家达·芬奇,拉约孔德指"永恒的微笑",是达·芬奇的名画《蒙娜丽莎》的绰号。
[2] 克尼德,古代斯巴达殖民地的城市名。
[3] 赫耳阿芙罗狄蒂,希腊神话中赫耳墨斯和阿芙罗狄蒂之子,因钟情于他的宁芙的请求而与她合二为一,成为具有男女两性的神。

的情人们陶醉在一些平静的区域里，只领略安宁的快乐。

我的对话者合上他那本小小的《旧约》接着说下去，不屑于回答我的问题：

"与耶和华想用来保护以色列的雕琢和绘制的形象相比，还有一些致命千百倍的形象。这是小说家和诗人想象的绝妙的、理想的形象。这是典型和性格，是小说里的人物。这些形象经历着一种活跃的生活：他们是精灵，狡猾的作者把他们像魔鬼一样扔到我们当中，以便引诱和毁灭我们。既然他们就居住在我们身上而且占有我们，那怎么能摆脱他们呢？歌德把维特抛进了世界，自杀的人马上就成倍增加。所有的诗人，所有的小说家无一例外地扰乱着世界的安宁。荷马的《伊利亚特》和左拉先生的《萌芽》同样产生罪行。《爱弥儿》造就了一些恐怖主义者，一些把让-雅克想带回大自然的人杀死的刽子手。像狄更斯那样最无辜的人，仍然是最大的罪人。他们把我们的柔情和怜悯转向一些想象出来的人，其实它们更适于安放在我们周围活着的人身上。这个小说家制造出一些歇斯底里的人，另一个小说家制造一些卖弄风情的女人，第三个就制造一些赌徒或杀人犯。不过在所有作家当中最邪恶的、文学的魔王却是巴尔扎克。他想象出了整整一个地狱般的、今天我们正在实现的世界。在他的写作提纲上我们就都是嫉妒、贪婪、粗暴和不公正的生灵，我们扑向彼此，怀着杀气腾腾和可笑的狂怒，去占有金钱、夺取荣誉。巴尔扎克是恶之王,而他的统治时代来到了。从创世之初直到此刻,给人类造成痛苦的所有的雕塑家,所有的画家,所有的诗人,所有的小说家,让巴尔扎克替他们受到诅咒吧!"

他停下来喘了口气。

"唉!先生,"我对他说,"您所说的不无道理(奉承他是合适的),不过人们不会料到艺术家们是粗暴和放荡的。阿提拉[1]和成吉思汗从未读过荷马史诗,却是比亚历山大大帝更有毁灭性的人。火地岛[2]人和布须曼人[3]都道德败坏,既不识字也不会画。农民们杀死他们年迈的父母,不会留下任何感人的回忆。生存竞争在巴尔扎克之前就是致命的。在《萌芽》[4]写成之前就有罢工了。艺术激发了您过多的仇恨,所以我担心,先生,您是一个带有偏见的道学家。"

他脱下宽大的帽子向我致意,并且对我说:

"我不是道学家,先生;我是雕刻家、诗人和小说家。"

当他走了以后,书店老板告诉我:

"这是一个很有头脑的人,先生,可是他不幸福,是巴尔扎克使他昏了头。"

从那以后我没有再见到过那个戴大帽子的人。但是当

---

1 阿提拉(Attila,约406—453),匈奴人之王,曾率大军横扫欧洲,重创罗马帝国。
2 火地岛,南美洲南端的岛屿。
3 布须曼人,非洲西部的种族。
4 《萌芽》(1885),法国作家左拉描写工人罢工的小说。

我浏览卡尔芒-雷维[1]刚寄来的《〈人间喜剧〉索引》的时候，对于那次谈话的回忆却浮现在我的脑海里。这份索引是两位热情的巴尔扎克研究者，阿纳托尔·塞尔夫贝尔和于勒·克里斯托弗先生编制的。

它包括巴尔扎克在他的巨著中构思、创作和描绘的两千个人物的简要生平。在翻阅这部新式的瓦普罗[2]的时候，我被巴尔扎克的创造力惊呆了，几乎要像那个戴帽子的人那样，想向这个大逆不道的人大声吼叫。我目瞪口呆而又无比钦佩。这是整整一个世界！难以设想一个人厘清了这么多人的关系而没有把它们搞乱。我不想再使自己成为比现在更彻底的巴尔扎克研究者了。我内心偏爱篇幅短小的作品，我不断地从事的就是这类创作。不过，当巴尔扎克使我有点害怕，甚至觉得他思想沉闷和文笔累赘的时候，还是完全应该承认他的能力的。他是一个神。然后再责备他有时显得粗俗。他的信徒们会回答说，创造一个世界不应该过分讲究，而感到厌恶的人是永远也完成不了的。

这位伟人有一种品质给我留下了特别深刻的印象。当他是个善良的人，不陷于空想和幻想的时候，他是一个对社会和时代极有洞察力的历史学家，他揭示了它们的一切

1　巴黎的出版商，法朗士的作品大多由他出版。
2　居斯塔夫·瓦普罗（Gustave Vapereau, 1819—1906），法国哲学家，《大百科辞典》《当代通用辞典》和《文学通用辞典》等大辞典的编撰者。

法朗士论文学　077

奥秘。他比任何人都更使我们懂得旧制度[1]向新制度的转变过程，也只有他清楚地显示了当代这棵社会新树上的两大树根：国家财产的获得者和帝国的战士。他从未找到，也许没有找过某种狭隘而迷人的范围来突出他深刻研究的价值，就像例如于勒·桑多[2]在《赛格丽埃尔小姐》里，在描绘巴尔扎克所充分理解的时代里的形象和场面时所做的那样。桑多具有别人从未有过的鉴赏力和分寸。就限定范围而言，桑多要高明多了。但作为画家则完全相反，在生动和深度方面，巴尔扎克是无与伦比的。他比其他任何人都更有生命的本能，内心的激情，对家庭利益的判断力。

巴尔扎克的小说可以说正因为不包括历史事实和人物，才能够更好地为历史服务。从历史转入小说的时候，那些人物和事物只会被歪曲和变质。这位富有灵感的小说家把被历史蔑视的无名者当作他的主人公，他们什么人也算不上，但却是整个世界，而诗人就用他们组成了一些不朽的典型。所以一首诗篇或一部小说，就能使我们看到往往被公众人物的屏幕掩盖在历史之中的人民、民族和种族。服从于一种对他的艺术规律极有把握的感觉，巴尔扎克拒绝把历史人物带进他创造的圈子，赋予他们以想象的行动。所以那个时代的统治者拿破仑，在整个《人间喜剧》

---

[1] 指1789年法国大革命以前的王朝。
[2] 于勒·桑多（Jules Sandeau, 1811—1883），法国作家，法兰西学院院士，乔治·桑早期的情人。

中才出现了六次，而且是在完全次要的情节中远远地出现的（见塞尔夫贝尔和克里斯托弗先生的著作，第47页）。巴尔扎克把数量极少的历史人物与他的两千个虚构人物混合在一起。塞尔夫贝尔和于勒·克里斯托弗先生不加区别地标明了这两类人物。我本来希望他们通过加星号或者其他符号把真实的名字区别开来。对于拿破仑、路易十八、斯塔尔夫人或者甚至是法尔贡夫人、伊德·德·诺维尔和米尔贝尔夫人——我列举的是在这部著作里顺便看到的名字——来说，我同意这种区别没有什么用处。我还要补充马尔尚吉，他作为奴颜婢膝的法官和可笑的作家同样闻名；不过我发现他尽管出现在为赛查·皮罗多恢复名誉的动人场面中，索引却把他漏掉了[1]。

---

[1] 我收到了下面这封信：

巴黎，6月3日

先生和亲爱的同行：

您为我们的《〈人间喜剧〉索引》所写的精美的专栏文章，生动地评论了这个巴尔扎克及其多么神奇的世界，我们向您表示无限的感谢！这个世界以无数的细节令人眼花缭乱，目瞪口呆，甚至骗过了最内行的读者。您想要一个证据吗，这就是：

您责备我们在《皮罗多》里缺少了马尔尚吉，您说得既对又不对。他大概是出现在1853年的胡西奥的版本里的，但是后来的所有版本都用格兰维尔取而代之，我们是把这些最新的文本作为唯一的基础的。这样就使我们不得不忽视了维克多·雨果，他起初是被指名的（见《驴皮记》，夏邦蒂埃出版社），后来被卡扎里斯取代了。

先生和亲爱的同行，请接受我们最热情的祝愿。

阿纳托尔·塞尔夫贝尔，于勒·克里斯托弗

相反，也许所有的人都不知道巴尔舒·德·彭霍恩——只以他为例——实有其人，而且编撰过厚厚的著作。这种详尽的评论是如此细致，你们看是否轮到我也变成一个纯粹的巴尔扎克研究者了。我在说什么呀！此刻我冲动地觉得在巴尔扎克主义方面超过塞尔夫贝尔和于勒·克里斯托弗先生本人了。我热切地希望不久之后他们能在索引中补充一些统计数字。统计学是一门动人的学科，它应用于巴尔扎克创造的社会，必然会取得令人关注的成果。我说过这个社会的人物数量达到了两千。这是一个大致的数字。人们也许更愿意知道确切的数目。我想人们会乐于了解成人和孩子、男人和女人、单身汉和已婚者的数量，会乐于知道他们的国籍。一些死亡率的统计表也并非不合时宜。对于理解奥诺雷·德·巴尔扎克的作品而言，在这部著作中加上一张巴黎地图和法国地图也绝不是无关紧要的，《人间喜剧》的地理分布将呈现出与统计学同样的益处。

塞尔夫贝尔和于勒·克里斯托弗先生没有向我们提供这些，但是他们向我们提供了一篇更有价值的评论导言，保尔·布尔热先生像以前那样，在其中又一次显得是个研究精神事物的学问渊博而又手法高超的历史学家。

梅里美

在出版一部关于《高龙巴》作者的传记研究[1]的时候,德·霍松维勒先生又一次证明,即使对于那些他并不赞同其观点和意见的人,他也善于保持公正的态度。众所周知,德·霍松维勒先生所关心的事情没有比正义更为重要的了。他的宗教信仰,他的政治信念,他的文学趣味,都使他与梅里美有所区别。然而他无法拒绝对一个人表示他的好感,这个人在以表面的冷漠使他困惑的同时,又以一种含而不露的高贵感染了他。

在梅里美身上,德·霍松维勒先生善于不无敬意地辨认出"一种这样的本性,它们由于在与生活的接触中受到伤害,就赋予他们的体验以一种略带辛酸的犬儒主义的形式,同时深深地掩盖着一些热情,有时是一些信念,无论如何是一些优雅之处,甚至连他们使之反感的那些粗俗而

---

[1] 指法兰西学院院士德·霍松维勒伯爵撰写的《普罗斯佩·梅里美,传记和文学研究》。

诚实的人都不会怀疑"。

应该指出，德·霍松维勒先生在这部论著中发表的未出版的信件，为我们揭示了一个温和、钟情、忠诚和善良的梅里美，这是他与帕尼兹和两位无名女子的通信所证明无疑的。这些信件——大约有二十来封——中的一部分写给一位无比优雅和风趣的英国贵妇西尼尔夫人，曾留下一部回忆录的威廉·西尼尔先生的儿媳。其他信件写给"一位士兵的女儿，她由于自己的名字和在军中达到的崇高地位而两度闻名"。梅里美对她们显得自然、信任、多情。人所共知他乐于信任女人。他认为友谊在男人之间纯属幻想，而在一个男人和一个女人之间，在他看来似乎并非绝对不可能。他只是认为在这种情况下比较困难，甚至"极其困难，因为魔鬼介入其中"，但是归根结底，他为有了这两位女友而感到庆幸。

随着年龄的增长，他以一种充满魅力的精神友谊去爱所有的女人，这样一种交往是好色者最后的乐趣。无论神学家们说些什么，人都和身体一样有一种性别，梅里美懂得这一点。他对女人始终都有兴趣和感觉。他的错误在于像他的老师司汤达那样，往往故意装出不道德的样子。司汤达和梅里美急于把某些大胆而粗暴的行为，放进正派人最不可推卸的责任之中。我至少要人们让我们自由，让我们有时也得到尊重。几乎没有可爱的责任，而违反常理的责任往往比其他责任更加难以忍受。不过这种粗野只是一种装腔作势。梅里美掩盖着他的伤口。他的心被感动了,他在谈论他人的激情时并不流露出他的痛苦。有一天他就是这样写信给西尼尔夫人的:

> 我相信人在西班牙从来不会胸痛,而是经常会心痛,这个脏器在比利牛斯山脉北部无人了解或者萎缩了,在我的记事簿里有几个这类病症的悲惨例子,其中有两个相爱的人,前后相隔八天都死去了。您会感到非常吃惊的,因为他们并非丈夫和妻子的关系,或者说得更清楚一些,是一个已婚的丈夫和另一个妻子,一个已婚的妻子和另一个丈夫。他们尽管都有地位却没有资格相爱,所以受到了严厉的惩罚。希望他们在一个我不知道什么名称的、为了如此严重的罪犯而设立的地方去受罪吧。

在这种讽刺下面,你们没有感觉到有一种热烈的同情吗?梅里美总是由衷地相信激情的合法性。他只要求它们是真实的和强烈的。这种信念向他启示了一些关于婚姻和贞节的格言,它们也许会使西尼尔夫人感到不快,如果她不是那么老实的话,因为老实的女人是不会和别人一样如此轻易地感到愤慨的。梅里美对她说:

> 有人设想过为从来都只应该是一种社会习俗

的东西做一次圣事。

这看起来是太不恭敬了。不过哲学的疑问在任何地方都是允许的。正如贝特罗[1]先生说过的那样，辩论不再有禁区。我不是也曾听说过，一位当代最杰出的哲学家同样认为婚姻是一种过渡形式，最多过五六千年也许就是另外一回事了？梅里美还说：

> 我不把贞节视为最重要的美德。它的价值没有大到高于一切的程度。

这一次，他显然屈从于冒犯他可敬的女友的快乐了。对这类俏皮话不必过于认真地回答。只要说是男人将女人的贞节赋予了一种如此崇高的价值就够了。确实，每个欧洲男人为了自己的利益几乎只珍视一个女人的贞节，至多是两三个女人的贞节。尽管她们保持贞节有损于他的利益，他会感到非常惋惜，但这就足以形成舆论了。

当他谈论这种粗暴而不加掩饰的风尚的时候，梅里美痛苦难忍。他说："自从我遇到一次不幸之后，我变得无法工作了。"

他还说道：

---

[1] 马瑟兰·贝特罗（Marcelin Berthelot，1827—1907），法国政治家、化学家，法兰西学院院士。

过去我写作的时候都有一个目标,现在不再有了。我之所以写作,那是为了我,如果不写作我会更加烦闷。从前有一次,一个疯子以为他把一个中国的皇后(你们不会不知道这是世界上最美的皇后)关在一个瓶子里。他因为占有她而非常高兴,想了许多念头来使这个瓶子及里面的人不抱怨他。有一天他打碎了瓶子,因为不可能两次找到中国的皇后,这个疯子变成了畜生。

这个温柔的疯子只是他自己。他怎样失去了有魔力的瓶子,这是他另一天怀着一种刻意的冷漠对西尼尔夫人讲述的,而且把这段奇遇算在"他的一个朋友"身上。霍松维勒先生在一篇笔记里,为这种经过伪装的隐情的真实性进行担保。

您想象一下两个长期以来就真心相爱的人。一个晴朗的早晨,妻子坚信在十年里造成了她和另一个人的幸福的东西就是痛苦。"我们分手吧,我永远爱你,但是我不想再看到你了。"我不知道,夫人,一个男人把他一生的全部幸福都放在某种别人如此粗暴地剥夺的东西之上,你是否代表着能使这样一个男人痛苦的东西。

这就是这个坚强的人！这个蔑视柔情和忠诚的人！十年来他一直在爱，正是在一种甜蜜、漫长和庄重的私情中，他放进了一生的幸福。这个犬儒主义和无动于衷的面具，掩盖着一张人们从未见过的温柔和严肃的面孔。

梅里美生来就高傲和胆怯，很早就形成了内向的性格，从少年时代开始就形成了贯穿他一生的生硬而讽刺性的姿态。《伊特鲁立亚花瓶》里的圣克莱尔，就是他本人：

"圣克莱尔生来怀有一颗温柔而多情的心，但是在太容易形成贯穿终生的印象的年龄，他过分外露的敏感性招来了同学们的嘲笑。他高傲而野心勃勃，对别人的看法就像孩子一样当真。从那时起他就开始学习，取消被他视为一种不名誉的弱点的一切外表。他成功了，但是他的胜利使他付出了昂贵的代价。"

这样的梅里美是 20 岁，当他写信给帕尔凯夫人的时候是 40 岁了：

> 朋友们经常对我说，我没有足够细心地显示我天性中可能有的优秀的东西，但是我从来就只担心几个人的意见。

这种态度瞒不过西尼尔夫人，她写信给她的朋友说他当然是一个好人。他表示同意：

我欣喜的是您认为我是个 good-natured man[1]。我以为确实如此。我从来都不是恶人,不过随着自己的衰老,我尽力避免去做坏事,而这要比人们所料想的更为困难。

后来出于一种非常合乎人情的矛盾,他对自己以前表现出的样子,以及成功地掩盖了他的优秀品质感到后悔,抱怨受到了舆论的错误评价和不公正的谴责。他把由于高傲、胆怯和优越感而在他周围形成的精神孤独只归咎于他的坦率。

如果我用已经获得的体验来重新开始我的生活,我要尽力成为一个伪善者,并且奉承所有的人。现在是得不偿失。另一方面,有某种悲惨的东西在讨戴着面具的人喜欢,令人想到人们在除去面具的同时就会变得可憎。

他最强烈和最持久的遗憾是没有一个要抚养的孩子,一个小女孩。1885 年,他给西尼尔夫人写信说:

我已经老得不能结婚了,但是我想找到一个现成的、需要抚养的小女孩。我常常想向一个茨冈女

---

[1] 英语,意为"性格好的男人","温厚的男人"。

人买一个孩子，因为如果说我的教育变坏了，我就很可能不会使我要收养的小女孩变得更加不幸。您对此有什么想法？怎样才能得到一个小女孩呢？不好的地方是茨冈人的皮肤褐得过分，头发也像马鬃一样。您为什么没有一个金发的小女孩让给我呢？

过了一段时间他又表示同样的悔恨：

> 世界使我厌烦，我不知道会变成什么样子。我觉得在世界上没有一个朋友。我失去了所有我爱过的人，他们死了或者变了。我如果有办法的话，我要收养一个小女孩，但是这个世界，尤其这个国家是如此无法把握，以致我不敢为自己提供这种奢侈。

岁月流逝，而这种悔恨始终存在。他抱怨他的孤独，痛苦地证实不可能留住一个朋友，于是重新表达了"有一个小女孩"的愿望：

> 可是，若干年以后，小怪物很可能会迷恋上一个丑男人，而把我抛弃。

然而这个梦想一直追随着他，直到暮年和疾病缠身的时候。1867年，他因不久就将导致死亡的胸部疾病而羁留在戛纳，他看到了普雷沃-帕拉多尔先生的三个孩子,其中一个是确实迷人的13岁的女孩,当时没有孩子的悔恨充斥着这颗已经几乎破碎的心。梅里美写信给一位他多年来保持通信的夫人:

> 我会非常喜欢有一个女儿并且抚养她。我对于教育,特别是对未婚女子的教育有许多想法,并且相信自己有一些可惜始终未能运用的才华。

他很久以来就患有忧郁症,并且看到西尼尔夫人无法避免 blue devils(忧郁)。霍松维勒先生探讨了这种伤感的原因,认为它存在于"一种过得不好、诱惑太多,回忆中的苦涩多于温馨的生活的模糊本能"之中。在我看来,我怀疑梅里美曾经有过这样一种道德感。他悔恨些什么?他从来不把精力看成美德,也不把激情看成责任。怀疑论者认为世界只是一系列不可理解的形象,而且对生与死都同样畏惧,因为无论生与死对他来说都没有意义,梅里美的悲伤难道不更是怀疑论者的悲伤吗?归根结底,难道他没有体验到这种头脑和心灵的辛酸,精神鲁莽的必然惩罚?难道他还没有尝尽玛格丽特·德·安古莱姆如此生动地为之命名的"所有出身高贵的人共有的烦闷"吗?

居斯塔夫·福楼拜

那是1873年秋季的一个星期天,我万分激动地去看望福楼拜。他住在穆利约街的一个小套房里,我提心吊胆地按响门铃。他亲自来开了门。我有生以来还没有见过像他这样的人。他身材高大,肩膀宽阔,体格健壮,容光焕发而且声音洪亮。他穿着一件宽松的栗色双排扣长上衣,真是海盗的服装,宽大的长裤像裙子一样拖在脚跟后面。他头顶光秃,周围留着长发,额头布满皱纹,目光炯炯有神,面颊红润,垂着说不上什么颜色的小胡子。他具有我们在书里看到的斯堪的纳维亚的老始祖们的一切特征,他的血管里流着他们的血,当然绝不会是纯种的了。

居斯塔夫·福楼拜是香槟省的一个男人和下诺曼底省古老家族的一个女人生出来的,他当然是女人的儿子,是他母亲的孩子。他完全像诺曼底人,但绝不是土生土长的诺曼底人,法兰西国王的封臣,罗尔弗军团战友们的退化得平静的后裔,资产者或平民,检察官或农夫,具有贪婪和狡诈的天性,不说是也不说不是;而完全是海边的诺曼底人,好战的国王,从天鹅之路来的老丹麦人,从来没有在木板屋里睡过觉,也没有在一户人家旁边把装满啤酒的角杯喝个精光,喜欢教士的鲜血和从教堂里夺去的金子,把他的马拴在宫殿的小教堂里,是航海者和诗人,醉醺醺的,好发脾气,宽宏大量,充满了北方阴郁的众神,在抢劫时还保持着他始终不变的高贵。

他的神情绝不会骗人。他就是这样,总是在梦想中。

他向我伸出他那领袖和艺术家般漂亮的手,对我说了几句善意的话,于是从那时起,我就因热爱我所崇拜的人而感到幸福。居斯塔夫·福楼拜非常善良,有一种表示热情和好感的神奇能力,所以他总是万分激动。他时时刻刻都在奔赴战场,不停地诅咒着要复仇。他就像他极为尊重的堂吉诃德,堂吉诃德要是不那么热爱正义,不那么爱美和怜悯弱者的话,他也就决不会打碎赶骡子的比斯开人的脑袋,也不会刺穿无辜的绵羊了。他们俩都是正直的人。他们俩也都怀着一种嘲笑容易却难以媲美的英勇豪气去梦想生活。我来到福楼拜家里刚刚五分钟,铺着东方地毯的小客厅就流淌着两万个被扼杀的资产者的鲜血。这个善良的巨人来回踱步,用脚后跟把卢昂城的市议员们踩得脑浆迸裂。

他用双手翻腾着圣马尔克·吉拉尔丹先生的内脏。他把梯也尔先生还在抽动的四肢钉在监狱里,梯也尔先生曾让掷弹兵们被打死在雨水浸透的阵地上,我相信他是个罪人。接着他从狂怒转为热情,开始用一种宽厚、沙哑和单调的声音,背诵《复仇女神》的开头部分,这是勒孔特·德·李勒在埃斯库罗斯的启发下创作的一出戏剧,刚刚在奥德翁剧院上演。这些诗句确实很美,福楼拜赞扬它们是完全有道理的。不过他的欣赏扩展到了演员们身上。他以一种粗暴而可怕的真诚谈起玛丽·罗朗夫人,她在这个剧里扮演吕泰涅斯特拉这个角色。在谈论她的时候,他就像在爱抚一只怪兽。当谈到扮演阿伽门农的男演员时,福楼拜吼叫起来。这个男演员是悲剧主角的一个心腹,一直扮演这个可怜的角色,现在他老了,疲惫不堪,不抱幻想,由于关节炎而行动不便,他的演技完全受到了身心痛苦的影响,有些日子这个可怜的人在舞台上几乎无法移动。他将近晚年才娶了剧院的一个女引座员,打算不久就和她一起到乡村去休息,远离一切戏台和小小的椅子。我想他名叫罗特,是个温和的人,只求世界上的好心人都答应让他安宁。可是我们善良的福楼拜不这样认为。他要求好好先生罗特从事一种新颖而宏伟的职业。

"他是无限的!"他喊叫着,"他是一个野蛮人的头领,一个阿尔戈斯的君主,他是古老的,史前的,传说的,荷马的,狂热的,史诗的!他的静止是神圣的!他不动弹……

这是伟大的！这是神奇的！他就像代达洛斯[1]的一座装饰着处女的雕像，您在卢浮宫里见过一幅具有古代希腊风格的小浮雕吗？完全是亚洲式的，是在萨莫特拉斯岛上发现的，表现的是阿伽门农、塔尔提比奥斯[2]和埃佩奥斯[3]，旁边刻写着他们的名字。阿伽门农双膝向内坐在宝座上，长着山羊的脚。他有尖尖的胡子和亚述人的卷发。塔尔提比奥斯也是如此。他们是可怕的家伙，样子像鱼，似乎极其古老。可以说罗特就出自这块石头。他真了不起，他妈的！"

福楼拜就这样喷发着他的热情。荷马史诗和埃斯库罗斯悲剧的全部诗意，在他看来都体现在好好先生罗特身上，就像这个机灵的西班牙末等贵族，把一只普通绵羊看成了永远无畏的布朗达八巴尔巴兰·德·鲍利什，三个阿拉伯国家的主人，把一身蛇皮作为盔甲，盾牌则是据说贝桑松带到加扎城外去的那一扇门。我同意他们两人都弄错了，但是不应该平庸得错到这种程度。

您永远不会看到蠢货们陷入这样的幻觉。我觉得福楼拜为他没有生活在阿伽门农和特洛伊战争的时代而由衷地感到遗憾。在说完那个英雄时代，以及大体上所有野蛮时代的巨大好处之后，他对当代大加痛斥。他认为当代是平庸的，在这一点上我认为他的哲学是错误的，因为归根结

---

[1] 代达洛斯，古希腊神话中的建筑师，克里特岛迷宫的建造者。
[2] 塔尔提比奥斯，古希腊神话中阿伽门农的传令官。
[3] 埃佩奥斯，古希腊神话中希腊联军的将领。

底，任何时代对于生活在其中的人来说都是平庸的。无论生在什么时代，人们都无法逃避平庸的印象，因为那是从人们身处其中的事物散发出来的。生活的进程总是如此单调，所以任何时代的人都会彼此厌倦。野蛮人的生活比我们简单，却比我们更加烦恼，为了消遣就杀人和抢劫。我们现在有聚会、晚餐、书籍和剧院，能使我们开心一点，我们消磨时间的方式比他们更丰富了。福楼拜似乎相信古人本身也具有他们给予我们的奇特印象，这是一种有点天真，不过非常自然的错觉。实际上，我相信福楼拜不像他看起来那样不幸。至少他是一个类型独特的悲观主义者，是一个对人类和大自然的部分事物充满热情的悲观主义者，莎士比亚和东方使他心醉神迷。我不但不可怜他，还要宣称他是幸福的：他享有这个世界上的很大一部分东西，而且善于欣赏。

我不谈他在写作优秀作品以实现文学理想时所体验到的幸福，因为我不敢肯定在这种情况下，成功的喜悦是否抵得上努力的艰难和焦虑。这个问题要看谁能体味到最纯粹的满足，是写完《包法利夫人》的最后一行字的福楼拜，还是莫泊桑先生笔下把耐心制作的最后一根帆船上的索具放进大肚瓶里的水手。在我看来，在这个世界上我只知道有两个人为他们的作品而高兴：一个是一位年迈的上校，他编制了一份勋章的目录；另一个是事务所的听差，他用一些瓶塞做了一个玛德莱娜教堂的小模型。写出杰作不是为了自己的乐趣，而是出于无法逃避的命运的影响。夏娃的厄运也像打击她那样打击亚当：男人也要在痛苦中生产[1]。然而如果说生产是痛苦的话，欣赏则是甜蜜的，而福楼拜充分品尝到了这种甜蜜。他大口痛饮，狂热地欣赏着，他的热情充满着抽泣、谩骂、吼叫和咬牙的咯咯声。

在他的刚刚出版的《书信集》[2]第一卷里，我又发现了他，我的福楼拜，就像我14年前在穆利约街的土耳其式小客厅里看到的那样，粗暴而善良，热情而勤奋，是平庸的理论家、出色的工人和杰出的正直的人。

所有这些品质不会造就一个完美的情人，因此在这部全面的书信集里，如果最为冷淡的信件是情书的话也不必过于惊讶。那些情书是写给一位女诗人的，据说她已经引起过一个雄辩的哲学家的热烈而持久的爱情。她很美，一头金发，高谈阔论。福楼拜被这位女诗人选中的时候已经23岁，体验到了对写作的兴趣和对束缚的恐惧。还要补充的是这个人任何时候都不会说最微不足道的谎话，所以就可以看出他在写信时的尴尬了。不过他起初写了一些动人的信，写得那么用心，以至于到了晦涩难懂的程度。1846年8月7日，他写道：

---

1 这里是把男人的创作比喻为女人的分娩。
2 中译本可参见《福楼拜文学书简》，丁世中译，广西师范大学出版社2020年10月版。编注。

我的习惯是把世界和我清晰地分成两个部分：一边是我希望变化的外在因素，色彩丰富、和谐而巨大，我接受它的只是用来享受的景色；另一边是内在因素，我把它们凝聚得更加密集，让纯粹精神的光芒透过打开的智慧之窗魅力十足地照射进来。

他并不习惯于这种技巧，很快就觉得厌倦，以一种更为明快但是生硬甚至有点粗暴的风格来写他的情书。在难得的温柔时刻里，他向心爱的人说话，几乎就像对一只好狗一样："你的好眼睛，你的好鼻子。"女诗人还为启发了一些更为和谐的音调而沾沾自喜。

我把他写于12月14日的信作为一个粗鲁的范例录在下面，福楼拜在信里写道：

> 昨天医生给我做了一个小手术，因为我的脸上长了一个脓包，面孔被用布片包裹起来，显得很滑稽。所有的坏疽和感染在我们出生之前就有了，在我们死的时候还要重新抓住我们。似乎这还不够，我们的生命只是连续不断的变质和腐烂，它们交替出现，彼此弥漫。今天掉一颗牙，明天掉一根头发；一个伤口裂开了，一个脓包形成了，让你涂药膏，排脓血。除此之外还有脚上的鸡眼，身上的各种臭味，各种各样气味不同的排泄物，可以为人类画一

张很有刺激性的画了。真想不到人们会喜欢这一切！尽管人都爱自己，例如我，我厚着脸皮注视镜子里的自己也并未哈哈大笑。只看到一双旧靴子，不会引起什么深沉的忧伤和辛酸的悲哀吧？当想到穿上它向不知什么地方去的每一步、践踏的每一棵草、溅在身上的所有泥点，裂开了口的皮子似乎在对你说："笨蛋，走到目的地之后再去买双靴子吧，油光发亮，咔嚓作响，有朝一日你把靴筒弄得很脏，鞋面渗了许多水，它们会像我和你一样了。"

人们至少不能指责他说些平淡乏味的话。他后来承认他"心肠很硬"，他确实难以感觉到某些细腻的东西。相反的，他却具有奇特的天真。他向X夫人担保他的灵魂几乎是洁白无瑕的。确实是他的这种坦承打动了一位女才子。何况他没有最起码的自尊心，并且承认他不理解爱情的细腻。应该赞扬他，这是他的坦率。人家要他许诺爱到永远，他却从不许下任何诺言。这也说明他是一个极其诚实的人。

事实是他只有一种激情，就是文学。如果能够为他竖立雕像，就可以在下面写上奥古斯特·巴尔比埃[1]致米开朗琪罗的这句诗：

---

[1] 奥古斯特·巴尔比埃（Auguste Barbier, 1805—1882），法国诗人，法兰西学院院士。

艺术是你唯一的爱，占据了你的全部生命。

在9岁的时候，（1831年2月4日）他写信给他的小朋友欧内斯特·舍瓦利埃：

> 我要把头脑里的一些小说写出来，它们是：《美丽的安达卢西亚》《假面舞会》《卡尔德尼奥》《多罗泰[1]》《摩尔女人》《鲁莽的猎奇者》《谨慎的丈夫》。

从那时起，他就发现了他的使命的奥秘。他一生中每天都在受到召唤的道路上前进。他像牛一样工作。他的耐心、勇气、真诚、正直永远堪称典范。他是最认真的作家。他的书信证明了他的诚挚，以及他的不懈努力。他在1847年写道：

> 我越写就越发现难以描写最简单的事物，就越是模糊地瞥见那些我曾认为是最美妙的事物的空虚。幸好在我对大师们的钦佩日益增长的同时，这种压倒性的比较非但没有使我绝望，反而激发了我的不可遏制的幻想：我要写作。

1　多罗泰（Dorothée），生活在3世纪末的圣女和殉难者。

应该欣赏、应该尊重这个富有诚意的人,他以顽强的工作和对美的热忱,去掉了他头脑里生来就有的沉重和模糊的东西,他辛勤而缓慢地写着优美的作品,把他的一生有条不紊地献给了文学。

居斯塔夫·福楼拜的观念

关于歌剧《萨朗波》，人们总是谈起福楼拜。有一个足够的理由令福楼拜使好奇的人感兴趣：福楼拜很有趣。他是一个粗暴而又善良的人，既荒诞不经又才华横溢，在他身上包含着一切可能的矛盾。在一种既无灾祸又无波折的生涯里，他善于使自己始终是个剧作家；他把生活的喜剧当成通俗剧来演出，而且在他家里，就像亚里士多德所说的那样，他是最悲剧性的人物。如果他看到改编成歌剧的《萨朗波》的话，他今天会比任何时候都更是个最悲剧性的人物了。看到这个可怕的戏剧，他的眼睛会放射出怎样的光芒！这对于他将是苦难，芦苇做的权杖和荆冠，将是钉住的双手和破开的腰部……

仅仅说这些还是不够的，他会认为这些话还远不足以表达他的痛苦。但愿他在夜里对雷耶和洛克勒先生没有显得悲惨和可怕，这几乎是反对灵魂不灭的一个证据。

至少，自从有人把与冥间来往的登加尔的洞穴堵死以后，死者几乎不会复生是确实无疑的了。否则的话，我们的福楼拜就会来了，他会来诅咒洛克勒和雷耶先生。

他在生前是一个极好的人，只是对生活有一种奇特的观念。说到这里，我猛然发现在《蓝色评论》里，有一篇关于这个可怜的大作家的性格的论文，署名是亨利·罗若尔，这个名字在文学界并不陌生。他是一个短篇小说家和批评家，写过一些关于当代小说家和诗人的出色评论，也有一些散见于杂志上的、完全应该合并成一卷的短篇小说。有人向我担保亨利·罗若尔是个假名，隐藏在它背后的是共和国的一位非常可亲的职员，他善于利用在一位部长身边担任职务的便利，不止一次地为文学出力。对此我不想肯定任何东西，在这一点上我拜托给乔治·戴利先生，众所周知，他是全力承担揭露当代文学中的假名这个微妙的任务的。不过这会使我相信人家说得对，就是在一切署有亨利·罗若尔名字的篇章里，对艺术的崇尚都混杂着这个经验丰富的人不由自主地流露出来的对现实生活的忧虑。他具有一种纯粹的文人往往最缺乏的、对生活之普通必需品的感觉。我们在一篇文笔优美的故事里，已经看到他迫使唐璜本人承认幸福只存在于婚姻和合法的生活方式之中。唐璜在悲惨的晚年确实是这样承认的，也确实这样说过，因为我们所说的幸福，往往是我们自己都不了解的东西。

在这篇令人注目的论文里，亨利·罗若尔先生的哲学显得更加出色，他极力打消诗人孤独的高傲，教育君主们

不要蔑视任何人。他用家庭的作品来对抗艺术作品,并且热情地做了结论:

> 使他的命运获得成功,这也是一种杰作。斗争、希望和期待、爱、结婚、生一些孩子,需要时把他们叫作托托尔,所有这些,以"永恒"的目光来看,难道比涂写、弄皱纸张和整夜与一个形容词搏斗更加愚蠢?这还不算要为这种枯燥的游戏忍受巨大的痛苦,提前进入他的地狱。"去吧,和你选择的妻子一起高兴地吃你的面包吧",说这种话的不是一个有产者,而是传道书,一个文人,几乎是一个浪漫主义者。

这话说得很对。福楼拜确实没有道理嘲笑那些把儿子称为托托尔的人,他把他笔下的奥斯曼帝国苏丹的后妃称为……X夫人,这完全是同样可笑的。福楼拜错误地、"非常天真地以为,世上除了艺术之外只有耻辱"。而他花费八天时间来避免一个叠韵,像他经常吹嘘的那样,他是没有权利蔑视普通人默默无闻的工作的。但是把这些工作与他的工作等同起来,认为每个人为自己工作与一个人为大家工作具有同样的价值,把一个孩子的教育与一首诗篇的创作进行比较,罗若尔先生似乎就是这样做的,这就是又在宣称美的、天才的、思想的虚无,一切的虚无,就是向宣讲制鞋胜过写书的俄罗斯传教者伸手乞求了。至于您轻率地引证的传道书，小心这是一位杰出的怀疑论者，他给你的建议不像看起来那样如此有道德。在家庭感情方面应该提防东方人。

但是我不该责备亨利·罗若尔先生，他在写作我引证过的雄辩字行时失去了冷静：福楼拜夸大了这一点，而我不会感到吃惊。福楼拜的观念就是要使所有神志清醒的人变成疯子。它们是荒谬的，是如此矛盾，无论谁想把他的哪怕三个观念调和起来，马上就会被人看到在用双手按住太阳穴以免脑袋炸开。福楼拜的思想仿佛一种喷发式的灾难，这个巨人有一种地震般的逻辑。他清楚这一点，但不那么简单，他更愿意变成火山，尽管他不是真正的火山，而是在用一些花炮来为大自然的抽搐推波助澜。因此他天生的夸张来自艺术的某种东西，就像这些荒凉的遗址，旅馆老板们会在其中添加一些景点。

崇高总是惊人的。在福楼拜的信件和谈话中堆砌的胡言乱语，它们的崇高不可思议。龚古尔兄弟收集了他的一些谈话，这将会引起永远的惊讶。首先必须知道福楼拜何许人也。看看他的样子：一个北方的巨人，孩子般的面颊加上一撇巨大的小胡子，海盗般的高大身材和永远天真的蓝眼睛。不过在精神方面，他确实是一种奇怪的组合。据说很久以前人类是各种各样的。福楼拜就是各种各样的。但是他还被拆开了，组成他的各个部分不断地倾向于自我解体。在我童年的时候，塞拉芬剧院里上演过一个完美的形象，仿佛是福楼拜这个人的象征。那是一个抽着烟斗跳舞的小轻骑兵。他的双臂从身体脱开后跳来跳去，而他自己也在不停地跳着。接着他的双腿也各走各的，他似乎没有发现，现在身体和脑袋也分开了，脑袋自己消失在有几只青蛙逃出来的羔皮便帽里。这个人物形象完美地表现出福楼拜在精神和道德能力的所有方面都存在的强烈的不和谐。当他在穆利约街的小客厅里让我观看和倾听他穿着海盗服指手画脚地吼叫的时候，我不禁想起了塞拉芬剧院里的轻骑兵。这样不好，我承认，这对一位大师不够尊重。但至少我被他的作品引起的叹为观止的钦佩之情并未因此而减少，反而在我日益着迷于弥漫在《包法利夫人》全部篇章中的永不磨灭的美之后变得更加强烈了。然而那个如此有把握地用可靠的手写出这本书来的人，这个人却是一个由优柔寡断和谬误构成的深渊。

这里有些东西在羞辱我们微不足道的智慧：这个掌握滔滔不绝地说话的秘诀的人并不聪明。听他用一种可怕的声音讲述的、他写的每一行字都会起来揭示的愚蠢的格言和晦涩理论，人们会目瞪口呆地认为：对了，这就是一切浪漫主义疯狂行径的替罪羊，是被选定来承担一个天才民族的所有罪行的动物。

他就是这个样子。他还是有涵养的巨人，伟大的圣徒克利斯朵夫，他艰难地靠着一棵被拔起来的橡树，从浪漫主义文学的彼岸过渡到自然主义这一边，不用怀疑他带着什么东西，来自何方和到哪里去。

他的祖父辈里有一位娶了一个加拿大妻子，而居斯塔夫·福楼拜自以为自己血管里流淌着印第安人的血液。事实上他是纳切兹人[1]的后裔，不过这是由于夏多布里昂的缘故。他在本质上是个浪漫主义者。在中学时，他就在枕头下面放一把匕首。青年时代，他把马车停在卡西米尔·德拉维涅[2]的农村住宅前，爬到土墙上对着栅栏喊"一些流氓腔的骂人话"。在早年给一个朋友的信中，他尊尼禄为"古代世界最崇高的人"。作为一个女才子的平静的情人，他相当笨拙地穿着安东尼[3]的长筒靴。二十年以后他说道："我完全准备杀了她，当我跟着她走的时候有一种幻觉。我听到重罪法庭的椅子在我下面裂开的声音。"

他最了不起的蠢话肯定都来自浪漫主义，不过他又加进了自己积累的部分。

龚古尔兄弟在他们的《日记》里记下了这些含糊不清的高谈阔论，这些与他才华的性质完全对立的、他以雷鸣

---

1 纳切兹人是北美的印第安人部落，夏多布里昂的小说《勒内》里有所描写。
2 卡西米尔·德拉维涅（Casimir Delavigne, 1793—1843），法国诗人，法兰西学院院士。
3 大仲马的悲剧《安东尼》的主人公，他与阿黛尔相爱，但因为自己是私生子而无法成婚，致使她嫁给了爱尔维上校。安东尼在和她幽会时被爱尔维发觉，为了顾全她的名誉而杀死了她。

般的声音传布的论点,"这些炫耀的观念",这些关于纯美的晦涩难懂的理论。福楼拜钻进关于这种永恒的美的定义里,就像一头水牛钻进一个被蒿草盖满的湖泊。这一切当然都出自一种崇高的纯洁。亨利·罗若尔先生在我刚才提到的论文里极为准确地看到,福楼拜最可怜的错误在于相信艺术和生活是互不相容的,为了写作必须放弃生活里的一切责任和快乐。

他常说:"一位思想家(艺术家不是一个十足的思想家又是什么?)不应该有宗教、祖国,乃至任何社会信念……参加任何一个机构,进入一个无论什么样的团体、无论哪个行会或作坊,甚至得到一个无论什么头衔,就是玷污自己的名誉,就是堕落……你可以描写酒、爱情、女人、荣誉,先生,只要你不是酒鬼、情人、丈夫和士兵。与生活混在一起,就看不清它,过分地为它痛苦或快乐。在我看来,艺术家是某种与天性无关的东西。"

这些话是错误的。他不明白诗歌当然应该来自生活,犹如从天空看来,树木、鲜花和果实是从地上、从富饶的土地上生长出来的一样。我们只为我们的错误而痛苦。他则为他的错误痛苦得难以忍受。我们的批评家正确地指出:"他的不幸来自他坚持不把文学看成人的最美的女仆,而是看成不知什么样的残忍的、贪吃祭品的莫洛克[1]。"

---

[1] 莫洛克,《圣经》中巴勒斯坦地区崇拜的异教神,以孩子作为祭品。

被宠坏的孩子，然后是衰老的孩子（罗若尔先生补充说），永远是孩子！福楼拜大概像保存临终圣体那样，保存着他在中学时代关于文人绝对优秀、作家与其他人对立、世界是个藏污纳垢的场所的理论，天知道还有什么。所有这些堂而皇之的胡言乱语在他看来首先是一些信条，他对它们怀着最高度的虔诚。在一种关于责任的幼稚观念上白费脑筋，其中尽管有耀眼的闪光，却永远是一片黑暗。

他也迷恋没有个性的艺术。他常说："艺术家应该让自己变得使后人以为他没有生活过。"这种狂热启发了他的一些令人遗憾的理论，不过实际上没有什么大问题。用不着白费唇舌地进行辩解，人只谈自己的情况，我们的每一部作品都只写我们，因为它只了解我们。福楼拜徒然地喊叫他不在他的作品里。他全副武装地投身其中，犹如德西乌斯[1]投入深渊。

人们如果留意一下，就会发现福楼拜的观念并不属于他本人。他从各种各样的人那里取得这些观念，自己只是使它们变得晦涩，不可思议地把它们混为一谈。戴奥菲·戈

---

[1] 德西乌斯（Publius Decius, 201—251, 248—251在位），罗马皇帝，执政时迫害基督教徒。

蒂埃、波德莱尔、路易·布耶[1]的想法差不多和他一样。龚古尔兄弟的《日记》在这方面富有教益。可以看到在达尔文、斯宾诺莎和泰纳的著作里学会读书的我们，与老一代大师之间隔着什么样的鸿沟。然而现在一条同样宽阔的鸿沟正在我们与新一代之间形成。那些在我们后面来到世上的人嘲笑我们的方法和分析。他们不听我们的话，而如果我们不加注意的话，甚至就不会知道他们想说些什么。在我们这个时代，各种观念都转瞬即逝。我们看着诞生的自然主义已经咽气，而象征主义似乎也快要和它在永恒的迈娅[2]里会合了。

各种心态和思想方式令人伤感地不断流逝，而老福楼拜的作品仍然屹立和受到尊重，这就足以使我们谅解这位善良的作家在信件和熟悉的谈话中比比皆是的脱节和矛盾之处了。在这些矛盾当中，有一个是应该赞赏和祝福的。福楼拜不相信世界上的任何东西，他常常比传道书更加辛酸地自问："人从所有的作品里得到了什么结果？"福楼拜是最勤奋的文人，每天写作十四个小时，花费了大量时间去了解情况和收集资料（这一点他做得很不好，因为他缺乏考证和方法），把漫长的下午用来发出亨利·罗若尔先生如此生动地形容过的"忧伤的咆哮"。他浑身是汗、

---

[1] 路易·布耶（Louis Bouilhet, 1821—1869），法国诗人、剧作家，福楼拜的同学和朋友。
[2] 迈娅，古希腊神话中的山峦之神。

气喘吁吁，永远在自讨苦吃，把他为森林、海洋、山岭的露天风光而生的高大身材整天俯在一张桌子上，直到把它压垮。为了完成他的作品，他除了具有狂热的抄写员的执着和博学的优秀僧侣的无私热忱之外，还具有蜜蜂和艺术家的本能的热情。

什么都不相信，什么都不指望，什么都不渴求，他为什么会投身于如此艰巨的劳动？他在名声如日中天的时候曾这样痛苦地承认："归根结底，工作，这还是逃避生活的最好的方法。"这样他至少就调和了这种矛盾。

他是不幸的。如果这样是错的，如果他是他的错误观念的受害者，他也会同样受到真正的折磨。我们不要模仿因为爱玛既不挨饿又不受冻而否认她的痛苦的修道院院长布尔尼西安，他今天感觉不到啮噬她的肌肉的铁牙，明天又为一个绒毛枕头而不快。福楼拜就像文艺复兴时期的王妃那样，"承受着比所有出身高贵的女人所共有的烦闷更多的重负"。

他在吼叫出可怜的格言时感到些许的轻松。不要对他进行过多的抱怨。他确实有一些完全经不起推敲的文学观念。他属于那种不善于进行战争推理但是赢得了战役的英勇的指挥官。

夏尔·波德莱尔

波德莱尔最近受到了一位批评家的确实是过分的对待，这位批评家威望很高，因为这种威望是以思想的正直为基础的。在《恶之花》的作者身上，布吕纳介先生看到的只是一个怪人和疯子，并且以他一贯的坦率说出了他的看法。然而就在这一天，他不小心冒犯了诗神，因为波德莱尔是一位诗人。我承认他有一些讨厌的怪癖，在不顺心的时候就像一只老猕猴似的装模作样。他装出一副邪恶的外表，那是今天看来非常可笑的时髦，他为惹人生气而高兴，以显得可憎而自豪。这样做没有什么意思，所以他的崇拜者和朋友们，在关于他的传说中充满了趣味恶毒的讽刺和挖苦。

"您吃过小孩的脑子吗？"有一天他问一个老实的职员，"吃吃看，就像半熟的核桃肉，味道好极了。"

另外一次，在一些外省人常去的餐馆的大厅里，他大声地讲一个故事，开头是这样的：

"在谋杀了我可怜的父亲之后……"

我承认这些逸闻很可能并不完全真实,它们存在于这个人的脑海里,具有波德莱尔式的花招,而且我不知道世上还有什么比它们更令人不快的了。这一切都是毋庸置疑的,但是也必须说明波德莱尔是诗人。

我要补充说这是一位非常虔诚地信奉基督教的诗人。人们对他的名声大为不满,在他的诗篇里发现了一些前所未有的伤风败俗和一种奇特的堕落,这是对他和他的时代的恭维。说到不道德的行为,从穴居时代和猛犸象时代开始,就不再有什么可以发现的了,人这种动物没有丰富的想象力,能想象到的都已经想到了。仔细考察起来,波德莱尔并非描写不道德的诗人,而是描写罪恶的诗人,这是完全不同的。他的道德与神学家们的道德没有多少差别。他最出色的诗句似乎是在教会的古老经文和日课经的圣歌的启示下写出来的。

面对自己各种梦幻的形态,他像个僧侣一样感到一种迷惑人的恐惧。他每天早晨都在喊叫:

> 愿黑暗让位给光明,
> 黑夜让位给白天,
> 使黑夜带来的罪过,
> 逃不过光明的惩戒。

它深深地浸透着肉欲的不洁,而且我敢于冒昧地说,原罪的学说在《恶之花》里得到了最后的诗意表现。波德莱尔以一位决疑论者细致入微的严格和博学者的严肃,来观察感官的骚动。对他来说,这些骚动非常重要:这是一些罪恶,而在最微不足道的罪恶里,也有着某种异乎寻常的东西。夜间在一条可疑小巷的阴影里碰到的最可鄙的女人,她的精神上也具有一种可悲的高贵:她的身上有七个魔鬼,整个神秘的天国都注视着这个灵魂处于危险之中的罪人。他认为最卑劣的亲吻也将在永恒中回响,他还把十八个充满阴谋诡计的世纪与一个小时的相会混为一谈。

所以我说他信奉基督教并没有错。不过需要补充的是,像巴尔贝·多勒维里先生一样,波德莱尔是个很坏的基督徒。他喜欢罪恶,醉心于品尝堕落的乐趣。他知道他在堕入地狱,为此还向上帝的德行致以郑重的敬意,但是他因堕入地狱而晕头转向,他在女人那里感受到的恰恰就是必然会使他的灵魂堕落的情趣。他从来都不是一个情人,甚至也不会是一个放荡的人,如果放荡不是完全亵渎宗教的话。他喜欢放荡不是为了做做样子,而是出于他以为是恶魔般的个性。他如果不想通过利用女人的手段来冒犯上帝和让天使们哭泣的话,就绝不会去打扰她们。

这些感觉也许相当反常,我也承认是它们使波德莱尔有别于那些年迈的僧侣,他们确实害怕夜间的一切热情的幽灵。高傲使得波德莱尔这样堕落下去。他出于傲慢,想使自己所做的一切，哪怕是小小的猥亵行为都显得了不起。为了使它们涉及天国和地狱，哪怕它们是罪恶的他也会感到满意。其实他从来都只有一种不彻底的信仰。他身上只有精神是完全信仰基督教的，心灵和智慧则仍然是空虚的。据说有一天，他朋友中的一位海军军官，让他看自己从非洲带回来的一个神像，是由一个可怜的黑人用一块木头雕刻出来的一个模样可怕的小脑袋。

"它真难看。"水兵说。

于是他不屑地把它扔到一边。

"小心！"波德莱尔不安地说道，"如果它是个真正的神呢？"

他从未说过如此深刻的话。他信仰一切陌生的偶像，主要出于渎神的乐趣。

总而言之，对于我刚才试图确定的心态，我不认为波德莱尔从未有过完全清晰的概念。不过我感到在他的作品里，在难以置信的幼稚与可笑的做作之间，人们能找到这种心态的确实可靠的证据。

这种包含着波德莱尔思想的基督徒身份的效果之一，如果我可以这么说的话，就是爱与死在他身上始终结合在一起。

但他在这方面仍然是一个坏的基督徒，说教者为了使我们讨厌肉欲而收集起来的一切堕落的形象，都成了这个吸血鬼的调味品和佐料。他把尸体的臭气当成春药的芳香来呼吸。而最糟的却在于他是个诗人,并且是个杰出的诗人。《一千零一夜》里最离奇的故事之一,是讲一个漂亮无比的美女,她看起来唯一的古怪之处只是吃饭的方式。她每次只把一粒米放在嘴里。她目光的热情和嘴唇的鲜艳给人以无法形容的快乐,但是她在夜里却到墓地里去吞吃尸体的肉。这就是波德莱尔的诗歌,它的美或许令人遗憾,然而它是美的。

把促使这位艺术家去疯狂地惊世骇俗、追求奇特和古怪的一切,以及一粒粒吃掉的米粒统统去掉后,剩下的是一个令人不安的美丽形象,正如《一千零一夜》里的那个女人。

例如在当代所有的诗歌中,还有什么比这一节诗、比这幅描绘肉感的疲乏的完美画面更美的呢?

> 慵倦的眼里缓缓地流着泪水,
> 神态呆滞疲惫,满足后的忧郁,
> 扔开用过的武器,酸软的双臂,
> 浑身上下显示着她脆弱的美。

在阿尔弗雷德·德·维尼[1]本人的诗歌里,有什么比诗人向"该下地狱的女人"发出的充满怜悯的诅咒更出

---

[1] 阿尔弗雷德·德·维尼(Alfredde de Vigny, 1797—1863),法国诗人、小说家、剧作家。

色的呢?

> 可悲的受害者,下来吧,下来吧,
> 沿着那永恒的地狱之路下来!
> 沉入无底的深渊,那里有一股
> 并非来自天国的风抽打罪犯。
>
> 发疯的幽灵!放纵你们的欲望,
> 东奔西跑如风暴般杂乱无章;
> 你们永远满足不了自己的狂热,
> 而在享乐之后就将受到痛责。
>
> ……
> 远离活着的人群,被迫去流浪,
> 奔跑着穿过沙漠,像狼群一样;
> 放荡的灵魂,掌握自己的命运,
> 不要把无限背负在你们身上。

当然,我并未试图减轻此人的错误:我认为已经指出了他的相当反常而且很不健康的过错。因此补充说他的作品中有几个未受到任何污染的部分,自然也是公正的了。

波德莱尔在青少年时期曾穿越印度洋,游览了毛里求斯、马达加斯加,和那个鲜花盛开的波旁岛[1],帕尔尼[2]在那里只见到埃雷奥诺尔,雷翁·狄埃克斯[3]则为我们描绘了它如此美丽的景色。那就对了!波德莱尔的诗歌里有一些动人的回忆,描绘了这些充满阳光的地区,他怀着青春的魅力,看到了它们柔和的光芒。

例如在《一个马拉巴尔[4]女人》里,有一些精美的诗句:

> ……
> 在蓝色的热带上帝创造了你,
> 你的任务是点燃主人的烟斗,
> 备好盛着凉水和香水的瓶子,
> 把游荡的蚊子都从床边驱走。
> 每当清晨使梧桐树沙沙作响,
> 你就到市场去买菠萝和香蕉。
> 你整天赤着双脚四处去闲逛,
> 轻声地哼着陌生古老的歌谣。
> 当披着鲜红外套的傍晚来临,
> 你让身体轻柔地躺在席子上,

---

1 波旁岛,今印度洋上的留尼汪岛。
2 帕尔尼子爵(Parny, 1753—1814),法国诗人,生于波旁岛,埃雷奥诺尔是他的恋人。
3 雷翁·狄埃克斯(Léon Dierx, 1838—1912),法国诗人,原籍留尼汪岛。
4 马拉巴尔,印度地名。

> 你变幻不定的梦中全是蜂鸟,
> 总是优雅和美丽得像你一样。
> ……

这难道不是法图-盖伊[1],早在洛蒂之前就描绘了异国美景的奇特情趣?

这还不是全部。对雕塑艺术的热爱和大画家般的修养,启示波德莱尔写出了绝妙的、极为纯净的诗句。最后,在他的作品的一个比较可疑和杂乱的部分,诗人也找到了自豪的音调,来颂扬卑微生活中的劳动。他感受到了勤劳的巴黎之魂,感受到了郊区的诗歌,理解了小人物的崇高,证实了一个捡破烂的醉汉也有高贵之处:

> 常常,在一盏任狂风不住地拍打
> 火焰、猛烈地摇动玻璃罩的路灯的红光下,
> 在宛如麇集着芸芸众生这动乱的起因
> 又满是污泥的迷宫一般的旧日郊区的中心,
>
> 人们看见一个拾荒者踉跄而来,
> 像诗人一样撞在墙上,又摇起脑袋,
> 对暗探,他的那些随从,丝毫也不留神

---

[1] 非洲地名。

只顾倾吐他那化为辉煌蓝图的整个心声。

他宣誓,口授崇高的法令,
击倒恶人,救出受害的人,
在仿佛华盖般高悬的天空下,
陶醉于自身美德的光华。

是的,这些人因家务烦扰而受尽煎熬,
因操劳而困乏,因年老而苦恼,
在一大堆残渣余孽的重压下因疲惫不堪而屈服,
宛如巨人般的巴黎那四处狼藉的呕吐物,

纷纷回来,浑身散发出酒桶的气味,
一群小胡子像旧旗子似的往下垂,
又在战斗中白了头发的伙伴跟随着他们,
一面面军旗,一束束鲜花,一座座凯旋门。

涌现在他们面前,啊,令人肃然起敬的魔力!
在军号、阳光、欢呼与战鼓的令人惊异
而又光辉灿烂的狂饮中,
他们为爱得如痴如醉的民众带来了光荣![1]

---

[1] 波德莱尔:《拾荒者的酒》,《波德莱尔诗全集》,张秋红译,浙江文艺出版社,1996年,第180—182页。

这难道不崇高和壮丽？还有人能从平庸的现实中得出更好的诗歌吗？请顺便注意，波德莱尔的诗是古典的和传统的，内容多么充实。就我而言，我永远不会下决心，把这位诗人看成是今天使文学荒芜的一切罪过的始作俑者。波德莱尔有严重的精神缺陷和道德堕落，它们损害了他的绝大部分作品。我同意波德莱尔的精神是可憎的，但是对于所有接触过被一种由诗的双翼托起的光明形象的人来说，《恶之花》在现在和将来都始终具有魅力。我承认这个人是可憎的，然而他是一位诗人，因而他是神奇的。

波德莱尔的雕像[1]

为波德莱尔竖立一座雕像的想法,激起了完全意想不到的愤怒。争论确实并未弄得满城风雨,这只是因为它在

---

[1] 1892年8月,在《笔会》主编雷翁·德尚的倡导下成立了一个委员会,旨在委托罗丹为夏尔·波德莱尔在蒙巴那斯公墓竖立一座雕像。这个委员会由勒孔特·德·李勒担任主席,成员中有保尔·布尔热、阿纳托尔·法朗士、于斯曼、马拉美、米尔波、魏尔伦和左拉。一些作家反对这个计划,尤其是布吕纳介,他在1892年9月1日的《两世界杂志》上用下面这些话表达了他的看法:

"那就让我们在公共广场上竖立一些雕像,但是我们要选择竖立的那些人。一个伟人总是被他身边的某些人看得渺小,我们就不要太近地观察他,因为我们感激那些为祖国或人类做出重大贡献的人,所以要容许他们的光荣往往掩盖着错误;但是我们却不能允许一头得到支持的公猪压在一个被扼杀的世界上。

我们也不能把铜像的不朽给予那些有害于我们的人,因为他们给我们做了许多坏事。我们也要把放荡和不道德作为榜样。这正是有人在竖立一座夏尔·波德莱尔的塑像时要做的事情,我要尽力指出这一点。"

雷翁·德尚的去世推迟了这一计划的实现,直到十年之后的1902年10月26日,这尊雕像才得以举行落成仪式。雕像的作者雕塑家若塞·德·夏尔姆瓦,被安放在与母亲和奥比克将军葬在一起的、写作《恶之花》的诗人的坟墓附近。原注。

宁静的假期里爆发。现在报刊上争得热火朝天，文学界也分成了两个阵营。如果头脑不能冷静下来，就会酿成内战，导致在圣米歇尔大街上大打出手。在自相残杀的战争中司空见惯的是，每一派都必须考虑选定一个以示区别的标志，例如一朵花。波德莱尔派可能在他们的帽子上插一根洋地黄的茎，它的有毒的花簇由于长长的堇色花冠的光彩，而在乡下被命名为"紫毛地黄"。任你怎么想，它也将是《恶之花》的标志。至于反波德莱尔派，我由于根本不赞成他们，所以也提不出什么建议。也许他们能通过拿在手里的一支大百合花互相认出来。这种标志会适合他们，因为他们捍卫的是被波德莱尔破坏的纯洁习俗。

他们并不完全否认诗人的功绩。他们被迫违心地承认他绝非没有艺术，而且同意他有一定的才华，据他们说是被他用来做了坏事。他们不是以审美而是以道德的名义，反对人们为了纪念他而要赋予他的荣誉，反对这座为他准备的铜像，认为最好用来使一切道德的——或者强权的——形象名垂千秋。

布吕纳介先生以他惯有的严厉第一个发动了攻击。事实上他是在推动一场陈旧的争论。早在五六年之前，他就愿意，或者也许是相信杀死了波德莱尔，所以绝不会赞成竖立这尊雕像了。这是一种不道德的赌博，众所周知它会走向何方。布吕纳介先生是严肃得不会和他的受害者开玩笑的，他从来没有笑过。

看到他捍卫道德和使文学服从于道德，正如他已经使科学服从于道德一样，人们并不感到吃惊。因为你们会记得几年以前，他猛然站起来反对一切不使自己的学说服从于日常道德的哲学家。然而我不大清楚在这方面，他对《恶之花》的作者提出了哪些指责。我们并不认为在这些诗篇里发现了一整套学说，并且想从中提炼出一种伦理，但是可以注视其中的一些倾向，推测出一种感情。而这种感情是基督教的，这些倾向完全是天主教的，诗人甘愿在其中成为神学家。当布吕纳介先生用一块致命的指甲指出《腐尸》的音节，并且认为它们下流的时候，我真想向他喊道：

——注意，您感到愤怒的东西只是一种被所有的神父、所有的圣师加以发挥的老生常谈，已经被直到弗朗索瓦·维庸的中世纪所有的诗人写成了诗句：

女人的肉体，多么温柔，等等。

如果您不大重视这些诗人和神父，我就再告诉您：
——注意。这是波舒哀[1]。天知道您是否钦佩他这个人！您热爱他，欣赏他，对他非常了解。您在一些条理清晰、气势逼人的出色论文中研究过他。您以与这部杰作相称的

---

[1] 波舒哀（Bossuet, 1627—1704），法国作家、传道者、演说家。

语言谈到过《变异》。总之关于波舒哀您总是做得非常出色。您怎么能憎恨《恶之花》里的那些您在《诔词集》里赏识的东西呢?

波德莱尔:

> 然而,日后你也会像这堆垃圾,
> 像这团可怕的秽物一样,
> 啊,我梦寐以求的所爱,我的天使,
> 我心目中的星辰,我天性中的太阳!
>
> 确实如此!在临终圣事后,
> 啊,绰约多姿的女王,
> 你也会躺在野草杂花之下,
> 在枯骨中霉烂。

波舒哀:

她在清晨容光焕发,无比优雅!您知道:晚上,我们看到她已经干瘪……她就在那里,尽管她有这颗崇高的心灵,是一位被人如此崇拜和珍爱的王妃!她就在那里,死亡使她成了这副模样,还剩下这样的残骸就要消失……我们的肉体不久就改变了性质。我们的身体要有另一个名称,德尔图良说,即使尸体这个名称也不长久,因为他还向我们呈现出某种人的形状。它变成了不知什么样的、在任何语言里都不再有名称的东西。

我也许不是第一个进行如此合乎情理和毫不勉强的比较的人。人们可以把这种比较加以扩展,直到应用于神圣的演说家和世俗的诗人倾向于得出的结论。

波舒哀:

但是我说出了真相吗?上帝按照他的形象创造的人,难道不是一个幽灵吗?

波德莱尔:

到那时,啊,我的美人,请通知
那蚕食你的蛆虫:
我这爱侣虽归于腐朽,但丰姿和神圣的本质
已经留存在我的诗篇中![1]

说波德莱尔是继布雷伯夫[2]、《效法基督》的高乃依、

---

1 波德莱尔:《腐尸》,《波德莱尔诗全集》,版本同前,第49页。
2 乔治·德·布雷伯夫(1616—1661),法国诗人。

戈多和让-巴蒂斯特·卢梭[1]之后最后的宗教诗人,这种说法并不过分。和他同时代的那些最有教养和善于思考的人没有弄错。一位默默无闻的伟人,在拉丁区的餐厅里留下了对一场称得上讲道的雄辩和一脸哲学家的胡须的记忆,从圣托马斯吸取营养的杜拉蒙,是最早看出波德莱尔的哲学与基督教神学一致的人之一。他从《恶之花》里吸取营养,高兴得把它当成是一本供忏悔者使用的小册子。他从中发现了这种正统的教诲,堕落的人是恶的猎物。"他生命的源泉被污染了,肉体被肉欲、灵魂被不谨慎的好奇心和高傲所污染。"巴尔贝·多勒维里是教会的最后一个火枪手,同样嗅出了诗人带有刺激性的基督教:他清楚地看到波德莱尔按照古代决疑论者的样子描绘了堕落的世界。内心对原罪的深刻信仰是这种启示的基础:恶无处不在,只能在痛苦中得到拯救和赎罪。

> 赞美您,我的上帝,您给予的痛苦
> 犹如治疗我们堕落的神奇药物
> 又像最优秀和最纯洁的本质
> 准备将神圣的肉欲保护!

布吕纳介先生只要稍微受到一点基督教的影响,就不

---
[1] 让-巴蒂斯特·卢梭(Jean-Baptiste Rousseau, 1671—1741),法国诗人,著有《颂歌集》和《大合唱》。

会对这些事实有任何怀疑。其实这是一种只是从笛卡尔才开始的精神。我还有权利责备他看不出波德莱尔身上有着波舒哀的、被布瓦洛[1]的一个弟子写在古典诗句里的道德。因为波德莱尔具有尼古拉的手法，这也是布吕纳介先生没有看到的。但是我不想落井下石，也担心一种确定的胜利会被一些优雅而徒劳的壮举所损害。我说明的是波德莱尔是基督徒，他的道德是一切圣师的道德。我不会把他说成是一个优秀的基督徒，我会同意我的对手的看法，这位诗人在描绘罪恶的时候，有一种超出了构思需要的自鸣得意，他过分地珍视罪恶的美妙，为发现一些罕见的罪行和奇特的污秽而乐不可支。波德莱尔不属于这类平淡、宁静、坦荡和令人放心的人。他有令人不安的隐情，我没有说过这是一个使徒的灵魂。我很愿意他在他的道德里找到不道德的东西。我不相信世界上曾有过一个有道德的诗人：无论如何不是维吉尔、莎士比亚、拉辛，不是任何被人类誉为其激情的表达者和奥秘的揭示者的人。那些人在道德上就像他们代言的大自然一样无动于衷。

一个通情达理和很有见地的老冉森[2]教徒巴尔比埃·多古尔先生，在17世纪宣称所有的诗人都是公众的毒害者。

---

1 尼古拉·布瓦洛（Nicolas Boileau, 1636—1711），法国作家，古典主义的理论家，法兰西学院院士。
2 冉森（Jansen, 1585—1638），荷兰神学家，他创立的天主教冉森派曾被教皇斥为异端。

拉辛在不写悲剧的时候有一些虔诚的顾虑,辛酸地回答说可以成为不冒犯灵魂的诗人。但是多古尔先生巧妙地反驳说:

——当有人对您说您的缪斯是一个下毒者时,您会恼火,先生。但是对您说她是一个无辜者时您会恼火得多。

波德莱尔的诗歌并不比别的诗歌更不道德。但是它绝不是为年轻单纯的心灵、为光天化日之下的读者写作的。它是隐秘的,需要博学而高尚的行家们在一个房间里关起门来欣赏。

1892 年 10 月 2 日

保尔·魏尔伦

就像在1780年一样,今年在医院里也有一位诗人。不过现在病床上挂着一些(在吉尔贝[1]时代的巴黎市立医院里还没有的)白色帷幔,而病人则是一位真正的诗人。他名叫保尔·魏尔伦。他绝非一个苍白而忧郁的年轻人,而是一个30年来四处漂泊后疲惫不堪的老流浪汉。

看到他的人会以为他是村庄里的一个巫师。赤褐色的光头凹凸不平,像古代的一口铜锅。歪斜闪亮的小眼睛,面部扁平,鼻孔张大,加上少有的又短又硬的胡须,他活像一个不懂哲学和无法自制的苏格拉底。

谁看到他都会觉得惊讶和刺眼。他的模样既粗暴又温顺,既野蛮又亲切。一个本能的苏格拉底,或者更确切地说,是一个农牧神,一个林神,一个半兽半神的人,就像一种令人恐惧的自然力,尚未被任何已知的规律所驯服。哦,对了,他是一个流浪汉,一个在路途上和郊区漂泊不定的

---

[1] 尼古拉·吉尔贝(Nicolas Gilbert, 1751—1780),法国诗人。

老流浪汉。

　　从前他是和我们一样的人。在宁静的巴蒂涅勒的深处，在温馨的默默无闻中，他由一位贫穷但极为高贵的寡妇抚养长大。像我们所有的人一样，他在某个中学读书，也像我们所有的人一样中学毕业，读够了经典只是为了更好地否定它们。不过教育是能教人做任何事情的，他后来就进了一个事务所，是巴黎城里的一个不知什么事务所。在那个时候，奥斯曼男爵[1]在他的省政府机关里，无意识地大量接待留长发的诗人和小报记者。他们在那里高声朗读《惩罚集》[2]，赞赏马奈的绘画。保尔·魏尔伦则把他的《感伤诗集》抄写在公文纸上。我说这些不是为了责备他。他在青年时期的生活，就像弗朗索瓦·科佩、阿尔贝·梅拉[3]、雷翁·瓦拉德[4]和其他许多诗人那样，关在一间事务所里，星期天到乡下去。这种简朴单调的生活，有利于梦想和耐心地吟诗，是大多数帕尔纳斯派诗人的生活。在这个圈子里，只有或者几乎只有若塞·玛丽亚·埃雷迪亚先生是个例外，尽管他的祖先、"征服者"们[5]的财富大多已被剥夺，他依然摆出年轻绅士的样子，抽着上等雪茄，领带和他的

1　乔治·奥斯曼（Georges Eugène Haussmann, 1809—1891），塞纳省省长，领导了改造巴黎的巨大工程。
2　雨果的诗集。
3　阿尔贝·梅拉（Albert Mérat, 1840—1909），法国诗人。
4　雷翁·瓦拉德（Léon Valade, 1841—1884），法国诗人。
5　指16世纪侵占墨西哥、秘鲁等地的西班牙殖民主义者。

十四行诗一样闪耀着光彩。不过只有十四行诗使我们嫉妒，我们所有的人全都真心诚意地蔑视财富带来的好处。我们只爱荣誉，而且要使它不引人注目，几乎不为人知。与卡蒂勒·孟代斯、雷翁·狄埃克斯和弗朗索瓦·科佩一样，保尔·魏尔伦是一个最早的帕尔纳斯派诗人。我不太清楚为什么，当时我们都想显得无动于衷。这个流派的大哲学家科萨维埃·德·里卡尔[1]先生，热情地主张艺术应该冷若冰霜，然而这个鼓吹无动于衷的人，写出来的诗歌没有一句不是表达了他在政治、社会和宗教方面的强烈激情，我们对此甚至毫无察觉。他使徒般的宽阔前额，充满热情的眼睛，苦行僧般的消瘦，滔滔不绝的雄辩都未能使我们醒悟过来。那是美好的时代，是我们连常识都没有的时代！从那以后，德·里卡尔先生被北方法国人的冷漠所激怒，退隐到蒙彼利埃附近，从他的隐居地"魔鬼农舍"向朗格多克[2]散布他的革命热情，结果把自己毁了。保尔·魏尔伦像任何人一样主张无动于衷，诚恳地把自己列入那些"把词语像杯子一样精雕细刻"的诗人当中，并且打算用一句得意扬扬的问话来使有产者闭嘴：

她是大理石的吗，米罗的维纳斯？

1　科萨维埃·德·里卡尔（Louis-Xavier de Ricard, 1843—1911），法国诗人。
2　法国古代地区名。

她也许是大理石的。不过，可怜的病孩，被痛苦的战栗弄得疯疯癫癫，你同样注定了要像颤抖的树叶那样去歌唱，而你对生活和世界的了解永远只是你血肉的骚动。

把象征性的大理石放在一边，朋友，不幸的朋友，你的命运是注定的。你摆脱不了感官刺激的黑暗世界，你在阴影中痛苦心碎的时候，我们将听到你古怪的声音在下面呻吟和叫唤，而你则会轮流用你天真的犬儒主义和真正的悔恨来使我们惊讶。I nunc, anima anceps[1]……

当然，在1867年与弗朗索瓦·科佩的《圣骨盒》同一天发表的《感伤诗集》，绝非预示着作者是当代最奇特、最可怕、最神秘、最复杂、最纯朴、最惶惑、最疯狂的诗人，但肯定是最有灵感和最真实的诗人。不过通过精心构思的片段，其中尽管采用了这个流派的手法，仍然可以从中推测一种奇特、不幸和备受磨难的才华。这已经引起了行家们的注意，据说爱弥尔·左拉先生在考虑谁会走得最远，是保尔·魏尔伦还是弗朗索瓦·科佩。

《戏装游乐图》在第二年出版，只是一个薄薄的小册子。但是保尔·魏尔伦已经在其撩人的天真之中，以某种笨拙而纤弱的东西，显示出一种无法觉察的魅力。这些戏

---

[1] 拉丁文，意为"你现在离开吧，双面的心灵"。

装游乐图是什么呢?它们是在华托[1]的《基希拉岛[2]》里表现出来的。但人们若是晚上仍然成对地到树林里去的话,就像歌谣里唱的那样,月桂树被砍掉了,原地长出来的魔草散发出一种致命的忧郁。

魏尔伦属于这类由于过分讲究而演奏得不准的音乐家,他在这些小步舞曲中放进了许多不和谐的音符,使他的小提琴有时可怕地吱嘎作响,但有时琴弓又会忽然一下子使你心碎。这个出色的乡村提琴手抓住了你的灵魂。他是在演奏时一把抓住它的,例如下面这首《月光》:

> 你的心灵是一幅绝妙的风景画:
> 村野的假面舞令人陶醉忘情,
> 舞蹈者跳啊,唱啊,弹着琵琶,
> 奇幻的面具下透出一丝凄清。
>
> 当欢舞者用"小调"的音符,
> 歌唱爱的凯旋和生的吉祥,
> 他们似乎不相信自己的幸福,
> 当他们的歌声融入了月光——

---

[1] 安东尼·华托(Antoine Watteau,1684—1721),法国画家,擅长描绘欢乐的场面。
[2] 位于希腊伊奥利亚群岛的最南端,在文艺作品中常被喻为爱和欢乐的天国。

> 月光啊，忧伤、美丽、静寂，
> 照得小鸟在树丛中沉沉入梦，
> 照得那纤瘦的喷泉狂喜悲泣，
> 在大理石雕像之间腾向半空。[1]

音符新颖、奇特而深沉。

人们还听到过这位诗人的歌唱，不过这一次很勉强，那是在战争前夜，可怕的日子已经迫近，他唱着《美好的歌》，诗句天真，非常纯朴、模糊，无比温柔。他当时是一个未婚夫，而且是最温柔、最纯洁的未婚夫。幼小的林神和农牧神在吃完了奶，森林也在拂晓的露水中苏醒的时候，大概是这样歌唱的。

保尔·魏尔伦突然消失了。他是写作《戏装游乐图》的诗人，犹如悲歌中所说的"讽刺民歌"的伴侣。人们不再听到他的消息。他保持了十五年的沉默，后来人们得知魏尔伦已经悔过，在一个天主教出版社发表了一卷宗教诗歌。这十五年里发生了什么事情？我不知道。谁又知道什么呢？弗朗索瓦·维庸的真实经历鲜为人知。魏尔伦很像维庸，这是两个不道德的小伙子，却要由他们来谈论世上最温柔的事情。对于这十五年，应该坚信这种传说，我们的诗人

---

[1] 魏尔伦：《月光》，飞白译，《世界诗库》，飞白主编，第3卷，花城出版社，1994年，第325页。

是一个罪大恶极的人，用对他深感遗憾的于勒·泰利埃的说法，是"由梦想导致肉欲的疯狂的人"之一。这是流传的说法，还说这位可恶的诗人因所犯的错误而受到了惩罚，正痛苦难忍地进行赎罪。人们乐于引用这些纯朴可爱、表示忏悔的诗句，以便使这种传说看起来有几分真实：

> 屋顶的天啊，
> 又静又蓝！
> 屋顶的树啊，
> 摇着树冠。
>
> 天那边的钟啊，
> 轻轻敲响。
> 树那边的鸟啊，
> 含怨而唱。
>
> 上帝啊上帝，生命就在那儿，
> 简朴安宁。
> 那和平的喧哗，
> 来自城中心。
>
> 你的青春，哦，你呀
> 哭个不停，

> 你的青春,哦,说呀,
> 如何耗尽?[1]

这大概只是一种传说,但是它会占上风。必须如此。这个可憎而迷人的诗人的诗句,如果不是出自这种"毫无光明"的沉闷气氛的话,就会失去它们的价值和意义。佛罗伦萨人[2]就是从中看到了使理性屈从于欲望的、沉湎于肉欲的罪人:

Que la ragion sommettono al talento.[3]

此外,只有错误是真实的,悔恨才会真实。保尔·魏尔伦在他的忏悔之中,怀着无比的天真,重新皈依了他洗礼和初领圣体时的上帝。他全凭感觉。他从不思索,从不推论。

任何人道的思想,任何智慧的观念,都没有动摇他对上帝的信念。我们曾见到他是一个农牧神。凡是读过圣徒行传的人都很容易了解农牧神,他非常单纯,任凭自己被异教徒们的使徒改宗基督教。保尔·魏尔伦写过

---

1 魏尔伦:《屋顶的天啊……》,胡小跃译,《世界诗库》,版本同前,第331—332页。
2 指诗人但丁。
3 意大利语,意为"理性服从于天才"。

法国迄今为止最具有基督教信仰的诗句。我不是第一个发现这一点的人。于勒·勒迈特尔先生就多次说过,《智慧集》里的某一段诗,其音调会令人想起《效法基督》中的一节。

17世纪大概流传下来一些优美的宗教诗歌。高乃依、布雷伯夫、戈多都受到了《效法基督》和圣诗的启示。不过他们是按照路易十三的趣味写作的,这种趣味过于高傲,甚至有点假充好汉的味道。正如红衣主教[1]时代的波里厄克特[2]一样,忏悔的诗人都有一顶带羽毛的帽子,有袖口的手套,和一件被长剑挑成公鸡尾巴形状的长斗篷。魏尔伦生来就谦恭卑微,所以信仰虔诚的诗歌从他心中喷涌而出,他又找到了圣徒弗朗索瓦和圣女泰莱丝的音调:

> 我不愿再爱,除了圣母马利亚。
> ……
> 因为我软弱无力,还惹人讨厌,
> 两手松弛,被道路迷住了双眼,
> 她使我垂下眼睛并且合上双手,
> 把崇拜时所说的词语教给了我。

此外,这些没有韵脚、类似于虔诚叹息的诗句,神秘

---

[1] 指17世纪的红衣主教黎塞留(Cadinal de Richelieu,1585—1642)。
[2] 高乃依的悲剧《波里厄克特》的主人公。

主义者们赞美它们的柔和:

> 我的上帝啊,您用爱使我受伤,
> 如今伤口仍在颤抖,
> 我的上帝啊,您用爱使我受伤。
>
> 这是我只会羞得发红的额头,
> 为了搁您令人崇敬的双脚,
> 这是我只会羞得发红的额头。
>
> 这是我从未劳作过的双手,
> 为了拿炽热的炭和非凡的香,
> 这是我从未劳作过的双手。
>
> 这是我一向徒然跳动的心灵,
> 为了在骷髅地的荆棘上跳动,
> 这是我一向徒然跳动的心灵。
>
> 这是我只能四处漂泊的双脚,
> 为了听到您慈悲的呼唤赶来,
> 这是我只能四处漂泊的双脚。
>
> 这是我充满谬误的目光,

为了在祈祷的哭泣中熄灭，

这是我充满谬误的目光。

这是真诚的皈依，非常真诚！然而为时不长。像《圣经》里的狗那样，他很快又重蹈覆辙。而他的重新堕落仍然启示他写出了一些纯朴美好的诗句。那么他做了些什么呢？他在罪恶与错误之中同样坦率，怀着一种恬不知耻的纯洁交替地接受它们。他甘心轮流体会罪恶的魅力和绝望的折磨。更有甚者，可以说他同时体会着这两种感觉，处理着他有点双重的灵魂里的事情，由此产生了这本名为《平行集》的奇特诗集。它可能是邪恶的，不过是一种如此天真的，因而几乎是可以原谅的邪恶。

还有，不要像评价一个有理性的人那样来评价这位诗人，他有一些我们所没有的权利，因为他拥有的既比我们多得多，也比我们少得多。他是无意识的，这是一位百年不遇的诗人。于勒·勒迈特尔先生对他进行了恰当的评价："这是一个野蛮的人，一个孤僻的人，一个孩子……只是这个孩子的心灵里有一种音乐，在某些日子里，他听到了一些在他之前没有人听到过的声音……"

他是疯子，你们承认吗？我完全相信这一点。我如果怀疑他是否疯子的话，就会把我写的这篇文章撕碎。毫无疑问，他是疯子，但是要注意，这个可怜的疯子创造了一种新的艺术，有朝一日人们谈论他的时候，可能会像今天谈论弗朗索瓦·维庸——他完全可以与之媲美——一样:"这是他那个时代的最优秀的诗人!"

在刚刚由埃·若贝尔先生翻译过来的一篇故事里,托尔斯泰伯爵给我们讲述了一个可怜的乐师的经历。这个乐师是个酒鬼,四处漂泊,他用自己的小提琴表达着人们所能想象的天上的一切。冬天,流浪了整整一夜之后,这个神奇的可怜虫倒在雪地里奄奄一息。这时有一个声音对他说:"你是最优秀和最成功的人。"我如果是俄罗斯人,或至少是一个俄罗斯圣徒和预言家的话,我读完《智慧集》之后,就觉得要对今天躺在医院病床上的可怜的诗人说:"你过去错了,但是你忏悔了自己的错误。你曾是一个不幸的人,但是你从未说谎。可怜的撒玛利亚人[1],通过你天真幼稚的絮语和病人的嗝儿,你可能说出了天国的话语。我们是些法利赛人[2]。你是最优秀和最成功的人。"

---

1 《圣经》里的乐善好施的人。
2 《圣经》里言行不一的伪善者。

保尔·魏尔伦：《我的医院》

在这本薄薄的小书里（大约六七十页），诗人以显而易见的坦率，叙述了他对医院的回忆。人所共知，保尔·魏尔伦七八年来经常去布鲁塞、特农、科辛、圣安托万和万森。然而他不是埃格西普·莫罗[1]，也不是吉尔贝或马尔菲拉特勒[2]。他不属于患肺病的抒情诗人的家族。为了谈论他所说的《我的医院》，不宜采用呻吟的笔调和叹息：

> 唉！我的手指任笔落下。
> 可怜的吉尔贝，你该受苦啦！

可怜的勒里安[3]大概有他那一份悲惨。但是他尽量不像

---

[1] 埃格西普·莫罗（Hégésippe Moreau, 1810—1838），法国作家，因肺结核两度住院，著有《医院的回忆》，把自己的命运与29岁去世的诗人吉尔贝进行了对照。
[2] 雅克·马尔菲拉特勒（Jacques Malfilâtre, 1732—1767），法国诗人。
[3] 魏尔伦的诗作《可怜的勒里安》的主人公。

一个患了肺结核的年轻诗人。他充满了精力、才华和罪恶。这是一个健壮得出奇的老流浪者。当他夜里在街上流浪的时候，他的因古老的风湿病而僵硬的脚，像一只铜脚那样把路面踩得咚咚作响。

他就是带着这条腿，坚定而高傲地昂着头，在他乐意的时候常常走进医院。"风湿性关节炎引起左膝部分关节僵硬。"你们看到这根本不是吉尔贝、马尔菲拉特勒或莫罗，而更是第欧根尼。而魏尔伦如果住在科林斯的话，晚上就会在爱神木附近滚动他的双耳瓮，以便在星星的注视下睡觉。但是活在我们当中，在多雨和寒冷的天气里，在一些灵巧和有预见性的民族那里，他自然而然地发现和占有的不是一只旧的、扔在妓女路过的科林斯道路上的双耳瓮，而是巴黎某个阴郁的郊区医院里的一张病床。这样做是问心无愧的，根本不用担心社会的堕落，也毫无被社会排斥的感觉。

保尔·魏尔伦出身于富裕的资产阶级家庭，是一个工兵上尉的儿子，却从来没有任何资产者的感觉和阶级本能。总之一句话，他对于社会生活从来只有一种非常模糊的观念。他不觉得人们通过一整套权利、义务、利益和他联系在一起。他看着他们来来往往，就像看玩偶和中国的皮影戏。我们使他非常高兴。他像一个善良的土耳其人那样参与社会生活，有点被他的烟斗弄得昏头昏脑，在观看一场卡拉戈兹[1]表演。善良的土耳其人在猥琐的地方笑了起来，

---

[1] 土耳其的一种民间舞蹈。

在棍子的打击下睡着了，醒来时对这个戏进行有时是不适宜的、有时是崇高的思考。如果有个人过来对他说："朋友，您自己就像一个您刚才看到的玩偶；应该轮到您在剧中扮演帕夏[1]或套骆驼的人了。"他笑得多么厉害，这个善良的土耳其人！但是不要过于坚持，因为他会把烟斗在您的脑袋上敲碎。这样就会变成一件坏事了。保尔·魏尔伦就像这个善良的土耳其人，他不认为我们是在集体演戏。这是一个既天真又充满才气的观众。保尔·魏尔伦是一个骄傲和了不起的野人。

他在医院里的日子给他造成了什么样的损害？

他的荣誉伴随着他。在圣安托万，塔普雷医生给他开的第一个药方就是一些笔、纸、墨水和书籍。也是在这个医院里，接待这位诗人的病室被命名为"颓废者室"。

最杰出的才子们到这里来拜访魏尔伦。莫里斯·巴雷斯先生为不能每个星期天来到他的床头而表示歉意。一些热情的年轻人来到这张编号的病床面前，向他们的大师致敬。画家们争先恐后地为诗人画习作和速写。卡扎尔先生画的诗人戴着棉帽，站在高大明亮的窗户面前。阿芒-让先生则把他画成坐在床上的样子，穿着由规定的宽袖长外套巧妙地改成的神奇的博士袍。记者们包围着他，询问他关于颓废者和象征主义者的问题。从保尔·魏尔伦先生本人那里得知，有一

---

[1] 奥斯曼帝国授予总督和大臣的头衔。

天一个记者向他提出了这个意想不到的问题:

——魏尔伦先生,您对世界上的女人有什么看法?

这个,这是光荣。然而当保尔·魏尔伦说这不是幸福的时候,人们没有必要相信他。某些人有点轻率地认为他的命运值得羡慕,诗人并未过分地孤芳自赏,而是回答说他们认为他应该满足于很少的东西。

"因为归根结底,"他说,"他们认为我能够像这样熬过我冒昧地说是受到一代文学青年的尊敬和爱戴的成年时代,确实是非常幸运的了,而我却在碘仿和酚的恶心气味中,与各种反常的精神病人混杂在一起,忍受医生和学生们的略带嘲讽的宽容,最后是一种难免完蛋的、赤贫的全部恐怖!"

在这种抱怨中,如果毕竟是一种抱怨的话,人们无法否认有一种合法的高傲,一种完美的分寸,一种对事物的准确意识,许多的玄妙之处,以及人们在天才的疯子们身上忽然惊奇地发现的这种粗暴的理智。

同样也应该把温柔的快乐和无忧无虑的笑声留给这位跨过医院大门的诗人。医院的入口处往往是凄凉的。作为例子,我只抱怨可怜的勒里安有一天因贫病交加而在拉布鲁斯医院受到的接待。只有一张床空着,而且是一张少有的床,根据病人的回忆,没有见过任何人从那张床上重新站起来,无论是谁躺在那儿都会死去。

魏尔伦说:"这样一种阴森的优惠,使这张过于好客的床铺围绕着一种模糊的、与一种 sui generis[1] 迷信并非完全无关的敬意。一言以蔽之,'没有爱好者'。"

诗人又补充说:

"我,我别无选择。要就要,不要就拉倒。在某种意义上,我几乎想不要,而要的话就是避开了最恶劣的住所,所以我要了。"

诗人的前任并未改变这种预兆。诗人看到了他:

"当我进入病室的时候,他在那儿,我的前任。说实话,既不美也不丑,没有什么特色。体形瘦长,裹在一条床单里,脖子下面打了一个结,胸口没有十字架,直接躺在铁床的褥子上,没有床帏……有人拿来了一副被称为多米诺骨牌盒的担架,覆盖着一个随便什么颜色的遮篷,不如说就是做褥子用的粗布,人们把这个衣冠不整的人放在上面,向梯形解剖室走去。过了一会,我就被安置在刚才放过死人的'灰尘'里,真正可以用我刚才用过的方言里的这个词,如果人们很想回忆起天主教会的 pulvis es et in pulverem reverteris[2] 的话。"

于是他就躺在死人的床上了。他还吹嘘是"一个犹如渎圣的勇敢的小行动"。"想想看,"他以一种令人感到凄凉的大胆补充说,"想想看!我让拉封丹寓言里的一个假死人的鞋商破产了,我开除了他的卖熊皮的人,制服了

---

[1] 拉丁文,意为"特殊的、独特的"。
[2] 拉丁文,意为"你是尘土,并且会恢复为尘土"。

让·舒亚尔这个出色的教士。我甚至没有真正穿一个死人的鞋子,呸!没有,可是我睡在他的床上了,我的死者,我睡了,您明白吗,在他的床上,在他的还未完全……冰凉的床上。"

然而他对他的医院并未留下太坏的回忆。首先这是穷人的避难所。他最终把"这些痛苦场所的最起码的安全"当成一种福利来珍视。他甘愿放弃一种他过去常常权衡的自由,而且毫不为难地服从规定,因为正如他写的一首放在他的肖像下面的四行诗那样:

>一副惨相和恶毒的目光,
>这么说可不是诽谤,
>使这个骄傲的怪物
>有一颗老囚犯的灵魂。

他是在医院里写这些诗句的。他几乎只在那里写作。他那富有诗意的奇特想象力,使得冰冷而空无一物的宽敞病室对他充满了魅力。一天夜里,他在那里发现了一种色萨利[1]月光的魔力。想象力是医治这个世界的痛苦的良药。现在魏尔伦在医院里度过这些漫长、忧伤和无聊的时光,他思忖自己这个不知疲倦的、可怕的老流浪汉,有朝一日是否会说"那是美好的时光"。

---
[1] 色萨利,希腊地区名。

你们不要弄错,他觉得最温柔的东西不是在这种生活里,而是由病室和贫困构成的修道院的气氛。他说过:"人们习惯于这种修道院般的生活,唉!只是它本身没有祈祷和需要遵循的教规。"

我刚才说过保尔·魏尔伦是一个犬儒主义者。我如果这样说也是不错的:这是一个神秘主义者。两者之间并无多大的差别。安提西尼[1]或者第欧根尼这样的哲学家,与在信仰基督教的意大利行乞的僧侣极为相像,甚至给那些不愿意看到这一点的人都留下了深刻的印象。作为犬儒主义者和神秘主义者,保尔·魏尔伦属于那些其王国不在这个世界上的人,他属于贫困的施舍者。方济各会把他认作自己的弟子,你们绝不要怀疑,也许会使他成为自己最喜爱的弟子。而谁能知道穿上修道服的保尔·魏尔伦,会不会变成一个伟大的圣徒,正如他在我们当中变成了一个伟大的诗人一样。也许一开始他会对自己的出身有点担心,晚上有时会溜出圣波尔肖奈勒,但是仁慈的方济各会到西埃纳的最污秽的地方去找他,把他带回到贫困的修道院里去。

有一天,保尔·魏尔伦在医院里面对他的来访者说了一句简单的话,话里几乎具有神圣的含义。

"聊吧,"他对他们说,"我是在我家里。"

---

[1] 安提西尼(Antisthenes,约公元前445—约公元前365),古希腊哲学家,犬儒派的创始人。他在名为"狗窠"的体育场授课,使他的学派得名"犬儒"。

接着他转向其他躺在破床上的可怜的病人:

"是在我们家里。"他补充说。

这个坏小子,你们很快就会发现他是个纯朴的人,天真的男人,在他的往往非常疯狂和极为混乱的叙述中,某个场面会以其虔诚的单纯而令人想起某个古老的传说。而这在他的作品里毫无做作之处。对待善与恶,他都和我们完全不同。他有信仰,是个老实人。他由于手腕的风湿病而在圣安托万待了三个月,旁边的病床上是一个从非洲兵营里出来的士兵。诗人对我们说:

——多么可怕的人呀!整个脸都埋在胡子里,不信上帝也不信魔鬼。我不时地反驳说,天上会有一个比我们更聪明的人,不信仰"他"、不为"他"感到自豪是错误的。

这一小段话用的完全是古老而善意的圣徒传记作者的声调。为了使它成为一个完美的传说,只要补充极少的东西,一个细枝末节:一个奇迹,然后是野蛮士兵、护士们和医院管理人的皈依。除此之外,保尔·魏尔伦还不自觉地成了纯洁的沃拉吉纳[1]。他有恶癖但天真,他始终是真实的。《我的医院》是按照一种荒谬和可笑的句法,用一种令人心碎的美妙乐曲写成的。

1891 年 11 月 15 日

---

[1] 雅克布·德·沃拉吉纳(Jacobus de Voragine,约1228—1298),意大利圣徒传记作者,著有《金色传说》。

斯特凡·马拉美:《诗与散文》

"这就是奇特、难以捉摸的、优雅的斯特凡·马拉美,个子矮小,举止如僧侣般宁静,天鹅绒般的睫毛垂在多情的山羊般的眼睛上,他梦想音乐般的诗歌,配有令人感到像一首交响乐的诗句。"这是在十年前,一位诗人,就是弗朗索瓦·科佩先生,为他在帕尔纳斯派里的同伴描绘的肖像。从那以后,斯特凡·马拉美先生在行家的圈子里就有了诗人的名声——创作优雅而神秘的诗歌。卡蒂勒·孟代斯先生说得好,他认为他是中学里的人所说的"难弄的作家"。

接近斯特凡·马拉美先生的人都不会怀疑,这位诗人会故作深奥,因为高傲而乐于使自己显得虚幻莫测。他在朋友们面前是个最简朴、最谦逊、最不想出头露面和引起轰动的人。人们也不可能怀疑,在他那精细和敏感的智慧里会有严重的混乱。他所有的言论都流露出一种创造性的、善于思考的才气,具有一种能够长期保持一种推理能力的、深思熟虑和不可改变的愉悦。因而应该怀着一种同情的专注，在这位诗人的哲学里寻找他的深奥之处的原则和原因。斯特凡·马拉美先生是杰出的逻辑学家，因而不难发现他的头脑的规则，他是艺术家当中最引人注目和最异乎寻常的人之一。他是个柏拉图学派的哲学家，全部秘密就在于此。

我过去丝毫没有发现这一点。一些人觉察到了，其中于勒·勒迈特尔先生用几句话说出了他头脑中闪耀着优雅光芒的地方："斯特凡·马拉美先生（我援引《当代人》中的一处）是一位狂乱的柏拉图学派哲学家。他相信可见事物与不可见事物之间一系列必然的和唯一的关系……他相信一种事先确定的普遍和谐，由此同样抽象的观念就应该在聪明的头脑里引起同样的象征。或者任你怎么说，他相信在思想世界与物质世界之间的准确对应是自古以来就被确定的，神奇的智慧本身就带有这一切不变的类似性的综合图画，当诗人发现它们的时候，它们就在他的头脑中爆发出来，而且明显得根本用不着证明了。"所以他的晦涩难懂就像神秘学说创始者或者通鬼神的魔法师，原因在于对于他和他们来说，可见的大自然里的一切都是象征和对应。正是在他关于类似性的理论中，必然存在着他的艺术的重要秘诀和钥匙。他创造了这种理论，并且发表了大部分，因为正如我所说的那样，他具有持之以恒的精神。说了这些之后，你们也许会问我，我是否要全面地解释这种大部分是奥秘的作品。我要回答你们说不，但并非愚蠢到以为我不理解的东西就是无法理解的。我认为恰恰相反，人们带着钥匙可以进入这些豪华而封闭的房间。然而我不是柏拉图学派的哲学家，我不是神秘学说的创始者，对所有必然的类似性没有什么感觉。世界使我惊讶的不是它内在的和谐，而是因为它看起来支离破碎。我不理解关于绝对的哲学，因而很难像中世纪的人解释佛罗伦萨的但丁那样，解释斯特凡·马拉美先生难懂的章节。幸好在许多章节里，要想领略这位非凡的、写出了《海洛狄亚德》和《一个牧神的午后》的诗人，还不那么需要注解和评述，凭感觉就足够了。喜欢某些章节，领略某些片段，是一种美妙的乐趣，也是唯一与懒惰的倾向，或者至少是我无法完全防止的冷漠一致的乐趣。同样，正如安德烈·谢尼埃所说的那样，我们无须旁征博引地熬夜挖掘这类诗句（例如《一场无名灾难落在世上的平静的石块……》）的简单的或三重的意义——随你怎么说——就能接近马拉美先生的作品中最容易进入的河岸、最有魅力的海滩，令人想起维吉尔诗篇里翠鸟乐于停留的明媚海滨。

  首先，冒着使诗人伤心的危险，我要引用他青年时代的一篇作品，一篇以他最初的方式被他从选集——书名在本文的标题中可以看到——中剔除出去的优雅的小小珍品。这是一首洛可可式的十四行诗，文笔经过巧妙的修饰，我可以肯定，人们在读它时会非常愉快，它还保留着一位利

尼翁河[1]畔的牧歌诗人所能创作的最芬芳的诗选的芳香:

致阿瑟纳·胡塞叶夫人

公爵夫人,我长久地梦想成为
在留下你唇痕的杯子上的青春女神,
但我却是一位比神父还卑微的诗人
迄今为止我还未曾见过塞弗尔的风景。

我不是你长胡子的小犬,
也不是糖果、胭脂和儿戏的顽童,
我知道你已对我瞑目凝心,
只在你金发上用珠宝显示神圣。

何所谓……满脸洋溢着鲜草莓的笑
一时竟混迹于这芸芸羔羊之群
狂奋地咩叫着啃啮彼此的心灵,

何所谓……铁石之心的人在玫瑰扇上
将我画成了手拿笛子醉卧牛圈的牧童,

---

[1] 法国罗亚尔河的支流。

公爵夫人让我们做放牧我们微笑的牧人[1]。

这非常珍贵,是珠宝中的一个奇迹。斯特凡·马拉美先生抛弃这些最早出自他那敏感之手的作品是不够慎重的。他无法隐瞒他是个珠宝商,现在是,过去是,将来也是。即使在虚无缥缈之中,他也是金银匠。作为这位诗人的第二种方式的一个成功的例子,我要引用他的《海风》,我认为其中没有任何东西使单纯的读者失望,他会感受到各种转瞬即逝的清晰形象:

> 肉体是悲惨的,唉!我读过所有的书籍,
> 逃遁!逃向那边!我感到鸟儿们醉心
> 在无名的泡沫和蓝天的中间!
> 沉入大海的这颗心将一无所恋:
> 映入眼帘的古老花园,
> 夜呵!这照耀着洁白无瑕的
> 空纸上凄凉的灯光,
> 还有那哺乳婴儿的少妇,都不能将我留下。
> 我要离去!轮船,摇晃着你的桅樯,
> 向着一个异国的自然起锚!

---

[1] 《马拉美诗全集》,葛雷、梁栋译,浙江文艺出版社,1996年,第355—356页。

烦恼，我受着热望的折磨，
眼前犹自闪现着那挹泪诀别的情景，
也许，桅樯会招来风暴，
风暴倾覆了船只，
沉没了桅樯，沉没了桅樯，又不见肥沃的岛屿……
然而，我的心啊，倾听着水手的歌！[1]

我在这里谈到了第二种方式。我也许错了，这首诗篇，就像我等会儿要引用的那些诗篇一样，令人想起最初的马拉美，而不是显然过于陡峭，以至于在我们短促而肤浅的漫步中无法跑遍全程的第二个马拉美。但是在我们停留的柔和的斜坡上，人们会愿意注意这个由诗人的神话般的魅力变成的、在一幕秋景中的女人的悲哀形象：

叹

我的灵魂飞向你的眉额，那里是梦境，
那里是撒着雀斑的秋光，娴静的姐儿啊，
我的灵魂向着你仙人般眼睛中游动的晴空，
升起来，宛若忧郁的花园中
那束忠实洁白的水流向着太空叹息！

---

1 《马拉美诗全集》，版本同前，第29页。

>   ——向着苍白,纯净的十月里恻隐的太空,
>   太空把无限的颓唐映入池塘
>   让黄昏的秋阳拖着一缕微光挨过
>   死寂的水面,那里落叶的萎黄随风悠游,
>   划出一道冰冷的犁沟。[1]

我欣赏这位诗人,在他给予我们的瞬间的光芒中,在最短促的照明中,我深情地喜爱他。我喜爱他的凌乱和分散。在他作品的某些微小的片段之中,我把他当成一位不可估量的诗人。至于他的作品本身,我让那些生活在他身边、更加忠实地理解他的思想的人去做总体上的评价。必须作为弟子才能提供一种详细的证据。

就我而言,马拉美先生使我高兴的是不完整的形象。我承认,我无比喜欢没有结束的东西,而且认为世界上只有一些片段或残篇才能使讲究的人感到完美。他的两首传播范围最广泛的诗篇是《海洛狄亚德》和《一个牧神的午后》。

《海洛狄亚德》具有一个片段的全部魅力,我从中甚至领略到了我不理解的东西。唉!归根结底,一定要懂得那么多才能去爱?相反的奥秘难道不是常常富有诗意?从前,我一直要求诗句有一种确定的意义,而不仅是通过感

---

[1] 《马拉美诗全集》,版本同前,第27—28页。

觉来领略它们，这是我的一个谬误。从那以后我就认为在喜欢事物之前，征求理性的同意是毫无益处的。

《一个牧神的午后》是一篇比《海洛狄亚德》完成得更多的作品，实际上我并不掌握它的全部意义。但是我在其中的一个生动而热情的幻影中，瞥见了这种深刻的观念：欲望是一种比欲望的满足本身更加强烈的肉欲。我觉得在下面这些富于寓意的美妙诗句中，这一点几乎被明显地说了出来：

> 逃遁的工具，狡黠的西林克斯[1]啊，
> 在你等待我的湖面上尽情地开花吧！
> 我要用自豪的喧哗长久地谈论女神；
> 描述这为之折腰的画图，
> 和她们解开腰带的身影；
> 这样，当我吮吸葡萄的闪光，
> 以排遣坦诚所造成的懊恼，
> 我沉入欢欣，把空蒂举向夏日的晴空，
> 将气息吹向她那光润的玉肌，
> 带着贪婪的陶醉，一直注视到傍晚。[2]

---

[1] 希腊神话中的女神，因逃避牧神的爱而跳入江中变成芦苇，思念她的牧神用芦苇制成了排箫。
[2] 《马拉美诗全集》，版本同前，第54页。

我感到《一个牧神的午后》这首诗篇自始至终都具有深刻的哲理。如果我年迈并且住在外省,我要为它写出一两卷注解。这将是我对时间的一种惬意的利用。但是我尚未像蒂尔西斯·德·拉冈那样,听到建议我退休的友好声音。所以我不得不继续推进并揭示斯特凡·马拉美先生的牧神的象征理论。也正因为如此,我急于要给你们一个惊喜,让你们看一个完全明显、清晰、半透明的但仍然优雅的马拉美。这就是写散文的,写细腻而柔和的散文的马拉美。我会选择什么呢?我眼前有许多成功的和易于理解的,既精确又有诗意的篇章。

马拉美先生在写散文的时候有意写得明白易懂,这大概是出于对演说这种庸俗形式的蔑视。不过这没什么关系。人们往往由于它们忽视的东西才出类拔萃。在《天真汉》里要比在《风俗随笔》里有更多的才华和成功之处。我要为你们引证这样开头的可爱的那一页:

> 这只萨克森的挂钟走得慢了,在它的花朵和众神之中鸣响了十三点钟,它为谁而存在?想想它是从前通过长途的驿车来自萨克森。

这个精确的梦幻是有魅力的,揭示了斯特凡·马拉美先生的真实本性,他是一个严密的梦想家。然而我更喜欢让你们看到这篇小小的完美杰作,它的精心推敲令人想起波德

莱尔的散文诗,而它在思想的简洁表达、形象的简略和有规律的动作方面则是属于马拉美先生的:

秋怨

自从玛丽亚离开我到另一个星球(猎户座、天鹰座、绿色维纳斯)以来,我总是喜欢孤独。我和我的猫独自度过了多少漫长的日子。在孤独中传入沃尔基的东西没有一个是具体的事物:我的猫是一个神秘的伙伴,一种精神。可以说我和我的猫独自度过了一个个漫长的日子;孤独地和衰落的拉丁语最后的作者之一在一起。洁白的创造不复存在以后,我古怪地看上了一切可以用堕落这个词来概括的东西。这样,在一年里,我的最相宜的时节是夏日阑珊的日子——秋季到来之前的几天。在这些日子里,我每天散步时,在太阳将没而未没的时候,它把黄铜般的光线照在灰墙上,把红铜般的光线照在窗玻璃上。同样,我的精神在文学中得到愉悦。这种文学就是罗马末期没落的诗,然而,只要它不因与蛮族的接近而青春焕发,它就只能流利地讲初期基督教散文的童年拉丁语。

我读着这些亲切的诗篇之一(它们经过粉饰的面貌对于我比青春的光彩还富有魅力),并把一只手伸到猫的毛里。这时,一只蛮族管风琴在我窗下颓唐地奏着忧郁的曲子。它在长着白杨的大路上奏着,自从玛丽亚同大蜡烛一起最后一次在这里走过之后,即使是在春天它们的叶子也使我感到忧郁。哀愁的乐器;银铃般的钢琴,使撕裂的音缕与明朗的胡琴交融在一起,的确使人感到忧伤。但蛮族管风琴在回忆的黄昏里,使我绝望地沉入梦幻。现在它正低奏着一支快活的俚曲,一支使小镇的心充满快活的小曲,一支过时而平庸的小曲,它这老调重弹时那进入我灵魂的、使我黯然泣下的、像浪漫曲意义的魅力是从哪儿来的呢?我慢慢地品味着,没有从窗子里扔出一文钱来,因为我怕搅扰了它,怕它不再独自演奏。[1]

诗人或散文家,但始终是诗人,你们现在已经感到,斯特凡·马拉美先生的声音越出了他所在的小团体,他在里面是为了像一个学者那样去启示和倾听。他对年轻一代的诗人产生了强大的影响。维埃雷·格里芬、夏尔·莫里斯、迪雅丹[2]、莫凯尔、勒泰等各位先生把他视为大师,其中有个人这样说他:"在艺术里,他是我们活着的良心。"

---

1 《马拉美诗全集》,版本同前,第232—233页。
2 爱德华·迪雅丹(Èdouard Dujardin, 1861—1949),法国诗人、剧作家,他以意识流短篇小说《月桂树已砍尽》著称。

对于我们这些不是信徒、不在神庙里生活的人来说，我们愿意大师的作品和教诲不那么深奥和神秘。但是怎么能不尊重这个高傲而又温柔、坚强而又优雅的灵魂？怎么能不感受到一种在阴影之间投进这些金刚钻和宝石般珍贵的微光，放射出穿透心灵的光芒的才华的魅力？

1893 年 1 月 15 日

伊波利特·泰纳

我们刚刚失去勒南又失去了泰纳[1]，当代两位最卓越的智者，两盏最博大的明灯现在熄灭了。他们两人都以沉思的智慧平静地面对死亡的到来。我希望有朝一日，人们会通过一篇忠实叙述，得知勒南先生的死亡是多么堪称典范，他在内心中怀着多么强烈的柔情，离开了这个他如此充分地运用其理解能力的世界。泰纳先生懂得欢乐和健康只是"一些幸运的偶然"，对于生命的终结向他预示的痛苦毫不惊讶。他等待着回光返照的时刻来完成他的大作《当代法国的起源》。他的等待破灭了。他对此毫无怨言。"死亡，"他最近对舍先生[2]说道，"是一种现象，就像诞生和生活中的其他一切现象一样。"

像他生前一样，他是作为哲学家死去的，因为在他从

---

[1] 泰纳于1893年3月5日在巴黎去世。
[2] 安德烈·舍弗里庸（André Chevrillon，1864—1957），泰纳的女婿。原注。

事美学家、批评家、历史学家等脑力活动的所有形式之下，他始终是一位哲学家。保尔·布尔热先生在他的《心理学论集》值得赞美的一章里，生动地让我们看到了这一点。这是一位对体系非常钟情、专心地坚持一些准确的表达方式的哲学家。

他是决定论者。他作为决定论者是毋庸置疑的，具有大量的证据，丰富的证明，这使他在第二帝国末期聪明机智的青年时代，给人们留下了比今天想象的要强烈得多的印象。德·博尼埃尔先生，在泰纳去世的第二天就发表的一篇非常清晰的概述中，指出了大师对当代某些人产生的影响。这个强有力的人的思想，在将近1870年的时候，确实启发了一种强烈的热情、一种信仰，我要称之为对生活的朝气蓬勃的热爱。他带给我们的是方法和观察，是事实和观念，是哲学和历史，总之是科学。

而他使我们摆脱的是经院哲学的卑鄙的唯灵论，是可憎的维克多·古森[1]和他可憎的学派，是以学院派的手势指着柏拉图和耶稣基督的天国的大学天使。他使我们摆脱了虚伪的诡辩。当然，这种好处一定是巨大而可靠的，因为我最近听说年轻一代中最勇敢的人之一夏尔·莫拉斯先生首先赞扬泰纳使"自负的折中主义鹦鹉们住嘴"。

在那个时候的拉丁区里，我们对自然力量有一种狂热

---

[1] 维克多·古森（Victor Cousin，1792—1867），法国哲学家和政治家，折中主义唯灵论学派的创始人，法兰西学院院士。

的感情，而泰纳的著作为使我们具备这种心态做出了许多贡献，他的环境理论使我们赞叹不已。在我看来，我认为它是正确的，在这方面我丝毫没有弄错。不过当时我不知道，所有做得好的理论都是分门别类地安放一切事实的必不可少的架子，从这个意义上来说它们同样都是正确的。但是在我二十来岁的时候，我没有听到过这种说法，因此如果有人告诉我泰纳先生的体系就像其他所有体系一样，是一件带搁板的家具的话，是会使我感到恼火的，然而事情就是如此。英国人的全部文学藏书都完美地安放在里面，它是由一位优秀的工人定做的。现在我的赞美并未减少，就像第一天那样珍视这部精神艺术的杰作。像在二十岁时一样，我把体系当成真实的，因为它符合逻辑。一种哲学的真实就像地图上的经度和纬度。这些环形线使人精确地了解地球上所有的点的位置。我在六岁时第一次看到一个地球仪，还以为上面画的线是实实在在地看得见的呢。我在杜伊勒利宫里散步时寻找它们，但一无所获。这是我在科学的范畴之内的第一次失望。第二次或第三次失望，就是环境理论的观念并非绝对真实。

  大约在那个时期，泰纳先生对于文学和艺术有着极大的影响，对于爱弥尔·左拉先生产生的影响尤为明显。这位作家心甘情愿地承认，他部分地得益于任何人都是环境的一种必然产物的观念，而这正是《卢贡-马卡尔家族》的哲学。尽管如此，大师对这样运用他的学说并不高兴，他对自然主义文学从来没有好感,也不大喜欢浪漫主义。文学作品只有在作为一种社会或道德状况的迹象,或者一种独特感受的表现时才能引起他的兴趣。从这个意义来说,他对在眼前发生的事情几乎无动于衷。他不像勒南先生那样,对全部文学都显示出无限而轻微的蔑视,但是决不专心地关注它们的发展。再说他怎么能那样做呢?忙于繁重的工作,他能够找到时间读新出版的书吗?

年轻的学派被他的轻蔑所伤害,指责他胆怯和懦弱。这种指责极不公正!泰纳并非徒劳地流连于日常的批评,而是积聚力量完成一部大规模的、条理分明的著作。应该为此赞扬和钦佩他。然后我们这样说他:这是一个哲学家,尽管他写得既生动又有力,但毫无文学的才气。他关注的绝不是风格的形式本身,而只是把它们作为一种精神或一种气质的迹象。他所设想的批评不能轻易地应用于当代的作品,而是只能自由地应用于过去的作品。

我知道,泰纳先生充满了仁慈和善意。他的接待非常亲切,向最卑微的人敞开他的大脑,那是事实和观念的巨大的储藏库。他被认为是胆小的,这样判断不对。他的谦逊超出了人们所能想象的程度,往往显得天真。他的判断力极为大胆,但是不知为什么他在里面加入了一些孤独者的天真。他有时对一些非常自然的事情感到吃惊,我也相信他死的时候并不明白他的著作为什么引起了那么多仇恨和愤怒。

五年前,在他关于法国大革命的著作引起最强烈的反响的时候,我有一天在协和广场上遇见了他。他已经老了,目光无神,耷拉着嘴唇。

"那么您呢,"他以单调而有发音错误的动人声音问我,"您也特别喜欢鳄鱼吗?"

对他来说,鳄鱼就是民主。他不憎恨它,他太明智了,对什么都憎恨不起来。但是他把民主描绘成一种可怕的形象。这个形象,在一个如此合乎逻辑和如此受约束的头脑里,来自一种深刻的悲观主义。

这个平静的、生活得非常温和的人,认为人类邪恶透顶。他把同类当成一种凶恶的野兽,不戴上嘴套是决不能放出去的。他说:"人是一种食肉动物,从本性和结构上都是如此,而无论是本性还是结构都从未抹去这最初的痕迹。"

正是在这种悲观主义之上,他确定了他的思辨策略,受到各个派别那么多的赞扬和抨击。赞美和抨击都是徒劳的。哲学的思辨超越于派别之上,而泰纳的光荣是不会受到显贵们的损害的。

1893 年 3 月 12 日

埃德蒙·德·龚古尔

尽管埃德蒙·德·龚古尔已经去世半个月了[1],但是向这位崇高的名人尊重地告别还为时未晚。他值得文学界朋友们双倍的尊敬:既是由于才华,也是由于诚实的一生。然而人们并不期待我现在来指出龚古尔兄弟作品的特色,因为他们的名字是如此紧密地结合在一起,似乎与埃德蒙一起,于勒又一次去世了。这项重要的工作不会进入我这个小小的专栏,它会扩大范围、变化多端。龚古尔兄弟的作品确实是既丰富又多样的。

作为历史学家,他们是倡导者。他们的《法国社会史》为我们再现了这些可亲的人的私生活,他们进行了法国大革命却不大清楚自己在做些什么。如果我没有记错的话,这部著作是1854年出版的,当时这类研究几乎还无人尝试。他们为创立泄露内情的历史做出了贡献。他们的好奇心引导他们研究过去和现在的内心生活。他们的历史研究

---

[1] 埃德蒙·德·龚古尔于1896年7月13日去世。

法朗士论文学

证实了一种不知疲倦的热情，要从故纸堆、旧书、版画、绘画，从一切过去的破旧物品里得出生活的演变和色彩。他们的资料是真实的，他们的笔记是简短的。在富有表现力的历史学家当中，他们将占有独特的地位。他们的历史篇章至今仍保存着活泼的文采，以及这种有点冒犯三十年前的志趣高尚者的动人的议论风格。

作为艺术家，他们极力追求风格的创造性和思想的细腻趣味。对于消逝的时代、洛可可式的爱情、附庸风雅者和罕见的病态趣味，他们有着生动的看法。他们在兽性中放进了魅力和雅致。他们和福楼拜一样，是自然主义真正的创造者。

但是决不要玩弄文字游戏，把他们看成是大自然的狂热的情人。莫里斯·斯普隆克在优美的著作《文学艺术家》里，非常令人信服地指出在两个龚古尔的作品里，在感觉过敏的同时，具有与他们的几个同代人共有的，但是在出生于浪漫主义鼎盛时期的让-雅克的孙辈们的作品里非常奇怪的特征：厌恶自然。

他们说：

"大自然是我的敌人。"

"没有什么比大自然更无诗意的了。"

"是人类把面纱、形象、象征、使人高贵的灵性放在所有这些物质的贫乏和犬儒主义之上。"

从这个角度来看，读他们的《日记》是富有教益的。

这部纯属内心的日记同时也完全是文学的。两位合而为一的作者是如此忠实于他们的艺术，以致到了成为它的供品和牺牲者的程度。他们完全献身于艺术，以至于他们最隐秘的思想都属于文学。他们使用纸笔就像别人使用面纱和圣衣。他们的生活就是一种无休止地进行观察和表达的工作。他们随时都在画室里，我要说是在祭台上和修道院里。

这种只有睡眠才勉强打断的顽强工作令人肃然起敬，因为他们就连自己的梦境都加以观察和记录。同样，尽管他们日复一日地记录看到和听到的东西，人们也不能有片刻怀疑他们有轻佻的和不谨慎的好奇心。他们只在艺术里、只为了艺术而倾听和观察。对于这两位智者的无休止的压力，不容易再找到第二个例子了。他们的全部想法，他们的全部观念，他们的全部感觉都是以作品为结果的。他们为写作而活着。在这方面，正如他们的才华一样，他们是很适应时代的。从前的人是偶然写作。有些人靠写作为生，例如普雷沃神父[1]，写得很多，但是并不过分耗费精力。19世纪改变了这种习俗。当时文人为了文学创作而安排了他们的整个一生。巴尔扎克、戈蒂埃、福楼拜本能地采取果敢的态度，像不可思议的陌生人那样穿越了世界。但是龚古尔兄弟还要做得更好。他们不以任何外部的标志与诞生他们的社会有所区别，没有矫揉造作，而是朴实、坚定地

---

[1] 普雷沃神父（Abbé Prévost, 1697—1763），法国作家，著有小说《曼侬·莱斯戈》。

过着一种专门由严密的观察、难忍的艰苦、艰难的实践所构成的独特生活,就像那些虔诚的人,混同于大众,穿着和他们一样的衣服,观察着他们秘密地加入的修道会里的教规。在这方面,龚古尔兄弟的《日记》是唯一的资料。读过它之后,人们就更能理解神经系统的过分运转及眼睛和大脑的持久压力,是如何产生"这种艺术家的文体"的,而这种对感觉的细致记录正是两兄弟这部作品最突出的特征。他们的思想和风格在一种特殊的气氛中形成,没有野外活动的快乐和一切在阳光下成熟的形态所具有的轻松乐趣。但尽管如此,也正因为如此,这才是难得和值得尊重的。他们的作品有着努力的高贵和一种人为创作的美,自发的冲动在其中不起任何作用,一切都是自觉自愿地进行研究的结果。

关于龚古尔兄弟的《日记》[1]

有人指责人们谈论自己,然而这却是他们处理得最好的题材。他们对此很有兴趣,而且往往让我们分享这种趣味。我知道有些令人遗憾的隐情。但是用他们的故事使我们讨厌的蠢人,当他们写别人的故事时就会使我们烦得要命。难得有一位作家在讲自己时会富有灵感。诗人的鸽子说得对:

> 我描述的旅行
> 会使您感到非常欢欣。
> 当我说"我在那里,有这么一件事情",
> 您会以为是亲临其境。

他确实对一个朋友这样说过,而回忆录的作者是为陌生人写的。不过互不认识的人会互相喜欢。每个读者都乐

---
1 第1卷,1851—1861。原注。

于成为一个朋友。日记、回忆录、忏悔录、揭秘和自传体小说,没有一部不使它的作者在身后赢得同情。马尔蒙泰尔[1]在谈论贝里塞尔[2]或者印卡人[3]时根本引不起我们的兴趣,可是他一说到一个利穆赞的孩子在一个蜜蜂纷飞的花园里读《农事诗》的时候,就引起了我们强烈的兴趣。那时他善于感动我们,使我们激动,因为这个孩子就是他,因为这些蜜蜂就是酿蜜给他吃的,他的婶婶在发现它们冻僵的时候,就把它们放在她的手心里焐热,再用一滴酒来增强它们的体质。在生动回忆的激发下,他的想象力变得兴奋、丰富和活跃。他曾是村里的年轻人,学习了拉丁文,非常健康,中学毕业后进了做作的少女们的闺房。这些他写得多么好啊!这个通常最为冷漠的作家,他让我们看到了一切,感觉到了一切。如果一个伟大的天才,如果让-雅克·卢梭、夏多布里昂都乐于描绘自己,这是怎么一回事呢?

我根本不谈奥古斯丁的《忏悔录》:这位伟大的博士忏悔得不够。这是一本宗教著作,更能满足上帝的爱而不是人类的好奇心。奥古斯丁是在向上帝而不是向人类忏悔,他憎恨他的罪行,而只有罪行才使我们做出动人的、仍然

---

[1] 让-弗朗索瓦·马尔蒙泰尔(Jean-François Marmontel, 1723—1799),法国作家,著有史诗小说《印卡人》《贝里塞尔》等。
[2] 贝里塞尔(Belisarius, 494—565),拜占庭将军。
[3] 哥伦布发现美洲新大陆以前的印加帝国的居民。

喜爱其错误的忏悔。他后悔了,而对于一种忏悔来说,没有什么比后悔更有害的了。例如他有两句可爱的话,说有人看到他很小的时候在摇篮里就微笑,于是他立刻就极力证明"还在吃奶的孩子就会堕落和有害"。这个圣徒使我对人类失去了兴趣。他讲到在童年,父亲的葡萄园附近有一棵结满梨的梨树,有一天他带着一帮小淘气去摇晃这棵树,偷吃掉下来的果子。他会用这个题材来描绘那些熟悉的画面,例如人们欣喜地在让-雅克·卢梭的《忏悔录》的头几页所看到的那样?或者如果这个要求过分的话,他会根据希腊无名的说故事人的趣味,写下一个个优雅而朴实的故事?不,他喊道:"上帝啊,您乐于慈悲地从深渊里拉出来的是个什么样的可悲的心灵!"似乎对于一个顽童来说,偷了几个倒霉的梨就堕入了深渊!

他忏悔他的爱情,但是他不是乐意的,因为他这样做的时候感到羞耻。他只谈"出自他占有欲的堕落的深处的地狱般的雾气"和"臭气"。没有什么比这更讲道德的了,但是也没有什么比这更不优雅的了。他根本不是为好奇者写的,他写这些是为了反对善恶二元论。这使我备感遗憾,因为我是个好奇的人,而且有点信奉善恶二元论。但无论它是什么样子,充满了对肉体的厌恶和对人间生活的反感,奥古斯丁的《忏悔录》比这位圣徒的其他著作都更使他闻名并且世世代代被人们热爱。

至于卢梭,他的灵魂中包含着那么多的苦难和高尚,人们不能责备他忏悔得不完全。他毫不困难地承认了自己和别人的错误。说出真相不用他付出任何代价,他知道,无论它多么卑鄙无耻,他都能使它变得优美动人:在这方面他有诀窍,天才的诀窍,就像火一样净化一切。可怜的伟人让-雅克!他感动了世界。他对母亲们说"奶你们的孩子",于是少妇们成了奶妈,画家们描绘了最美的、正在给一个婴儿喂奶的夫人。他对人类说:"人生来是善良和幸福的。社会使他们变得不幸和凶恶。他们回归大自然就会重新获得幸福。"于是王后们成了牧羊女,部长们成了哲学家,立法者们宣告了人权,而生来善良的人民,则在三天内屠杀了所有监狱里的囚犯。不过,如果让-雅克·卢梭今天还有读者的话,不是因为他以迷人的雄辩,把一种关于爱和怜悯的新观念,混杂在人类对大自然和社会从未有过的最错误和最有害的观点里传遍了世界,不是因为写了最美的爱情小说,不是因为使诗歌有了新的源泉,而是因为描写他可怜的生活,因为讲述了他在这个可悲的世界上遭遇的一切,从他只是一个染有恶习、小偷小摸、忘恩负义,然而对事物的美非常敏感、对大自然充满神圣的爱的流浪青年,直到他不安的灵魂陷入不幸的疯狂。人们现在几乎不再阅读《爱弥儿》和《新爱洛伊斯》了,但是永远会阅读《忏悔录》。

对夏多布里昂也同样如此。人们几乎只读他的一部作品:他讲述自己的《墓外回忆录》。他在所有的作品里都描绘了自己,在《纳戚兹人》的勒内身上,在《阿美莉》的勒内身上,从《殉教者》直到在《阿邦塞拉奇的末代王孙》的欧道尔身上。他的天才崇尚孤独的本质,使他在这个世界上从来都只看到他自己和伴随着他的女人。然而我们更喜欢他描绘自己的书,我不是说他的描绘毫不做作,而是没有伪装,带有被讽刺所缓和的高傲、高尚的纯朴,以及深刻的却能用出色的词语游戏来消遣的厌倦,都归结在那本《墓畔回忆录》里。他和卢梭一样,身后出版的书是传之久远的。

是的,我们喜爱所有的忏悔和回忆录。不,作家谈他们的爱与恨、欢乐与痛苦不会使我们厌烦。这是有一些原因的,我发现了其中的两个。第一个原因是一篇日记,一篇回忆录,总之一篇回忆的作品,摆脱了强加给所有精神产品的一切模式、一切惯例。

一首诗篇,一部小说,无论多么优美,当构思它的文学形式陈旧的时候就会变得过时。艺术作品不可能长期使人满意,因为它们给予的乐趣与新事物大有关系。而回忆录根本不是艺术作品。一部自传与形式毫不相干,人们只是从中寻找人的真实。当我把这种看法扩大到编年史的时候,它就变得更清楚了。格里高利·德·图尔[1]在一篇不属于任何体裁的珍贵作品中刻画了他的心灵和时代,这篇作

---

[1] 格里高利·德·图尔(Grégoire de Tours,约538—594),法国神学家、历史学家,图尔的主教,著有拉丁文的《法国史》。

品流传至今,仍然使我们感动。他同时代的福尔图纳[1]的诗句对于我们来说不再存在,已经随着它们颂扬的拉丁野蛮时代而消亡了。

第二个原因,是应该考虑到我们每个人身上都有一种对真实的需要,它在某些时刻会使我们投入到最动人的虚构中去。这种本能是深刻的,是与生俱来的。我的小女儿,当我给她读《驴皮记》的时候,总要问我王妃的戒指是不是真的在蛋糕里,这些事情是不是发生过,以及是不是还有仙女。

这就是两个主要的原因,我认为我们因此才那么喜爱大人物,甚至是小人物的文字和小小的笔记本,当他们爱过、相信过、希望过某种东西,并且在笔端稍微流露出他们的心灵的时候。同样道理,如果想到这一点,对于一个庸人的头脑来说已经是一个奇迹了。

在一个普通人身上有许多值得欣赏的东西。且不说我们欣赏的东西就在我们身上,这对于我们来说是美妙的事情。我可能乐意去阻止一些朋友写一出戏剧或者一篇史诗,我不会阻止任何人口授他的回忆录。任何人,哪怕是我那个布列塔尼的厨娘,她只认识工整地写在她的祈祷书里的字母,而且坚信我的屋子里游荡着一个木履匠的灵魂,他到夜里就会来要求一些祈祷。在这部回忆录里,这样一个

---

[1] 福尔图纳(Venantius Fortunatus,约530—约600),拉丁诗人,普瓦蒂埃的主教。

默默无闻的可怜的灵魂，以一种深刻得具有诗意的愚蠢来解释自己和世界，这样的作品也会非常有趣。

这部作品会使我们感动。尽管我们精神傲慢，也不得不承认把这个卑微的头脑与我们的头脑连接起来的亲缘关系，并且把她尊为先驱。因为我们全都有过一个相信木履匠灵魂的祖母。我们的科学、我们的哲学出自老太太们的故事，可是从我们的哲学里会产生什么呢？

博学的罗雷当·拉尔谢先生的头脑里充满了富有讽刺意味的好奇心，他从前发表过一本小集子，是一些无名的普通人编撰的回忆录。我隐约记得有一个中士和一位老夫人的日记，现在还觉得很有意思。回忆录和内心日记我们是永远不会读得过多的，因为我们对人类的研究永远不会过多。有些人认为当代这类内心的和私人的作品写得和出版得太多了，这种看法我是完全不同意的。

我不认为必须出类拔萃才有权利说说自己是怎么回事。我相反地认为普通人的隐情是值得倾听的。

至于富有才华的人的隐情，它们具有一种特殊的魅力，所以就我而言，我为提前出版龚古尔兄弟的《日记》而感到高兴。

这部日记是兄弟俩从1851年12月2日开始写的，正是他们开始出售第一部作品的日子。弟弟去世以后，哥哥继续写下去，并未想到要出版。去年，他在乡下向他的朋友阿尔封斯·都德读了其中几篇笔记。这些简短而诚挚的笔记、这些即时的印象当然使都德深受感动，他敦促龚古尔先生立即把它们交给读者，他的坚持克服了作者的审慎。我们已经看到这部《日记》的第一部分：它包括十个年头，直到1861年。出版好像没有遇到什么大的麻烦。首先是因为其中谈到的几乎只是去世的人。唉！三十年前的事情已经是旧事了。

在第一卷里看到的形象都是属于过去的：加瓦尔尼[1]，戈蒂埃，福楼拜，保尔·德·圣维克多……可以像对待他们逝去的影子一样随意谈论他们。一些人被忘却了，另一些人的威望不断提高。加瓦尔尼在《日记》里几乎可以与文艺复兴时期伟大的艺术家们相媲美。作为画家、哲学家、数学家，他所说的一切都是非凡而深刻的。他在思考，而这就在满足于观察和感觉的艺术家阶层当中引起了震惊。

同样值得注意的是，这部纯属内心的日记同时也完全是文学的。两位合而为一的作者是如此忠实于他们的艺术，以致到了成为它的供品和牺牲者的程度。他们完全献身于艺术，以至于他们最隐秘的思想都属于文学。他们使用纸笔就像别人使用面纱和圣衣。他们的生活就是一种无休止地进行观察和表达的工作。他们随时都在画室里，我要说是在祭台上和修道院里。

这种只会被睡眠勉强打断的顽强工作令人肃然起敬，

---

[1] 保尔·加瓦尔尼（Paul Gavarni, 1804—1866），法国画家，擅长描绘资产者和高级娼妓。

因为他们就连自己的梦境都加以观察和记录。同样，尽管他们日复一日地记录看到和听到的东西，人们也不能有片刻怀疑他们有轻佻的和不谨慎的好奇心。他们只在艺术里、只为了艺术而倾听和观察。对于这两位智者的无休止的压力，不容易再找到第二个例子了。智者之一在压力下被撕碎了。他们的全部想法，他们的全部观念，他们的全部感觉都是以作品为结果的。他们为写作而活着。在这方面，正如他们的才华一样，他们是很适应时代的。从前的人是偶然写作。有些人靠写作为生，例如普雷沃神父，写得很多，但是并不过分耗费精力。在通常的情况下，有了年金的资助，文人的职业是一种非常舒心的职业。

19世纪改变了这种习俗。当时文人为了文学创作而安排了他们的整个一生。巴尔扎克、戈蒂埃、福楼拜本能地采取果敢的态度，像不可思议的陌生人那样穿越了世界。但是龚古尔兄弟还要做得更好。他们不以任何外部的标志与诞生他们的社会有所区别，没有矫揉造作，而是朴实、坚定地过着一种专门由严密的观察、难忍的艰苦、艰难的实践所构成的独特生活，就像那些虔诚的人，混同于大众，穿着和他们一样的衣服，观察着他们秘密地加入的修道会里的教规。在这方面，龚古尔兄弟的《日记》是唯一的资料。我丝毫不想在这里考察这种文学的苦行主义，从作品的概念和技巧的角度来看是否有严重的麻烦。但是在读过1851到1861年的《日记》之后，人们就更能理解神经系统的过分运转,眼睛和大脑的持久压力,是如何产生使埃德蒙·德·龚古尔先生正确地认出自己的"这种艺术家的文体"的,而这种对感觉的细致记录正是两兄弟这部作品的最突出的特征。他们的思想和风格是在一种特殊的气氛中形成的,没有野外活动的快乐和一切在阳光下成熟的形态所具有的轻松乐趣。然而这是难得的和值得尊重的。因为他们中的一个在去世时已经找到了它。《日记》向我们解释了他是怎样找到的。

左拉先生的纯洁

我们一开始从一些报纸上插入的非正式的通告中得知,左拉先生新出版的小说是纯洁的,而且适宜于"放在所有妇女甚至是少女的手里",对这种难得而又特殊的廉耻心大加吹嘘。这一次,通告上说,"小说家"要有一种理想的大飞跃,在最优雅和最动人的诗意方面要展翅高飞。通告没有欺骗我们,左拉先生要飞跃和展翅,要动人的诗意和优雅。如果诗意、优雅和动人,只是想要就够了的话,左拉先生目前当然会是小说家当中最动人、最优雅、最富有诗意和最展翅飞跃的了。

毫无疑问,我们只能赞美他的新职业。他拥护纯洁,并且由此给了我们一个最有教益的典范。我们只能为他如此大张旗鼓地庆贺这种神秘的联盟感到遗憾。

他难道不在报纸上发表这份通告就不会有廉耻心了吗?难道必须让圣徒约瑟夫[1]的百合花在他手里变成一种

---

[1] 圣母马利亚的丈夫,耶稣基督的养父。

大肆宣扬的工具?不过他大概是想隐藏起来的,只是没能做到。

其实名声往往是令人讨厌的。情况是左拉先生就像这个寓言里的丈夫那样,他在早晨忏悔生了一个蛋,到晚上长舌妇们却说他生了一百个。《梦》的作者有一天向他的影子诉说了他的愿望,想离开我们的污泥并在空中飞翔,第二天所有的巴黎人都知道他长出了翅膀。有人描绘它们,衡量它们:它们是洁白的,类似于鸽子的翅膀。人们为这个奇迹欢呼。平时不大温和的记者们也被这个动人的奇迹感动了。他们说:"瞧,这个长期在粪堆里打滚的灵魂在蓝天里飞翔得多么自如。从此以后《梦》的作者就被认为具有圣女卡特琳·德·西埃娜、圣女泰莱丝和圣徒路易·德·贡扎格的纯洁了。应该把文学沙龙和法兰西学院这两扇门向他打开,因为上帝把他树立成为世人的榜样。"

我更喜欢的是一种不那么喧哗的纯洁。此外,我承认左拉先生的纯洁在我看来是非常值得赞赏的。它使他付出了昂贵的代价:他为它付出了他的全部才华。在《梦》的三百页里再也找不到这种才华的痕迹。面对这个晦涩故事的无法捉摸的女主人公,我不得不承认穆凯特就算是不错的了。而如果必须要选择的话,与长翅膀的左拉先生相比,我还是会更喜爱四只脚的左拉先生。你们知道,本性有一种无法模仿的魅力,人如果不再是他自己的话就不会使人愉快了。当他不过分使用他的才华的时候,左拉先生是杰出的。他在描绘洗衣女工和白铁工方面无与伦比。我悄悄地告诉你们:《小酒店》使我获得莫大的乐趣。我怀着纯粹的快乐把古波的婚礼、鹅的饭和娜娜第一次领圣体读了十遍。这些都是充满了色彩、活动和生气的令人赞赏的画面。然而仅仅一个人是不适宜描绘一切的。最灵活的艺术家也无法理解、把握、表达他与他的模特儿们共有的东西。或者更确切地说他永远只能描绘自己。说实话,有些人表现了世界,例如莎士比亚,这是因为他们具有普遍的心灵。不是要冒犯左拉先生,这绝不是他的心灵。他的心灵虽然广大,但是酒吧的柜台和熨斗在其中占据了太多的位置。当他描述看到的东西时,他是个很好的画家。他的错误在于想描绘一切,在一种过分的事业里费尽力气和精疲力竭。人们已经提醒过他不要陷于幻想和虚假之中,但是白费力气!他自以为是不会错的。他早就不再研究典型了。他用根据匆忙做出的笔记得出的想象来组成他的画面。他对世界是惊人地无知,而且因为没有哲学观念,他时时会陷于荒谬和可怕之中。这位自然主义流派的领袖随时都在冒犯自然。

这一次犯的是十足的错误,无法想象一部比《梦》更加不合情理的小说了。这是一个捡来的弃婴的故事。她在大教堂的隐蔽下,由教堂的祭披制作者们抚养,他们在一所背靠教堂的祖传老房子里过着虔诚的简朴生活。孩子名叫昂瑞里克,是一个下雪天的早晨,在圣阿涅斯的门廊下面被好心的祭披制作者们收养的。

她成了一个神秘的绣花女工,而且发现了老一辈绣花大师们的秘密。一个年轻的玻璃工有一次出现在她的面前,像彩画玻璃窗上的圣徒乔治那样英俊。她立刻认出了这个她等待的人,她的梦。她爱他,也被他爱着。她事先就知道他是一位君主。她的梦丝毫没有欺骗她:确实,这个玻璃工是奥特克尔的费里西安七世,是大主教的儿子。昂瑞里克和费里西安订了婚,但是主教大人不同意。为了消除一种使他们心惊胆战的爱情,好心的祭披制作者们对费里西安说昂瑞里克不再爱他了,又对昂瑞里克说费里西安娶了一个贵族小姐。昂瑞里克因此死去了,主教大人亲自来为她做临终涂油礼。接着他吻了她的嘴唇,说出了他家族的这句箴言:"如果上帝愿意,我就愿意。"当时昂瑞里克就在床上坐了起来,把费里西安抱在她的怀里。她在大教堂里再生了,嫁给了古代奥特克尔的年轻的继承者。仪式完成之后,她把嘴贴在费里西安的嘴上,就在这个亲吻中死去了。作者说,主持仪式的主教大人转向了"神奇的虚无"。

左拉先生用一种深刻的思想来结束这个小小的寓言,他说"一切都只是梦"。我相信这是他从未进行过的唯一的哲学思考,我不想进行反驳。我相信永恒的幻觉确实在哄骗和伪装我们,生活只是一个梦。不过我很难设想,《家常事》的作者在焦虑地询问迈娅的微笑,并且把探测器扔进假象的海洋。我不把他想象成像波菲利[1]那样在赞赏大量无声的空想。当他说一切只是梦的时候,我担心他只想到了他的作品,而这部作品的确是一种伟大的梦想。

书里关于圣女阿涅斯[2]和金色传说谈了很多,昂瑞里克是在圣女阿涅斯的大门下面被发现的,她死去之前在主教大人的主教冠上所绣的,就是穿着用头发做成的金色长袍的圣女阿涅斯的形象。我对圣女阿涅斯有几分虔敬,我对这位贞女的传说是如此喜爱,所以如果你们愿意的话,我可以凭记忆为你们背诵沃拉吉纳所写的传说:

"阿涅斯,大智慧的贞女,13岁时经受了死亡的痛苦,却因此获得了生命。如果只计算她活的年头,她还只是一个孩子;但是她在谨慎和判断方面已经达到成熟的年龄。她面容姣好,信仰更为动人,由于她常从学校回来,总督的儿子爱上了她,许诺给她宝石和无尽的财富,只要她同意成为他的妻子。阿涅斯回答他说:'离开我,死亡的引路人,罪恶的诱饵,背叛的根源,因为我爱着另一个人。'于是她开始赞扬她的情人和神奇的丈夫……"只要你们请我背,我就把其余部分都给你们背出来,尤其是总督如何使她赤身裸体,她的头发奇迹般地垂下来,为她披上了一件金色的长袍。这是一个迷人的故事。在13世纪广为流

---

[1] 波菲利(Porphyry,234—约305),新柏拉图主义哲学家,普罗提诺的弟子。
[2] 罗马的贞女,303年殉难。

行的受难贞女的传说像宝石一样，应该同时作为奇妙的财富和粗俗的朴实来加以鉴赏。这是一种幼稚而绝妙的金银器制造业的杰作。善良的人民长期为之着迷，直到16世纪都是穷人的诗歌。但是如果左拉先生以为今天的宗教还保留着它的丝毫痕迹的话，那就大错特错了。这些中世纪的、对于神学家来说变得可疑的传说，现在只有考古学家才知道。让他的昂瑞里克生活在这个小小的、像圣女贞德时代农民的头脑里塞满欢乐和幻想的诗意世界里，他是犯了一个奇怪的年代错误。他确实假定他的女主人公是自己在一部16世纪的著作里发现了这一套基督教的梦境的，然而这本身就是非常不可靠的。

实际上，一个像昂瑞里克这样的小女孩，在焚香的气味中虔诚地学习的东西，根本不是金色传说，而是祈祷、弥撒常规经、教理问答书、忏悔和领圣体。这就是她的全部生活，不能设想左拉先生忘记了所有这些宗教活动。在这个讲述虔诚童年和神秘青年时代的故事里，没有一次晨祷或晚祷，没有一次忏悔，没有一次领圣体，没有一次小弥撒。

他的小说同样只是一个虚构的故事，他既不可能进行思考，也不可能进行推理，所以这个虚构的故事写得非常冗长笨拙。我知道另一个我更喜欢的故事，讲给你们听听。归根结底这是同样的故事，名称也是《梦》。它出自一位非常纯朴、天性可爱的诗人,加布里埃尔·维凯尔[1]先生。不错,是同样的故事,区别在于是一个男孩而不是女孩在做梦,显圣的也不再是一个以圣乔治形象出现的主教儿子,而是一个带着纺锤的国王的女儿:

> 您问我在梦中看到了什么人?
> 真的是国王的女儿,令人兴奋,
> 只有我成为她的朋友她才乐意。
> 我们走吧,漂亮的宝贝,月亮正在升起。
>
> 她拖曳着用白缎子做成的长袍,
> 她的梳子用银子和宝石制造,
> 月亮在贴近牧场的地方升起。
> 我们走吧,漂亮的宝贝,我是你的情郎。
>
> 金色的大外套盖住她的肩膀,
> 我却穿着旧亚麻布做的衣裳!
> 我们走吧,漂亮的宝贝,到"优美树林"去。
> 月亮升到了柳树上方。
>
> 就像孩子和一只鸟儿玩耍,

---

[1] 加布里埃尔·维凯尔(Gabriel Vicaire, 1848—1900),法国诗人。

她白皙的双手掌握着我的生命。
月亮升到了树枝当中,
我们走吧,漂亮的宝贝,带上你的纺锤。

感谢上帝,事情足以证明:
没有什么比爱情更令人高兴。
我的情人这么美,我多么爱她!
我们走吧,漂亮的宝贝,月亮已经升起。

这才是展翅高飞,这才是感情奔放,这才是诗意,这才是真正的梦!至于左拉先生的梦,它既极其怪诞又极其平庸,我甚至欣赏他在如此平庸的同时会如此笨拙。

《土地》

你们知道左拉先生刚刚经受了与始祖挪亚同样的遭遇。他的五个弟子趁他睡着的时候,对他犯下了像含[1]一样的罪行。这些该死的孩子是保尔·博纳坦、约瑟夫-亨利·罗斯尼、吕西安·德卡夫、保尔·玛格丽特和居斯塔夫·吉什先生。他们公然嘲笑父亲的裸体。费尔南·克索先生模仿闪的怜悯,把他的外套盖在这个入睡的老人身上,所以他以后会世世代代受到祝福。古代的法律是新法律的形象,而爱弥尔·左拉先生则真正是那个被先知们预言过的人。

所有的报刊都发表了居斯塔夫·吉什、保尔·玛格丽特、吕西安·德卡夫、约瑟夫-亨利·罗斯尼和保尔·博纳坦先生的文学声明。大师的新小说《土地》,在声明里受到了这样的评价:"不但观察肤浅、技巧过时,叙述平庸和没有特色,而且淫秽的笔调更是无以复加,不时堕落

---

[1] 挪亚的次子。含看到父亲挪亚酒后赤身,告诉了自己的两个兄弟闪和雅弗。见《旧约·创世记》。

为如此下贱的垃圾,以至于使人以为是面对一部诲淫之作。大师堕落到了垃圾堆的深处。"

五个人就是这么说的。他们的声明引起了一些惊讶。他们当中至少有两个不是必须首先发难的。博纳坦先生本人写过一部不能称为纯洁的小说。他确实反驳说他的开始就像左拉的结束,而他打算要像左拉先生的开始那样圆满结束。然而声明本身并非无懈可击。它所包含的一些关于《土地》作者心态的评价,超出了允许的批评范围。如果是对于《恨世者》或《论法的精神》,通过作者解释作品是一种绝妙的方法,但是它不能方便地应用于当代人的作品。左拉先生的小说是应该批评的,所以人们马上会看到我是否担心说出我的想法。至于左拉先生的私生活,它是应该得到绝对尊重的,决不要从中去寻找他堆砌在书里的猥亵言行的理由。我们不想知道左拉先生是出于趣味还是利益才对淫乱如此津津乐道。声明以年轻小说家们对读者的一点忠告结束,这倒不是完全无益的。这五个人说:"必须,读者的判决应该击中《土地》,而不是散落为射向明天的真实作品的小粒铅沙。"显而易见,这些先生有些作品正在出版之中。我不知道这个建议当中最应该欣赏的是哪一点,是它的巧妙还是天真。

这五个人在评论《土地》的时候,根本没有期待看到它的结局,左拉先生对此表示不满。确实,要评论一部作品,一般要等到它写完之后。然而这不是一部一般的作品。《土地》没有开头也没有中间。左拉先生无论怎么做，也无法给出一个结局。因此我就冒昧地按照这些先生的样子，马上就此谈谈我的看法。我要谈的是第86节所描绘的，89岁的农妇格朗德被她的孙子强奸的时刻，这就提醒大家我要说的话不适用于后来具有这种乡村风俗特征的现象了。

正如书名显示的那样，这部作品的主题是土地。按左拉先生的说法，土地是一个女人或者一只雌性动物，在他看来这是一回事。他向我们证明"古代的雄性为使它受孕而衰竭"。他为我们描绘农民们想"插入它直到腹部，使它受孕"，他们"在这种每时每刻的热烈的亲密中"爱着它，"怀着一种强壮男人的快感呼吸着它受孕的气息"。

这些是粗俗的修辞，不过还属于修辞。何况全书充满了经过笨拙的更新的古老情节：守夜，割草，乡村婚礼，收割庄稼，收获葡萄，谷仓，暴风雨，这些已经被舍纳多雷[1]以对大自然和农民的一种更确切的情感赞颂过了。播种者，维克多·雨果描绘过他的"庄严的姿态"；跟随公牛的母牛，莫里斯·罗里纳[2]写过一首相当有力的诗篇。你们是否碰巧读过 *Predium rusticum*[3]？这是18世纪的一个耶稣会会士模仿维吉尔用拉丁文诗句为小学生写的诗篇。唉，

---

1 夏尔·舍纳多雷（Charles de Chênedollé，1769—1833），法国诗人，他的诗作标志着诗歌从古典主义向浪漫主义的过渡。
2 莫里斯·罗里纳（Maurice Rollinat，1846—1903），法国诗人。
3 拉丁文，意为"乡村的田产"。

不知是由于他们共有的什么样的陈词滥调，左拉先生的这部作品使我想起了普·瓦尼埃尔的作品。在这些由一个所谓的自然主义者所写的篇章中，没有任何东西来自直接的观察，从中感觉不到人或自然的活力，所有的形象都是按照今天看来早已过时的学校里的方法描绘出来的。这个"因消化他刚吃过的精美午餐而昏昏沉沉的"公证人，这个出现在"飞起来的长袍里"的教士，这所像"这些肾脏破裂的老迈妇女的"房子，这种"堆积的牛粪的柔和而有节奏的"声音，这种"从绿色的大房间里升起的催眠的温存"，这些话说的是什么意思？对于坐在餐桌旁的农民，当有人对我们说"一阵感动笼罩着他们的脸"的时候，会使我们看得更加清楚吗？左拉先生写在这本新作里的几乎全是他的缺陷。最奇特的是这只苍蝇的眼睛——使它像透过雕刻的黄玉一样看到重复物体的复眼——产生的效果。对于一个地区首府的市场，他是用这种不可思议的笔法来结束他那倒也相当准确和生动的描绘的："高大的黄色长卷毛猎犬嗥叫着逃命，一只爪子被打断了。"一种幻觉就是这样使他同时看到了数不清的播种者，他说："他们越来越多，像勤劳的黑蚂蚁那样麇集在一起，在露天里从事某种繁重的劳动，发奋从事一项由于他们的渺小而显得过分庞大的工程，然而即使在最远的人身上，也能看到那种始终不变的固执姿势，这种在与无边土地的搏斗中、在疆域和生命的尽头获得胜利的昆虫的固执。"

左拉先生没有为我们清晰地描绘农民。更为严重的是，他没有让他们好好说话，他让他们说的话是城市工人粗野的饶舌。

农民很少说话，他们乐于使用格言警句，往往表达一些非常普遍的观念。在不说方言的地区里，他们也有一些保留着土地气息的有趣词汇。在左拉先生让他们的嘴说出来的话里，这些词汇是根本没有的。

左拉先生[1]给予乡下人的是他们从未说过的一种啰唆的下流话和一种形象的色情话。我和诺曼底的农民尤其是老

---

[1] 我很高兴为我提出的观点提供一份权威性毋庸置疑的证明文件，这是一封写自阿贝维雷、由一位乡村医生签署的信，他为孚日的农民看病已有20年了。全文如下：

先生：

我刚刚在8月28日的《时代报》上读了您的《文学生活》。您是否允许一个二十年来和农民一起生活的乡村医生，向您谈谈关于他们风俗的看法？

有一个显著的事实，就是农民的话从来都不脏。当他们被引向谈论某些有伤风化的事情时，总会用一句套话"请不要见怪"，而且永远不会像左拉先生所想的那样，直截了当地讲一个有点下流的故事。他们总是有所保留，出言谨慎，用些婉转的说法。这是因为他们所讲的事情肯定是一位名人的，而在这方面，农民是特别小心的。不能责怪农民用他们的名称来称呼事物。恰恰相反，可以说他们认为语言是被用来掩饰思想的。

正如您十分正确地指出的那样，他们是在用警句、用格言说话。如果说在酒吧间里，舌头被葡萄酒或者白酒松开了——可惜！——他们讲述一个粗俗的故事，会对自己的叙述加以掩饰。正如您所说的那样，他们从不运用郊区工人的口语。

这并不是说我想把农民们说成是贞洁和道德的典范。在（转下页）

人聊过几次。他们的言语是缓慢的,好像在教训人一样,充

(接上页)这方面有许多事情可以说。但是我在《土地》中读到的内容,向与农民一起生活了二十来年的我证明,左拉先生并未经常接触乡村里的人。

在他们身上,会看到一种特别害羞的观念,医生比其他任何人都能证实这一点。这种观念甚至会使人冒着失去健康和生命的危险,来掩盖一些城市或郊区居民毫不犹豫地揭示出来的事情。

农民和马厩里的家畜生活在一起——这不是一个说明他们的身体和语言不干净的理由。但凡左拉先生看过一个马厩、一个牛圈的话,他就会证实农民最大的光荣就是拥有清洁的家畜,打扫得干干净净的马厩,我也不认为粪便有什么脏……或刺激的地方。当然,对于清洁的关注,农民可能在忙于收割入仓的时候有所忽视,收割草料,收割庄稼……但谁会因此责备他们呢?我就到此为止,因为关于这个问题我说起来就没完了。

农民关心他的尊严,他们有羞耻感。他们不说露骨的词语。他们为什么这样做无关紧要。这是事实。而这个事实证明左拉先生对他要描写的人是了解得多么少。

请接受我的敬意等等。
又及:请原谅我信笔所至写得不连贯。

医生 阿·富尔尼埃
1887年8月28日

这封信使我想起圣洛附近的一个农妇有一天对我说过的话。那是一个星期天,她做完祈祷出来,显得很不高兴。有人问她为什么生气,她回答说:"教士先生说得一点也不好。他说:'你们擦洗你们的小锅,却从不擦洗你们的灵魂。'这说得不对:一个灵魂不能和一个小锅相比,对基督徒决不能这样说话。"村里的教士是用了一种谚语般的表达方式,这种说法由来已久,词典上也把它作为一句古老的格言,可是他的基督徒却受了伤害。听到从神圣的讲坛上传来一句粗俗的话,年轻的农妇就感到难受。这个可怜的孩子肯定没有优雅的趣味,但是她很敏感。从她身上我们就可以远离左拉先生所写的农民的可憎言行。原注。

满了告诫。我并不认为他们说得像荷马笔下的阿尔西努斯和老人们那样生动,那还差得远呢!不过他们会多少令人想起那种庄重的声调和说教的方式。至于年轻人,他们在酒吧里一起聊天的时候,都是粗鲁狂热和语言粗俗的。他们的想象力不足而且简单,绝不放荡。他们说得最长的故事是传奇而不是爱情:它们涉及的是猛打或被痛击,力量和勇敢的榜样,殴斗或饮酒的业绩。

我遗憾地补充一句,当左拉先生为他自己说话的时候,他是非常笨拙和软弱无力的。他的表达方式中令人难忍的单调使他疲惫不堪:"他巨人般的柔软肉体,……她的瘦瘦的褐发女人的灵敏,……她肥胖的教母的快乐,……她那结实的少女肉体的赤裸。"

农民身上有一种美。勒南兄弟[1]、米勒[2]、巴斯蒂安-勒帕热[3]看到了,左拉先生没有见过。忧郁庄重的面容,一个不停地耕种的农夫身体庄严僵直,人与土地的和谐,贫困的崇高,劳动的神圣,尤其是用犁耕种,这一切都没有使左拉先生有任何感动。他对事物的魅力视而不见,美、庄

---

[1] 勒南(Le Nain)是三兄弟的姓,分别指安托万(Antoine,约1588—1648)、路易斯(Louis,1593—1648)、马修(Mathieu,1607—1677),都是法国画家。
[2] 让-弗朗索瓦·米勒(Jean-François Millet,1814—1875),法国画家,代表作有《拾穗者》《晚祷》等。
[3] 巴斯蒂安-勒帕热(Bastien-Lepage,1848—1884),法国画家,代表作有《垛草》《收割的农妇》等。

严、朴素不会使他向往。当他为一个村庄、一条河流、一个人命名的时候,他会选择最难听的名称。人可以叫马克隆[1],村庄是罗涅[2],河流就是埃格勒[3]。然而城市与河流有着许多美丽的名称。尤其是水流,为了纪念曾在其中沐浴的山林仙女,保留着一些迷人的词汇,它们在嘴唇上歌唱着流淌。正如对事物的美一样,左拉先生对词汇的美也一无所知。

他没有鉴赏力,我最终相信缺乏鉴赏力这种神秘的罪行,是《福音书》上所说的所有罪行中最严重的、不会得到宽恕的罪孽。你们想知道这种不可救药的缺陷的例子吗?左拉先生在《土地》里向我们描绘了一个卑鄙下流的农民,一个醉鬼,一个偷猎者,他尖形的胡子,长长的头发,深陷的眼睛,使他有了一个"耶稣基督"的绰号。他通过这种手段得到了一些这样的句子:"这是和福罗拉一起扭打的耶稣基督,他向她要一升罗姆酒。……他用来开玩笑的,耶稣基督,是家庭的小节日。……耶稣基督的肚子老是胀气。"这种手法的不妥之处,是无须成为天主教徒或基督教徒就能感觉到的。

然而《土地》最恶劣的缺点,却是毫无依据的猥亵。左拉先生笔下的农民达到了色情狂的程度。夜里僧侣们由

---

1 意思是"拉皮条的"。
2 意思是"疥癣"。
3 意思是"酸味"。

于害怕而在祷告时唱日课经的圣歌来驱赶的所有魔鬼,这声音直到拂晓都包围在罗涅农夫们的床头。这个不幸的村庄里乱伦成风。田野上的劳作远未平息他们的感官,反而使其加剧。在所有的树丛里,都有一个来自农庄的小伙子按着"一个像发情的雌兽那样香喷喷的少女"。

就像我遗憾地对你们说过的那样,祖母们在这里被她们的孙子强奸了。左拉先生是一位学者,也是一位哲学家,他说错就错在干草垛和肥料堆。

左拉先生乐于让一对夫妇——夏尔先生和夫人生活在这个叫罗涅的村庄里。他们在夏尔特尔开着一家"泰利埃公馆"[1],因此过着诚实富裕的生活。他们把它让给了女婿,不过仍然为之操心。

这是居易·莫泊桑先生的著名故事,不过左拉先生以一种荒唐的方式使它变得夸张和粗俗,以至于描绘得令人恶心。夏尔太太把她在夏尔特尔的一只老猫带到了罗涅。这只猫,左拉先生说,"被五六代女人的胖手爱抚过……是所有关闭的卧室里的常客……默不作声……喜欢梦想,用它眯缝在金色眼圈里的眼珠观看着一切"。左拉先生并未到此为止,他把这只猫变成了不知什么样的东方精灵的神秘而可怕的形象,就像居斯塔夫·莫罗[2]的《犹太国王》一样,是一个像完全沉溺于蜜糖那样沉溺于肉欲的老人。

---

1 莫泊桑的短篇小说的名称,写的是名为泰利埃公馆的妓院里的故事。
2 居斯塔夫·莫罗(Gustave Moreau,1826—1898),法国画家。

当猫的故事结束之后,接着是一只戒指,就是一只在夏尔太太指头上磨损的、金子做的结婚戒指,她是个妖精,讲着一些无法形容的事情。

这次左拉先生无耻下流到了极点。通过一种凌辱女人最神圣部位的发明,左拉先生设想一个农妇在她的奶牛产犊的同时生孩子。"要裂开了!"一个目击者说,他说的不是奶牛。细节的露骨超出了任何想象。

与对女人相比,他对动物本性的凌辱也毫不逊色,而我还要抱怨的是,他毫无怜悯地描绘它的痛苦和生育的一切惨象来玷污无辜的奶牛。请允许我告诉你们我愤怒的理由。几年前,我曾在一个牛圈里见过一只牛犊的降生。母牛默默地忍受着万般痛苦。当牛犊生下来的时候,母牛把满含眼泪的漂亮眼睛转向它,伸着脖子,久久地舔着这个给自己带来那么多痛苦的小生命。这种动人的景象看起来很美,我向你们保证,亵渎这些庄严的神秘是一种耻辱。左拉先生说过他笔下的一个农民是"狂乱的下流坯"。左拉先生现在是不加分辨地把一种狂乱赋予了他所有的人物。在写作《土地》的时候,他写出来的是放荡的"农事诗"。

爱弥尔·左拉先生从前可能有过一种我不说是杰出的而是粗俗的才华,这种天才也有可能还在他身上留下了一些残片,但是我承认我无论如何也难以适应。他的作品是恶劣的,他属于那些倒霉的人,可以说他们最好还是别生下来。

当然，我决不会否认他那可憎的名声。在他之前没有人竖起过那么高的一堆垃圾。那是他的丰碑，其高度是毋庸置疑的。从未有人如此卖力地使人类堕落，蔑视美和爱的所有形象，否认善良和美好的一切。从未有人对人类的理想无视到这种程度。在我们所有的人身上，无论是小人物还是大人物，在卑贱者和高贵者的身上，都有着一种爱美的本能，一种美化和装饰的愿望，它们散布在世界上形成了生活的魅力。在人身上有一种使人变得神圣的、对爱的无限需要，左拉先生对此一无所知。欲望和廉耻心往往微妙地混合在心灵之中，左拉先生对此一无所知。世界上有着高贵思想的美妙形式，有着纯洁的灵魂和勇敢的心灵，左拉先生对此一无所知。即使是弱点、差错和谬误也有它们动人的美，痛苦是神圣的，眼泪的神圣存在于一切宗教的深处。不幸足以使高贵的人成为普通人。左拉先生对此一无所知。他不懂得魅力是端庄的，哲学的讽刺是宽容和温和的，人类的事物在健全的头脑里只会激发两种情感[1]：

---

[1] 就在此刻我获悉《土地》的译本在俄罗斯已被禁止。转载这一消息的路易·乌尔巴克先生补充说："让我们相信这部侮辱法国的作品，将在德国得到翻译和评论。"乌尔巴克先生的强烈抗议使我很受启发。

"不，"他说，"不。这部小说对大多数法国人是一种污蔑，一种凌辱。

"用他的遗传理论，左拉先生将很难解释这些农民怎么会是法国最诚实、最聪明、最勇敢的人的父辈。我们当中谁的血管里没（转下页）

赞赏或怜悯。左拉先生值得受到深深的怜悯。

（接上页）有种田人的血液？我们当中谁不把这些顽强的劳动者作为楷模、作为要继承的传统来加以赞美？

"否认农民的睿智，就是否认明显的事实；否认他们的勇气，就是否认法兰西。

"在战后，在义勇军之后，在英雄主义之后，这类作品是对我们的敌人有利，是对我们爱国主义的侮辱。

"几天之前，我叙述了我目睹过的动人场面，一个团队以令人赞叹的纪律和高度的热情进行操练，那是法国农民的一次示威游行。

"我知道我为此如实撰写的文章已在军营里被人阅读，我知道这一期的《小马赛人》已被张贴，我甚至要补充说，为了自我吹嘘——不是为我写的文章，而是为我想到的事情——将军已让陆军部长读了这份由一个观众写的证明材料；部长还说：这才是我们的士兵应该听取和重视的意见。

"到这些在村庄或军营里学会了阅读，对民族的荣誉有着日益强烈的观念，随时准备为法国献身的士兵和未来的英雄那儿去吧；去读这样一部作品，说他们是社会不平等的受害者，他们的父亲是流氓，母亲是不知羞耻的荡妇；他们想吃屎，没有任何理想；他们是乱伦的、无论如何是放荡的产物，是放在一堆粪便上的法国的废物！

"那么你们就会看到他们会怀着什么样的蔑视来接待您，这些被纯粹的法兰西的活力所激动的法国人。"原注。

《金钱》

这部小说是《卢贡-马卡尔家族：第二帝国时代一个家族的自然史与社会史》系列的第 18 部小说。爱弥尔·左拉先生只要再写两部——一部关于战争、另一部关于科学的小说，就可以结束这个庞大的工程了。它使他付出了 20 年连续耕耘的代价。从 1869 年开始，爱弥尔·左拉先生就构思了这套最初叫作《卢贡-马夏尔》的系列小说的总的概要。

去年，与路易·乌尔巴克[1]的大作一起，确实售出了一张卢贡-马卡尔家族的系谱表以及关于这个家族的概况，全都出自左拉先生之手。这些资料很有可能追溯到 1869 年。第二年，左拉先生就写作了《贪欲的角逐》，这应该是《卢贡-马夏尔》（后来变成《卢贡-马卡尔》）的第二卷。5 月 27 日，他写信给时任《钟声报》主编的路易·乌

---

[1] 路易·乌尔巴克（Luis Ulbach, 1822—1889），法国作家，曾发表《腐败的文学》一文指责左拉。

尔巴克先生,向后者确定这部开始写作的小说的实质和意义,他说:"我在其中研究政变造成的迅速增长的财富,以及随之而来可怕的金融混乱,沉溺于享乐的欲望,上流社会的丑闻……我自然以为它会成功,因为我怀着爱心认真写作,力图赋予它极为真实和强烈的色彩。"在路易·乌尔巴克先生去世后制定的手迹目录里,第110条就是这封信的概述。《贪欲的角逐》直到第二帝国垮台后才出版,但是毋庸置疑,这部作品是在它猛烈抨击的君主政体下写好的。我之所以强调这一事实,是因为它多次受到质疑,而左拉先生关注的是已经完成的东西。

1871年,左拉先生开始出版他的长篇系列小说。这件大事已经证明,当时漫长的希望和丰富的思想对于他都是可能的,因为今天这个系列终于几乎完成了,说实话也并非没有一些不协调的地方。第一部小说《卢贡家的发迹》,前面有一篇序言说明了写作这部作品的目的。左拉先生在序言里说道:"我想解释一个家族在一个社会里是如何运转的,在充分发展的同时产生了十个、二十个成员,他们初看之下完全不同,但是经过分析,就显示出彼此之间有着密切的联系。"他又补充说:"遗传有它的规律,就像地心引力一样。"这是不容置疑的。但是地心引力的规律被简化成公式,而遗传的规律还鲜为人知。祖先把人的类型传给后代,这是一种无须证明的事实。祖先还把肌体和天赋的某些特征传给后代,这种特性被用来培育马匹和家畜。但是从大量能被观察的自然现象中还很难得出的遗传理论，在社会现象这个更为复杂的范畴里是一种无力的论据。想在人类社会的演变中遵循遗传学影响的生理学家们，在这方面只满足于非常笼统的概述。

其中有一位这样说道："通过更加活跃、更加敏锐、更好的天性的创造所得到的东西，最终借助于遗传的作用在其他人身上得到巩固。"这句话说明不了什么。但是有一天，在发现了一本卢卡博士研究这些题材的巨著之后，爱弥尔·左拉先生就以为这一概念的全部奥秘都已被明白地揭示出来了，因此急于用它来编写一些富有表达力的故事。实际上，他的卢贡家族的系谱表，与于翁·德·波尔多[1]或者德·梅鲁西娜[2]的系谱相比，既不比它们虚构得少，也不比它们更加科学。这是纯粹的传奇故事，我不是要因此责备他。但是从这个最初的观念出发，有待于作者的就是关注生命的深刻来源，这就使他成了最有生殖力和最懂产科的小说家，正如在《家常事》《生之欢乐》以及他虚构的各种诊所里出现的那样。肉欲的神秘作用使左拉先生非常担心，他是心怀恐惧的诲淫者，他是从世界末日的角度看待日常爱情的。我说这些是为了大家不要把他与伤风

---

1 于翁·德·波尔多（Huon de Bordeaux），13世纪初法国武功歌中的人物。（武功歌是11—14世纪法国流行的一种长篇叙事诗，以歌颂武功勋业为主题。）
2 传说中的一个仙女的女儿，能够部分地变成蛇。

败俗的作家混为一谈。

这套《卢贡-马卡尔家族》以其数量令人折服。必须是一个强有力的工人才能完成一桩如此繁重的工作,不能否认这种崇高的努力。然而人们可以思考,事先制定一个如此漫长的任务,强制自己履行如此严格的责任,对于艺术家来说是否弊大于利。

给左拉先生压力最大的责任,是无法摆脱一个越来越扎根于过去的时代。他从20岁起就被迫生活于其中的第二帝国,和我们不再是同一个时代了:它从此以后就是一个历史时期,因此可以说为恢复一个已经远去的时代而努力的爱弥尔·左拉先生,像瓦尔特·司各特一样献身于历史小说,这并不是过分的嘲笑。这种环境对于自然主义流派的大师来说是难以忍受的,他主张利用人类的资料,就我所能理解的意思,也就是直接的观察,根据事实来掌握生活。编年史的框架对他的束缚,已经可以在各处感觉出来。但是在新的小说《金钱》里,它变成了一种无尽的折磨。

从逻辑上来说,《金钱》是我们刚才所谈的《贪欲的角逐》的续篇。我们在小说里又发现了这个"瘦长、狡诈和稍黑"的萨加尔,他起初是最恶劣的人当中的一个怪家伙,随着年龄的增长,他飞黄腾达,成了一个实际上很不谨慎,但是富有想象力的金融家。这个梦想得到千百万财富的人的杰出之处,在于洞察力的大胆和梦想的丰富,他是金融方面的拿破仑。他建立了"世界银行"。不过这个

"世界银行"真正的名称是"大联盟"。左拉先生把1882年著名的金融崩溃搬到了1867年,这个时代错误令人反感。公正地说左拉先生并未做任何减轻这种错误的事情。他给金融企业留下了排斥犹太人和隐约的教权主义的色彩,以及神秘投机的令人惶惑的特征。再提到这些是有道理的,我们的同行奥古斯丁·费隆先生非常中肯地对他说过,1867年是不可能发生宗教的金融战争的,在第二帝国时期,天主教衰落到了需要保护的程度,而当时的交易所,"上帝还没有造出一分钱来"。

如果左拉先生不主张精确和真实,如果他不是自然主义者的领袖,如果他不曾说过"文学要么是自然主义的,要么就不存在"这样的话,那么损害会相对轻微。如果不是担心存在着一些人与爱弥尔·左拉先生极其认真地争夺自然主义的骗局,那么自从我们知道左拉先生本人并不相信他的学说的真实性之后,我是要指责他的这句话的。龚古尔兄弟的《日记》确实是一部富有教益的作品,在这方面给我们很多启发。其中写到有一天,在饭桌上,在玫瑰下面,由于自己的文学理论受到居斯塔夫·福楼拜的抨击,左拉先生坦率地回答说他乐于把他的美学简化到与一个诚实的广告相适应的程度。

"那好吧!我的上帝!"他就字面的意思进行解释,"我和您一样不在乎自然主义这个词,可是我还要重复它,因为事物必须有一个命名,使读者相信它们是新颖的……

您看,我把我写的东西分成两个部分,有我的作品,人们用它们来评价我,我希望用它们来得到评价;然后是我的连载小说《公产》,我的关于俄罗斯的文章,我在马赛的通信,它们对于我不是可有可无的,但是我会扔掉,因为它们只是用来吹嘘我的作品的。我首先放好一枚钉子,接着用锤子一下子将它在读者的头脑里打进一厘米,然后再打第二下,打进两厘米……那么,我的锤子,就是我自己围绕我的作品所从事的新闻工作。"

我之所以录下这样一段表白,不是要用它来伤害左拉先生,相反地是要证明他的优势,梅塘的大师绝非像人们以为的那样是文学方面的宗派分子,实际上他并非不会讽刺。当我们严肃地抨击他的学说、用一些观念来反对他的观念的时候,他就嘲笑我们。这是他掌握的一大优势,这是从那时起就必须承认的。

他也完全有理由嘲笑我们。因为归根结底,我们应该和他同样清楚地知道不存在自然主义艺术,它过去没有存在,将来也永远不会存在,艺术和自然的关系是矛盾的。就我而言,这个可怕的人以各种各样的方式使我非常生气。我无法忍受《土地》里可憎的猥亵言行,《梦》里面狂热的神秘主义也使我极为恼火,以至于一看到梅塘的这个如此纯洁和无辜的人,我就不禁要告诉他,就像斯加纳莱勒[1]

---

[1] 莫里哀多部喜剧中的一个通情达理的人物。

告诉他的主人一样："先生,我更爱您从前那个样子。"我有点后悔自己发火了。首先,永远不应该生气;其次,我没有充分考虑左拉先生在多大程度上使人感觉到世界的末日。对预言家们一定要多多宽恕,特别是在需要分寸和鉴赏力的地方。事实是他们在谈论民众罪恶时采用的形象,在不那么有灵感的作家的作品里决不会得到原谅。当他在民众的头头之中看到穿着长裤的娜娜的时候,左拉先生就预言了,这就说明了他那种粗暴的方式。

这一次又是如此,在无意中得知桑道夫男爵和财政大臣萨加尔一起欺骗总检察官的时候,他陷入了预言的危机之中,他有了一种闪光的幻觉。那些对预言一窍不通的人被他的话激怒了,却不知道这些话都很高尚。而如果它们不高尚的话,就会非常不合适了。

除此之外,左拉先生的新小说是一部粗俗笨拙但坚实有力、具有教益和重大意义的百科全书式的作品。与金钱有关的人,银行家、证券经纪人、中间人、交易所掮客、投机者,都在小说里得到了有条理的研究。我不会过多地评论这幅绘画的所有细节是否精确,因为我对这方面并不熟悉。不过总的来说画面似乎是真实的。它是宏伟的、活动的,生气勃勃,充满活力。当然从中也能感觉到老一套的写法,其中能发现左拉先生惯于给我们看的一长串一长串的列举,不时地重复同样的、可以与瓦格纳的主题句相提并论的语言形式。越来越单一的文笔笨拙而草率,但是一股异乎寻常的力量在开动着这部沉重的机器。

尽管大力反对一切空想和毫无抽象的倾向，爱弥尔·左拉先生却本能地有一种哲学。他宣扬一种宗教的自然主义，正如他自己所说的那样，"一种对生命力的平静的信仰"。他虽然几乎从未摆脱可悲的粗野，却到处描绘一些无声的满足，让人听到类似于抱怨的满意的低语。他使我想到莎士比亚笔下弯腰走路、面孔朝地的凯列班[1]，腰上总是带着必定能把爱丽尔压垮的巨大重物，并且一想到太阳的热量和野果的美味就隐约地感到高兴。

左拉先生热爱大自然，正如西科拉克斯的儿子爱他的岛屿一样，怀着一种忧郁的、模糊而深沉的爱。他有一种伤感而愚蠢的、并不缺乏崇高和美的乐观主义——动物的乐观主义。这个人有力地表现了本能与普遍规律的一致。他与维持世界生活的一切盲目力量的无限性和谐相处。动物和野蛮人的一切曾经想活着的神秘灵魂，似乎在他身上达到了一种半意识的状态。他总是用最富有表现力的方式，描写来自与其机能完全适应的器官的深刻欢乐。

这一次，生之欢乐尤其集中在卡洛琳夫人身上，她是一个漂亮而善良的女人。她过早出现的白发衬托出面色的鲜艳。她显得朝气蓬勃和健康，为人谨慎和聪明。有一天她不小心进入了迄今为止她从未注意的一个男人的怀抱，

---

[1] 莎士比亚的戏剧《暴风雨》中的人物，是个丑陋的侏儒，服从主人爱丽尔，但是具有反抗精神。

这是她的红润面色和健康身体的结果，当然也是遵照创造了世界的伟大原则。她为此感到的痛心并未超过合理的程度，因为她有哲学头脑，倾向于以她大度的宽容去原谅男人、大自然和她自己。此外，她读过许多书，大概从居内贡[1]那里知道，一个重视名誉的女人能够遭受那么多意外事故，但是她的德行却由此磨炼得更加坚强。卡洛琳夫人虽然在生活中饱经风霜，但是有一个好胃口，不禁相信世界最终和彻底的善。这是我试图解释的生理乐观主义的一个典范。财富就是健康。创世是件好事，因为归根结底，健康胜过疾病，生命要胜过死亡。

1891 年 3 月 22 日

---

[1] 伏尔泰的小说《天真汉》里的人物，她是贵族小姐，后来在战祸中被当成奴隶贩卖，在历尽苦难后成为一个相貌奇丑的洗衣妇。

《崩溃》

人们已经把爱弥尔·左拉先生的《崩溃》和托尔斯泰的《战争与和平》进行比较,已经在探讨《卢贡-马卡尔家族》的作者在他的新书里描写的色当战役的画面,是否能与司汤达在《巴马修道院》里对滑铁卢战役的叙述相提并论了。这些比较是自然的,没有任何做作,只要愿意注意到在左拉先生之前,司汤达和托尔斯泰已经真实和详细地描绘了战争,没有空洞的浮夸辞藻或不真实的雄辩,就像一个待在家里的老兵那样,双脚搁在火炉上,在纸上写下关于他参加过的战役的回忆,以便把他悲惨的过去变成现在几个小时的消遣。因为没有什么比勇敢地回忆自己经受的一切苦难更为可贵的了。托尔斯泰和司汤达的篇章,确实有一个忠实的证人的语气和声调。对于司汤达来说,在非常好战的一代人当中,采用这种语气至少是要有点胆量的。因为值得注意的是,使惯了刀剑的人——将军和下士、显赫的英雄、无名英雄,都同意在绘画和诗歌及军事题材里,只重视高尚的风格和史诗般的语调，一位艺术家的作品里用稍微通俗的文笔来描写战役都使他们不快。在他们的回忆录里，在他们的日记里，如果他们自己沉溺于描绘军事生涯的悲惨和忧伤，一件艺术品里的这种自由笔法就会冒犯他们，因为他们要的是完全高贵和尚武的艺术品。

对于一个军事题材，符合他们要求的浮夸辞藻是永远也用不够的。二十多年前，我在乡村里度假，那一家人当中有一位因痛风而被困家里的老将军。我给他读些东西作为消遣，公正地说他对读什么书并不挑剔，听得也不是特别认真。然而有一天，我看到他很有兴趣，被感动了，手在耳朵上呈喇叭形，一字不漏地听着我读。应该承认，我把我们所在的这个乡村住宅里的小书柜全翻遍了，那一天我拿了一本旧的文学讲义，读着第一帝国的不知哪位诗人所写的《一次战役》。其中谈到战神，战争女神，复仇三女神，象征战争的剑，杀人的铅弹和雷鸣般的大炮。我边读边想，这个老兵在非洲、克里米亚和意大利打过仗，在进攻马默隆维尔时腿肚都被一块弹片削掉了，他大概会觉得这种神话和浮夸辞藻非常可笑。我知道自己错了，因为我听到将军热情地喊了起来：

"雷鸣般的大炮，就是这么回事！雷鸣般的大炮，多么真实！"

雷鸣般的大炮和戴在英雄们额头上的桂冠，这就是这个无畏的老人所理解的，也希望别人这样理解的战争。当时我想到罗马人在占领世界之后,没有给我们留下哪怕一篇关于战役的可靠而真实的叙述。我指的是一种生动的、熟悉的叙述,当然不是说他们的技术著作、回忆录和评论所留给我们的东西。撒路斯提乌斯[1]、提图斯·李维[2]是为全体罗马人民写作的,然而在他们的军事记叙里,没有一种自然的笔法,没有一种准确的语调,没有一种人道的感情,全是纯粹的浮夸辞藻和绝妙的技巧。我认为要到塔西佗[3]才能找到关于现实的意外瞬间。塔西佗为我们描绘了一些场景,例如古罗马军团士兵——把他们的将军[4]包围起来的反叛者,抓住他的手像要亲吻的样子,把它按在他们的嘴巴上,让他触摸他们由于坏血病的折磨而没有牙齿的牙床。这就是关于格尔马尼库斯战役记叙中的一个特征,无论是司汤达还是左拉先生都不会忽视的。古代的经典没有提供多少如此真实、使人如此生动地感受到士兵的悲惨遭遇的记叙,在歌颂英雄的时代里人们掩盖战争的丑恶现实。司汤达不是为了拿破仑大军的幸存者才写滑铁卢战役的。而这大概是他们所写的一个我们最能体味的片段。不是因

---

[1] 撒路斯提乌斯(Gaius Sallustius Crispus,公元前86—前35),罗马历史学家、政治家,著有《喀提林阴谋 朱古达战争》。
[2] 提图斯·李维(Titus Livy,公元前59—公元17),罗马历史学家,学问渊博。编注。
[3] 塔西佗(Publius Cornelius Tacitus,约55—约120),罗马历史学家,著有《历史》等。
[4] 即罗马统帅恺撒(约公元前100—公元前44)。

为我们对军队的感情削弱了，而是对战争形成了另一种观念，不再为了它本身而爱它，这是完全有道理的。

如果像我们刚才所说的那样，爱弥尔·左拉先生的新作中的某些篇章，就要与司汤达使我们发现一次逸事性的战役的篇章相比较，如果说这本书因为细节的堆砌而令人想起托尔斯泰的作品，《崩溃》就不失为一部完全独特的、非常有力的、给爱弥尔·左拉先生带来极大荣誉的作品。从前当左拉先生缓慢而固执地埋头于文明或大自然的肮脏角落时，我曾猛烈地指责他阴暗的粗野和狭隘的忧伤，但是必须承认随着岁月的流逝，这个粗犷的劳动者的智慧在增加并发出光彩。他在各处，特别是在《萌芽》当中，已经显示出史诗般的意识和民众的本能。这一次，他充分理解并在书里描绘了广泛的人性。这一次，他表现了人类肉体上形形色色的痛苦，怀着男性的怜悯，怀着一种使它们变得庄严和神圣的尊重。他让人看，从来不说，不用废话来亵渎神圣的感情，而是让人看使他依恋祖国、依恋那些受苦并为它而死的人的宗教信仰。我刚才和你们谈到的那位将军，如果他还在世上，并且读到《崩溃》的话，他大概会觉得事情没有变得非常崇高。但是应该感谢爱弥尔·左拉先生，他没有隐瞒战争中的任何丑恶、愚蠢和残酷，他笔下的小兵是无知的、狭隘的、非常淳朴的。他们总是觉得饿，在乡下确实总是会觉得饿的。我请同伴们证明这一点。1870年12月2日，他们和我一起在马恩河边上的费尚德里要塞里,炮弹不时呼啸着落下来。那一天面对黄色的河流,我们感到很饿,很冷,把武器放在脚下,看着炮口形成的一团团白色的烟雾升上丘陵。我们徒然地想弄清楚部队的行动,而且我们很饿。我觉得左拉先生非常清楚地体验到了士兵内心产生的感觉。这一次不能责备他贬低和羞辱人性了,他向我们描绘了一些非常勇敢的人:维纳伊上校,多么英俊的士兵,英勇无畏,对自己的英雄气概和痛苦都沉默不语;罗夏中尉,头脑狭隘,但是心灵如此高尚,死后覆盖在身上的军旗就像一块象征性的裹尸布;炮手奥诺雷在伊利这个受难的地方,在机枪的扫射中,以极为准确的动作把炮撤走,直到他被击中倒在炮架上;最后是下士若望,一个富有常识和如此胆小的农民。

尽管有一些无知的军官和偷吃农作物的士兵,尽管有一切错误和缺陷,以及失败造成的可怕的沮丧,人们从左拉先生的作品里形成的观念是一支勇敢而优秀的军队,它所缺乏的只是指挥官。这支军队是真正的英雄,可以说是这场悲剧中唯一的人物。而悲剧本身是这支在边境战败和在沙隆被改编,然后在形形色色的犹豫中被送到战前就已经被占领的色当去的军队。在这场巨大、可怕、沉痛而又壮烈的行动中,个人一文不值,是军队在活着、受苦、挣扎和死亡。左拉先生的伟大功绩是复活了这支如此不幸、不该遭受闻所未闻的苦难的军队的灵魂。

这场悲剧的同样真实的结局是在色当,当悲惨的战役结束以后,当这支被打败的军队的残兵败将在德国受到残酷的对待时,全书就合乎逻辑地结束了。左拉先生写了一个续篇展现了巴黎公社血淋淋的挣扎,不过那是另一部差得多的作品,它失败的原因在于有一个平庸的象征主义的结局,以及破坏了一个如此值得我们关注——正如雅典人会关注埃斯库罗斯的《波斯人》那样——的悲剧的同一性。

至于我,我虽然不大喜欢厚书,而这一本就很厚,但是慢慢地,我被一种既不匆忙也从不停止的步伐带走了,我必须在恐怖中、在焦虑中、在忧伤中走到尽头,心中充满恐惧和热情地去重新体验那个可怕的年头。

色当战役占据了全书的三分之一,具有一种使人恐怖得喊叫起来的真实。我的耳边还回响着炮火的声音,眼前看到骑兵的辎重,炮兵的调动,保持着痉挛姿势的尸体,鼻孔里闻到了又热又令人恶心的血腥气。在这种情况下,我能否冒险提出一些批评?例如我要指出,为了解释和使人理解全部军事行动,左拉先生的努力显然是过分明显了。因为他不断地要进行解释,而只是这种不断的担心就足以表明,左拉先生的哲学与托尔斯泰的哲学的差别达到了何等程度。我还要指出在这个或那个地方的老一套的手法、装模作样和对效果的追求吗?还要用手指指明写得笨拙和拖沓的地方吗?不。相反地我更喜欢指出写得最好的片段,例如巴泽耶的火灾,以及布满尸体、在一片死寂中被没有骑兵却疯狂奔驰的马队所掠过的色当战场。

1892 年 6 月 26 日

我收到了埃·兰迪哈克先生的一封信,我愿意摘录若干行放在这里,作为我上个星期关于《崩溃》的评论的附录。他对我说:

——关于提图斯·李维的战役里没有"自然的笔法",您说得有道理。但是在这个世界上,尤其是在文学里,什么都不是绝对的——而谁能比您懂得更多和说得更好呢?——请允许我指出一个我认为是有趣的例外。判断一下:

"提图斯·李维(第二十二卷第二章)记叙阿尼巴尔在胜利的翌日视察戛纳战场,写道:'一幅吸引所有目光的景象是一个仍然活着的努米底亚人,躺在一个死去的罗马人下面,鼻子和耳朵都被撕烂了。那个不能再使用武器的罗马人,在狂怒的激奋中大口撕碎了他的敌人,直到最后一息。'

"而我从前在《费加罗报》的增刊上看到过一种同样的行为,是与 1870 年战争有关的。拉乌尔将军的副官——我相信是在沃尔特被杀的——从太子那里得到了一张通行证,以便把他的长官的遗体带回法国的防线。在战役的第二天,他坐着马车,带着他的英雄的遗体,穿过就在战场上已经重新开始训练的普鲁士人,他发现一个士兵在一条凹路的边上突然停了下来,一个执行棍刑的下士用棍子猛打逼这个士兵前进。到达了发生刚才这一幕的地方,法国副官注视着地上,看到一个土耳其人和一个普鲁士人的尸体抱在一起,一个人的牙齿还咬着另一个人的面孔,他们进行了最后一场战斗,犹如外籍军团士兵和戛纳的土耳其人。"

这封信可以用来说明《崩溃》中的一个段落,就是一个跑遍战场去寻找未婚夫尸体的农妇,走进了巴朗村的一间屋子:

> 西尔维娜走进屋子,被打坏的窗户和门在潮湿的空气里敞开着。这里显然确实连一个人都没有,主人大概在战前就离开了。接着她由于继续向里面走而进了厨房,又发出了一声恐怖的尖叫。在洗涤槽下面,蜷缩着两具尸体,一个是朱阿夫兵[1],是个长着黑胡子的英俊男子;一个是高大的普鲁士人,红头发,两人死死地抱在一起。一个人的牙齿咬进

---

[1] 1830年组成的阿尔及利亚轻步兵团中的士兵。

了另一个人的脸，僵硬的胳臂没有松开，还在使折断的脊柱喀喀作响。像一个永远狂怒的环扣系紧了两具尸体，因而不得不把他们一起埋葬。(《崩溃》，第420页)

我听说过一个在色当和全军一起被俘的猎人，在德国常常自豪地出示一个巴伐利亚人的鼻子。他用牙齿咬下了这个鼻子，小心地保存在一张报纸里。当左拉先生在他的小说里描绘人在打仗时的残忍，当他证明战争把无害和安宁的人变成疯狂的野兽时，他丝毫没有夸张。他始终是有分寸和忠于现实的。有人告诉我左拉先生手头有过几份士兵们写的报告。我一无所知，但是他善于采取和保持准确的语调。我刚刚重读了他写的色当战役。一切都合乎情理，不可能把对现实的幻觉推得更远了。

1892年7月3日

居伊·德·莫泊桑先生

——批评家和小说家

居伊·德·莫泊桑先生今天在同一本书[1]里给了我们具有美感的三十页和一部新的小说。我说这部小说具有一种杰出的价值,不会使任何人感到惊讶。人们应该期待这样的美感出自一个务实而坚定的头脑,它自然地倾向于发现更为简单的精神事物,而它们实际上并不那么简单。人们从中发现的除了一些好主意和最优秀的本能之外,还有一种把相对当成绝对的纯洁倾向。莫泊桑先生创造小说的理论,就像狮子如果会说话就会创造勇气的理论一样。他的理论,如果我理解得不错,可以归纳如下:"有一整套写作优秀小说的方式,但是只有一种评价它们的方式。创作者是个自由人,评价者是个蠢货。"莫泊桑先生对这两种观念的真相显得同样确信。在他看来,不存在任何产生一部独特作品的规则,但是存在着一些评价它的规则,而

---

[1] 指长篇小说《皮埃尔与若望》。

这些规则是稳定的和必要的。他说:"批评家不应该根据努力的性质来评价结果",批评家应该"研究最不像已有小说的一切";他应该没有任何"学派观念",他不应该"关注各种倾向",但又应该"理解、区别和解释一切最对立的倾向、最相反的气质";他应该……可是他还有什么不应该!……我告诉你们这是一个奴隶。这可能是一个耐心的和克己的奴隶,像爱比克泰德[1]一样,但永远不会是文学共和国里自由的公民。然而我这样说就大错特错了:他如果顺从和善良,就会上升到爱比克泰德的"活得贫困卑贱,却被不朽的众神所珍视"的命运。因为这个智者在奴性里面保留着最珍贵的珍宝——内心的自由。而这恰恰是莫泊桑先生从批评家那里夺走的东西,他剥夺了他们的"感情"本身。他们应该要理解一切,但他却绝对禁止他们感觉任何东西。他们不再了解肉体的惶惑和心灵的战栗。他们要毫无欲望地过一种比死亡更悲惨的生活。责任观念往往是可怕的。它以随它而来的种种困难、暧昧和矛盾不断地扰乱我们。我在最不同的情况下对此有过体验,但只有在接受莫泊桑先生的戒律的时候才认识到道德准则的一丝不苟。

对我来说,责任从来没有同时显得如此困难、暧昧和矛盾。确实,评价一个作家的努力,却不考虑这种努力的

---

[1] 爱比克泰德(Epictetus,约55—约135),古罗马时代斯多葛派哲学家。

倾向，还有什么比这更加困难？在独特性的代表与传统的代表之间，保持平衡的同时怎样支持新颖的观念？怎样对艺术家的各种倾向既加以区别又不闻不问？用纯粹的理性去判断出自情感的作品，这是什么样的任务？然而这是我钦佩和热爱的一位大师想要我做的事情。我知道这实际上太过分了，不应该如此苛求好挑剔的人性。我感到自己不堪重负，同时——我能告诉你们吗？——感到自己是个狂热者。是的，就像被上帝命令去做慈善事业、忏悔苦行和奉献一切生灵的基督徒那样，我不禁要喊叫起来：为什么对我有这么多的要求，我算个什么东西吗？使我屈辱的手同时在拉我起来。如果我相信大师和博士的话，真理的萌芽就被放进了我的灵魂。当我的心灵充满了热忱和纯朴的时候，我就会区分文学的善恶，我就会成为一个优秀的批评家了。但是这种自豪感刚刚产生就消失了。莫泊桑先生使我感到安慰。我了解自己和同行们的不可救药的弱点。为了研究艺术作品，无论是他们还是我，我们永远只能拥有感情和理性，也就是世界上最不精确的工具。所以我们永远得不到确定的成果，而我们的批评永远不会上升到科学的绝对尊严的高度。它永远飘浮在不确定之中。它的规律不会确定下来，它的判断不会是不能改变的。与正义大不相同，它很少做坏事和好事，偶尔做的好事就是让正直和好奇的心灵高兴一阵。

还是让它自由吧，既然它是无辜的。它有某种权利，我看是你们,把如此骄傲地拒绝给它的自主权,同时却以公正的慷慨给了所谓的独特作品。它不是像它们一样是想象力的产物吗?它不是以它的方式成为一件艺术品了吗?我是绝对无私地谈论这些的,因为我出于本性对事物漠不关心,每天晚上都打算拿着传道书问自己:"人类从一切作品里得到什么结果?"再说,我几乎不搞本义上的批评。这是一个保持公正的理由。也许我还有一些更好的理由。

哎呀,你们看到了,我对它表达的见解的绝对真理不抱任何幻想,而是把批评作为最确定的标志,通过它来区别一切真正要求读者思索的时代;我把它作为一个博学的、宽容的和文明的社会值得尊敬的标志;我把它作为秋末冬初用来装饰光秃的文学之树的最高贵的树枝之一。

现在,居伊·德·莫泊桑先生会允许我不按照他提出的规则,来谈谈他新出的、极其出色和才华横溢的小说《皮埃尔与若望》了吧?这不是一部纯粹的自然主义小说。作者也清楚这一点。他意识到他做的事情。这一次——而且不是第一次——他是从一个假设出发的。他想过:如果这样一件事情在这样一种情况下出现,那么会发生什么呢?而在小说《皮埃尔与若望》里,作为出发点的事情是如此独特,或者至少是异乎寻常,使得依靠观察几乎无法说明以后的事情。为了发现它们,必须求助于推理和演绎。居伊·德·莫泊桑先生正是这样做的,他像魔鬼一样是个杰出的逻辑学家。这就是他想象的事情:漂亮的洛朗太太是蒙马特尔街上的一个首饰店老板的多愁善感的妻子，嫁给了极为平庸的站柜台的好好先生，给他生了一个小男孩，她由于感到生活空虚而非常苦恼。一个陌生的顾客偶然来到店里，爱上了她并且娓娓动听地向她诉说了自己的爱情。这就是马雷夏尔先生，国家的职员。洛朗太太推测他的内心也和她一样温柔而谨慎，于是也爱上他并献身于他。她不久就有了第二个孩子，又是一个男孩，首饰店老板还以为自己是父亲呢，然而她很清楚他是在更为幸运的影响下诞生的。在这个女人和她的朋友之间有着深刻的感情。他们的关系是持久、甜蜜和隐秘的。只有当商人从商界退隐，把妻子和已经长大的孩子带回到勒阿弗尔的时候，她才中断了和他的关系。洛朗太太在那里平静而安宁，在毫无痛苦的秘密回忆中生活，因为据说痛苦是只和反对爱情的错误联系在一起的。在48岁的时候，她可以庆幸自己有着一种使她的生活变得迷人的男女关系，而丝毫无损于她作为有产者和家庭主妇的名誉。然而现在人们忽然得知马雷夏尔死了，而且在遗嘱中指定洛朗的一个儿子，就是次子，作为他的全部遗产的继承人。

这就是境遇，我要说是讲故事的人作为依据的假设。我难道没有理由肯定它是奇怪的吗？马雷夏尔生前对两个小洛朗显示出同样的温情。他在内心深处大概不可能同样地爱他们，他偏爱他的儿子，这是最自然不过的了。不过他感到他的偏爱如果表现出来会过于冒失。他怎么会不明白这种偏爱以一份他身后的正式文件一下子暴露出来会更加冒失呢？他怎么会不知道他优待第二个孩子就会使他们母亲的名誉受到怀疑？再说，最自然的关心难道没有启示他同等对待这两兄弟，考虑到他们都是这个爱过他的女人生出来的？

不要紧！马雷夏尔先生的遗嘱是一个事实。这个事实并非完全不真实，是可以和应该接受的。这个事实会造成什么样的后果？从第一行到最后一行，小说写出来就是为了回答这个问题的。情人表达得过于明确的遗赠，没有使过于天真的年迈丈夫产生任何联想。好好先生洛朗从来不明白也没有想过，在首饰店和钓鱼之外的世界是怎么回事，他一开始就自然而然地具有最高的智慧。洛朗太太不是一个装假的女人，她在谈情说爱的时候，甚至不用撒谎就能欺骗他，在这方面她丝毫不用担心。小儿子若望同样感到有一笔留给他的遗产是非常自然的事情。他是个安静而普通的男孩，何况人在受到偏爱的时候，是不大会去考虑为什么的。但是哥哥皮埃尔就不那么容易接受一种对他不利的安排了。这在他看来至少是奇怪的。根据他听到外面最初的传言来看，他断定这份遗嘱是可疑的。小说里把他描绘成一个相当诚实但是冷酷、忧愁和嫉妒的人，尤其是头脑不灵。当所有的怀疑进入他的头脑之后，他就不得安宁了。他收集这些怀疑是为了打消它们，因而开始进行一场真正的调查。他搜集痕迹，搜集证据，干扰、吓唬和折磨他酷爱的、可怜的母亲。他的虔诚被背叛了,在失去信仰的绝望中,他对母亲极端蔑视,而且向通奸所生的兄弟揭露了他无意中得知并且应该保守的秘密。他的行为可怕而残忍,然而符合他天性的逻辑。我听说过:"既然他审判他母亲是不可原谅的错误,那么他就至少应该原谅她。他知道老洛朗值个什么,是一个白痴。"——不错,可是他如果没有蔑视他父亲的习惯,也就不会自发地去审判他的母亲了。何况他年轻,在经受痛苦,这是他没有怜悯心的两个理由。那么结局呢,你们会问——没有结局。这样一种境遇是不可能得到解决的。

实际上莫泊桑先生以他充分拥有的才华自信地处理了这个不讨人喜欢的题材。力量、灵活、分寸,这个强壮而高明的讲故事的人什么都不缺。他不费力气就刚强有力。他具有完美的艺术,我就不再强调了。我要做的事情不是分析他的作品:我在向好意的读者暗示某种高度的好奇心的时候已经做得足够了。但是我应该承认莫泊桑先生描绘这个为长期未受惩罚的幸福付出了残酷代价的可怜女人的方式,值得受到一切赞扬。他以一种简练而可靠的笔法,指出了这颗"女出纳员的温柔心灵"的有点平庸但不无魅力的优雅。他以一种不含嘲弄的细腻笔触,表达了一种崇高情感与产生它的卑微生活的对照。至于莫泊桑先生的语言,我只要说这是真正的法语就够了,不知道还有什么更动人的赞誉。

居伊·德·莫泊桑先生和法国讲故事的人

是的,我要这样称呼他们所有的人!韵文故事、短篇故事诗和道德剧的讲述者,愚人剧、鬼戏和快活闲聊的创作者,高卢的江湖艺人和古代的讲故事人,我要这样称呼和挑战他们所有的人!让他们来忏悔他们快乐的学问抵不上现代讲故事人的博学而灵巧的艺术!让他们承认被阿尔封斯·都德、保尔·阿莱纳[1]们和居伊·德·莫泊桑们打败了!我首先要召唤中世纪的行吟诗人,他们在布朗什[2]王后的时代里从城堡到城堡,说唱他们的短篇故事诗,犹如但丁在他的《地狱篇》第六歌里谈到的傻瓜一样。他们用诗句讲述,可是他们诗句的魅力还不如当代的让·德·维涅的散文。对于他们来说,格律和韵脚只是一种摘要和指南。他们使用格律和韵脚以便更容易掌握和毫不困难地背诵他

---

[1] 保尔·阿莱纳(Paul Arène,1843—1896),法国作家,普罗旺斯诗人。
[2] 布朗什,法国中世纪一些王后的名字,如路易八世的王后(1188—1252)和查理四世的王后(约1296—1326)等。

们的小故事。诗句不仅有用,而且被视为美的。在13世纪,有个人背诵《分成两半的鞍褥》,讲一个老爷把衰弱可怜的老父赶出家门,后来又把他叫了回来,因为担心以后会受到自己儿子同样的对待。另一个人说的是货币兑换商纪尧姆让想"欺骗"他妻子的僧侣不仅拿出了一百里弗尔[1],而且外加了一头猪。

对于那个时代的讲故事的人来说,那些故事形式粗糙,内容也不加推敲。不过还是会产生一些优美的诗句,就像关于小鸟的诗句,一只黄莺用一种纯粹的智慧的箴言来告诫一个卑鄙的人,或者像法兰西的玛丽[2]的《格拉埃朗》那样。尽管这个《格拉埃朗》与其说是为了让我们快乐,不如说更是为了让我们吃惊。我让你们来判断:

"从前,"女诗人法兰西的玛丽说,"在靠近城市的地方有一片茂密的森林,一条河流穿流其中。忧郁的骑士格拉埃朗沉思着走了进去。在大树下面流浪了一阵以后,他看到一片灌木丛里有一只白色的母鹿,在他走近时逃走了。他追赶它,但不想伤害它,就这样来到了一块林中的空地,那里流淌着一条清澈的山泉,有一个全裸的小姐在水里嬉戏。看到她苗条、爱笑、优雅和白皙的样子,格拉埃朗忘记了母鹿。"

---

[1] 里弗尔,法国古代货币。
[2] 12世纪下半叶出生在法国的女诗人,她长期住在英国国王亨利二世的宫廷里,所以名为"法兰西的玛丽"。

好心的玛丽以完美的天赋讲述了后来发生的事情:格拉埃朗觉得小姐中他的意,于是"向她求婚"。但是很快就看到他的祈求属于徒劳,"他就用力把她拖到树林深处,让她做使他高兴的事情,然后非常温柔地求她不要生气,许诺要忠诚地爱她,永远不离开她"。小姐看出来他是个优秀的骑士,风雅而聪明。她说道:"格拉埃朗,尽管你突然抓住了我,我也会同样爱你,但是我禁止你说一句能够发现我们爱情的话。我会给你许多金钱和漂亮的布料,使你体面、高贵和英俊。"女诗人玛丽补充说从那时起,格拉埃朗生活得非常快乐。那是一个漂亮的朋友。

确实,13世纪的讲故事的人讲起事情来是无与伦比的简练。我在《阿米斯和阿米勒》这个著名故事里发现了一个例子。

"阿尔德雷发誓说阿米勒玷污了国王女儿的名誉;阿米斯发誓说阿尔德雷在撒谎。他们扑向对方,从上午九点钟一直打到下午三点钟。阿尔德雷被打败了,阿米斯割下了他的头。国王既为失去阿尔德雷而悲痛,又为看到女儿被洗清了一切指责而高兴。他用一大笔金银把她嫁给阿米斯。阿米斯由于上帝的意志变成了麻风病患者。他的名叫奥比亚斯的妻子憎恨他,几次想把他扼死……"

这就是一个对什么都不会吃惊的叙述者!要从15世纪算起,我们才不会碰到流浪的歌者,而是见到真正的、能够写出优美故事的作家了。这就是《圣特莱的小约翰》

的作者[1]。他不喜欢僧侣,这是古代讲故事的人共有的态度,不过他善于说出来。这就是王储路易的侍从们,从1456到1461年,在布拉班特省的热纳普[2]编撰了著名的、名为《路易十一国王的一百篇新故事》的集子。它的想象力似乎有点贫乏,但是文笔生动、朴实、有力,是用纯正的古法语写成的。这些故事不乏风趣,它们都很短,有百分之十以上到今天仍能使人发笑。例如这个乡村里好心的教士温柔地爱着他的狗的故事,你们难道不觉得非常动人吗?可怜的畜生要死了,这个好好先生没有往坏处想,把它放进神圣的土地,也就是公墓里,当地的基督徒们平静地等待着最后的审判和肉体的复活。不幸的是,主教听到了风声。他是个吝啬而冷酷的人,他把埋尸的人叫来予以痛斥,威胁要关进监牢,这时那个人就这样"简短地说了几句":

"说实话,大人,如果您了解我那条善良的狗,愿上帝像我一样宽恕它,您就不会为我为它安排的葬礼而如此惊讶了。"

于是他开始说明他的狗令人宽慰:

"就跟它生前非常聪明一样,它死的时候更懂事了:它立了一份非常动人的遗嘱。由于它懂得并了解您的需要

---

[1] 指中世纪最早的短篇小说家安托万·德·拉萨勒(Antoine de La Sale, 1388—1469)。
[2] 现在比利时的省份。

和贫困,它授予您五十个金埃居,我给您带来了。"

讲故事的人补充说,主教同时批准了遗嘱和葬礼。这些讲故事的人,尤其是继承他们的人,我不叫他们来忏悔他们的失败,而是要形成一支伴随着最后一批到来者的可爱而光荣的队伍。

在16世纪,短篇小说繁荣起来,进入了整个文学领域并得到了充分的发展。结成了许多集子,被收进了最博学的甚至是学究式的著作之中。

贝罗亚尔德·德·韦尔维勒、纪尧姆·布歇、亨利·艾蒂安纳、诺埃尔·德·法伊尔,当时"短篇小说家"中形式和内容最丰富多样的人都争先恐后地讲故事。纳瓦尔王后把她的《七日谈》变成了"女人向可怜的男人们玩弄的一切恶毒诡计"的集子。我不谈拉伯雷也不谈蒙田,不过他们两人都讲过故事,而且讲得比任何人都好。

在17世纪,短篇小说披上了西班牙的外衣,带上了斗篷和佩剑,并且变成了悲喜剧。不幸的斯卡龙[1]先生就写了好几篇这样的小说。其中有两篇是《伪善者》和《对吝啬的惩罚》,莫里哀在其中发现了某些无损于他的《伪君子》和《吝啬鬼》的特征,这个双腿残疾的伟人以此夺去了他的许多荣誉。这篇短篇小说里的西班牙吝啬鬼还有一副相

---

[1] 保尔·斯卡龙(Paul Scarron,1610—1660),法国作家,早年因患风湿症而瘫痪,著有喜剧《亚美尼亚的堂雅菲》和《滑稽小说》等。他的妻子就是后来成为路易十四宠妃的曼德侬侯爵夫人。

当逗人的苦难的外表:"他的房间里从来没有点过不是他偷来的蜡烛头;而且为了节约起见,他在街上一看到有光线的地方就开始脱衣服,在进房间的同时就熄掉蜡烛头上床。但他还认为睡觉可以花更少的费用,他富有创造性的头脑使他在把他与邻居隔开的墙上挖了一个窟窿,这个邻居刚点上蜡烛,马尔科斯(这是吝啬鬼的名字)就打开窟窿,由此得到足够的光线来做他要做的事情。他的贵族身份使他不能不带一把佩剑,他就一天佩在右边,一天佩在左边,以便使它对称地磨损他的鞋子。"我同意拉辛的说法,这个斯卡龙写起来像个马车夫。[1] 但是他善于描绘。例如这就是一种很准确的笔法。吝啬鬼爱上了一个人。他回到乱得一塌糊涂的住处去,还在当心不丢掉任何东西。"他从口袋里拿出一个蜡烛头,插到他的剑尖上,在附近广场上的一盏公用的十字架面前燃烧的灯上点着,没忘了做一阵简短而虔诚的祷告来保佑他婚姻成功,他用一把万能钥匙打开了睡觉的房门,就准备到他那张寒酸的床上去,与其说是睡觉,不如说是为了考虑他的爱情。"我觉得这就是亨利·皮勒先生笔下的一幅绘画的一个有趣的题材。我不想在夏尔·索莱尔[2]的《产妇的唠叨》和仆人们的故事,或者

---

[1] 指写得非常粗俗。
[2] 夏尔·索莱尔(Charles Sorel, 1599—1674),法国作家,作品主要有小说《胡闹的牧羊人》和《弗朗西翁的滑稽故事》等。

弗雷蒂埃尔[1]的市民叙事以及童话方面多费时间了。

至于18世纪，这是故事的黄金时代。文笔简洁而又令人发笑的高手有安托万·汉米尔顿[2]、伏瓦瑟农神父[3]、狄德罗和伏尔泰。在三天里一挥而就的《天真汉》却成了不朽之作。当时人人都在风趣而富有哲理地讲故事。你们读过凯吕斯伯爵[4]的逸事，知道加里舍吗？加里舍是个巫师。"是他使一个穿白衣的高大少女被视为一个雅各宾党人的灵魂，她每天夜里来看望当检察官的父亲。是他在火枪手们到达蒙特罗的那天，让蝙蝠像下雨一样落在女修道院里。是他每天晚上都让一只白色的兔子出现在女修道院院长的卧室里……"不过我相信加里舍是让我说了一些蠢话。啊，可爱的人们，他们是多么聪明和快活！不错，是快活。那你们知道那些在思考的人的快活叫什么吗？它叫作勇敢的精神。所以我无比尊重微笑着发现事物的虚无、把普遍的恶写成故事的文雅潇洒的男子和哲学家。布弗雷骑士[5]是轻骑兵和诗人，也写了一个小故事，它是如此优雅，

---

1 安托万·弗雷蒂埃尔（Antoine Furetière，1619—1688），法国作家。
2 安托万·汉密尔顿（Antoine Hamilton，约1646—1720），用法语写作的苏格兰作家。
3 伏瓦瑟农神父（1708—1775），法国作家。
4 凯吕斯伯爵（Comte de Caylus，1692—1765），法国考古学家、雕刻家、艺术批评家和小说家。
5 布弗雷骑士（Stanislas de Boufflers，1738—1815），法国作家，法兰西学院院士。

如此富有哲理，既严肃又轻浮，既放肆又宽容，以至于读完时不可能不露出含泪的微笑。这就是《戈尔贡德的阿莉娜王后》。阿莉娜是个牧羊女，有一天她失去了她的奶罐和贞洁，沉溺于欢乐之中，但是到衰老的时候却成了智者，于是发现了幸福。她说："幸福就是稳定的快乐。快乐像水滴，幸福像钻石。"

现在我们到19世纪了，你们会和我一起指出司汤达、夏尔·诺蒂埃[1]、巴尔扎克、热拉尔·德·奈瓦尔[2]、梅里美，还有那么多别人的名字，以至于我没有时间一一列举了。

在这些人当中，一些人有柔情，另一些人有力量，但是没有一个是快活的。法国大革命扼杀了一切优雅的魅力，禁止浅薄的微笑。文学已经将近一个世纪没有笑容了。

我们为居伊·德·莫泊桑先生列出了一支从古至今的、相当出色的讲故事人的队伍。这是理所当然的。

在我们这个讲过那么多生动故事的国家里，莫泊桑先生肯定是最坦率的讲故事人之一。他的语言有力、简洁、自然，有一种使我们深深地热爱它的乡土气息。他拥有法国作家的三大优点，首先是明晰，其次是明晰，最后还是明晰。他具有我们这个种族的分寸感和条理性。他的写作

---

[1] 夏尔·诺蒂埃（Charles Notier, 1783—1844），法国作家，以写关于魔鬼的小说著称。
[2] 热拉尔·德·奈瓦尔（Gérard de Nerval, 1808—1855），法国诗人、剧作家，著有散文小说集《火的女儿》。

犹如一个优秀十足的诺曼底地主的生活，既节约又高兴。狡猾，诡诈，好孩子，很爱说笑话，有点自命不凡，只为他天生的慷慨善心而羞愧，专心掩饰灵魂里美妙的东西，充满了坚定而高尚的理性，不爱幻想，对死后的事情没什么兴趣，只相信他看到的东西，只信任他摸到的东西，这个人就在我们当中，这是一个国家！他由此唤起了法国每个会阅读的人的友谊。尽管这是种诺曼底人的趣味，尽管从他所有作品里闻到了这种荞麦花的味道，但是与当时任何一个讲故事人相比，他的人物更多变，他的题材更丰富。人们几乎看不到对他没用、他顺便收入囊中的白痴或坏蛋。他是人类怪相的杰出画家。他描绘吝啬的农民，醉酒的水手，堕落的女人，在办公事务中变得愚蠢的小职员，以及一切卑贱的人，他们蒙受的屈辱既不美也不善。他在描绘时对他们没有恨也没有爱，没有愤怒也没有怜悯。所有这些可笑的和不幸的人，他都为我们描绘得如此清晰，使我们仿佛看到他们就在眼前，觉得他们比现实本身还要真实。他让他们活了起来，但是不加判断。他对他创造的并且使我们难以忘却的这些家伙、坏蛋、放荡者有什么想法，我们一无所知。这是一位巧妙的艺术家，懂得在赋予生命的时候就完成了一切。他的冷漠与大自然的冷漠是相同的：它使我吃惊，使我恼火。我想知道这个无情的、健壮的好人内心的信仰和感觉。他喜欢白痴们的蠢事吗？他喜欢恶的丑陋吗？他快活吗？他悲伤吗？他在使我们高兴的时候自己高兴吗？他对人类是怎么看的？对生活有什么想法？对于珍珠小姐纯洁的痛苦，哈利埃特小姐可笑而致命的爱情，罗莎姑娘在韦尔维勒教堂里想起她第一次领圣体时洒下的眼泪，他是怎么看的呢？也许他认为生活毕竟是美好的？至少他显得对生活的方式非常满意。也许他感到世界很完美，因为世上充满了能被他用来讲故事的不像样子和存心作恶的人。总而言之，这对于一个讲故事人来说将是一种有用的哲学。不过人们有权认为恰恰相反，莫泊桑先生内心是忧伤和慈悲的，因一种深刻的怜悯而悲伤，在心中为他坦然平静地展现给我们的种种苦难而哭泣。

亚当的诅咒造就和毁了乡下人，你们知道，他在描绘村民方面是独一无二的。在一篇令人赞叹的小说里，他让我们看到了其中的一个；整个脸上就是个鼻子，没有面颊，目光坦率、呆滞、不安和野蛮，像一只可怜的公鸡的头，戴着一顶老式的高帽，带有竖起的褐色的毛，总之是我们都见到的，为在身边看到他们、觉得与我们如此不同而惊讶的农民。大约十五年前的一个夏日，科佩先生和我在诺曼底的一个比较偏僻、荒凉、阴森的小海滩上散步，沙滩上蓝色的菊科植物在沙子里枯萎。在散步当中，我们碰到了一个当地人，外八字脚、歪斜、扭曲，然而很结实，一个秃鹫般光秃秃的脖子和鸟儿般坦率的目光。他向前走着，每走一步就做一个吓人的鬼脸，但绝对不是表达任何意思。我忍不住笑了起来，可是在用目光询问了我的同伴之后，我在他的面孔上看到了一种如此怜悯的表情，因而为我这种他并不赞同的快活感到惭愧。

"他很像布拉瑟尔。"我非常平淡地说道，以便宽恕自己。

"是的，"诗人回答我，"布拉瑟尔是使人发笑的，但是他丑得并不可笑，所以我没有笑。"

这次相遇使我的同伴感到不大自在。莫泊桑先生也是一位诗人，他的眼睛和大脑向他呈现出那些如此丑陋、邪恶和怯懦，由于不可救药的苦难而局限在他们的欢乐、痛苦直至他们的罪行之中的人，他看到他们难道不痛苦吗？我不清楚。我只知道他是注重实际的，他决不会为了虚幻的想法浪费时间，他不是为不治之症寻找药物的人。

我会倾向于相信，他的哲理完全包含在这首充满智慧的歌曲里，那是奶妈唱给婴儿听的，它绝妙地概括了我们关于地球上人类的命运所知道的一切：

> 小小的木偶，
> 翻、翻、翻了
> 三个小跟斗
> 翻完就走。

在马拉凯码头上

——亚历山大·仲马[1]先生和他的演说

星期四四点钟,当我们走出学院,春季温馨的阳光照亮了所有的码头及其石头砌成的庄重边界。天空飘过一些云彩,使阳光像微笑一样迷人地变幻不定。这个微笑愉快地停留在妇女们闪光的帽子、金色的颈窝和神采飞扬的面孔上。但是它在经过沿着栏杆陈列的满是灰尘的旧书时却变成了嘲弄。啊!它是多么具有讽刺意味地泄露了旧书可悲的破烂,这道闪耀着大自然永恒青春的阳光!所以这群文人和上流社会人士走过的时候,我却沉溺于模糊而甜蜜的梦想之中。让我告诉你们,我每次来到这些码头上都会感到一种充满兴奋和忧伤的惶惑,因为我在这里出生,在这里度过童年,而我从前看到的熟悉面孔现在已经永远消失了。我不由自主地要说这些,因为我习惯于只说自己所想的和所能想到的事情。完全诚实的人会有一些烦闷。不

---

[1] 应当是指小仲马(1875年入选为法兰西学院院士)。编注。

过我希望，我在谈论自己的时候，那些听我说话的人只想到他们自己，所以我在满足他们的同时也是在满足自己。在这个码头的书堆当中，我被一些卑微的普通人抚养长大，只有我还记得他们，当我不在人世的时候，他们也就会像从来没有存在过一样。我的内心里充满了他们的珍贵见证，这些虔诚的遗物使我的心灵变得神圣，而且创造着一些奇迹。由此看来，我承认我失去的那些人是神圣的人。他们的生活默默无闻，他们的灵魂是那么天真。对他们的回忆启示我乐于放弃和喜欢安宁。在见证我童年时代的老人当中，只有一位还在码头上过着贫困的生活。他并非我最知心和最亲爱的人，然而我看到他就总是觉得非常愉快。这个可怜的旧书商此刻正在他的书箱前面晒着春季明亮的太阳。他由于年事已高而变得非常矮小，每年都要缩小一点，他那可怜的书摊也一年年变得越来越薄和轻了。如果我这个老朋友还要活上一段时间的话，有朝一日一阵风也会夺去他的生命，一起吹走的还有他那最后几页旧书，以及在他旁边吃燕麦的码头上的马从灰色的嘴巴里漏出的麦粒。在这之前，他几乎还是幸福的。他的可怜之处就是不想这些。他不卖书，而是阅读它们。他是艺术家和哲学家。

天气好的时候，他喜爱露天生活的温馨。他安顿在一张长凳的一头，带着一罐糨糊和一把刷子。在修复他的散了架的旧书的同时，他沉思着灵魂的不灭。他关心政治，如果遇到可靠的顾客，几乎都会向来人评论一番当前的制度!他主张贵族政治,甚至寡头政治。他习惯于看着他的前面——塞纳河对岸的杜伊勒里宫,逐渐形成一种对于统治者的亲密之情。在第二帝国时期,他以邻居般了如指掌的严肃态度来评论拿破仑三世。现在仍然如此,他通过政府的行为解释他的生意的衰落。我并不隐瞒我的看法,我的老朋友有点像投石党人[1]。

他走到我身边,像读过晨报的男人那样对我说:

——您是从法兰西学院出来的。这些年轻人谈到雨果先生了吗?

接着他眨了眨眼睛,在我耳边说了这句话:

——有点蛊惑人心,雨果先生!

我的旧书商朋友就这样把我的思想拉回到了学士院的会议上去了。勒孔特·德·李勒先生和亚历山大·仲马先生都预言了维克多·雨果的不朽。但是当《蛮荒诗集》的作者把大师的全集一股脑儿打发到未来的时代里去的时候,戏剧的哲学家却认为后人将会做出严格的选择。

亚历山大·仲马先生发表了一场精彩的演说,我不会感到惊讶。这个人有向人们说话的天赋。他在思考并且说出他思考的东西。在这方面,他几乎是独一无二的,至少在文学界里是如此。在他对勒孔特·德·李勒先生的答辩中,可以感到这种完全的坦率和丰富的阅历,他所说的话

---

[1] 投石党运动是17世纪中期法国反对专制制度的政治运动,此处指对政府持批评态度的人。

也因此而具有了毋庸置疑的权威性。他把从维克多·雨果、拉马丁[1]和缪塞那里得到的东西还给了他们。在快要结束他的坦率有力的演说的时候，他自问这三位诗人中最勤奋的人的作品现在会碰到什么事情。

"它会碰到的，"他回答自己的问题，"就是人类智慧的所有作品都会碰到的事情。时间不会使它例外地不同于其他作品。时间会尊重和巩固将会坚实的东西，把不是这样的东西化为灰烬。所有喧闹一阵的东西将消失在空中，为喧哗而创造的东西就是为了被风吹散的。然而不该由我在这里准备后代的工作。何况对于后代的影响现在不能说是好是坏。后代知道它该做的事情，它对最终的可靠结论有着神秘而确实的感觉。"

正是在这一点上，我要冒昧地向这位我无比钦佩的作家提出几点微不足道但是坚定的看法。我认为他的结论中的后代并不可靠。我这样认为的理由是后代就是我，是我们，是一些人。我们是一大堆我们很不了解的作品的后代。后代失去了古代作品的四分之三，还任凭剩下的作品被可怕地曲解。勒孔特·德·李勒先生在星期四以崇高的钦佩之情向我们谈起埃斯库罗斯，但是在流传至今的《普罗米修斯》的文本中，有两百行诗被篡改了。希腊人和拉丁人的后代保留了很少的东西，而在这保留下来的很少的东西

---

[1] 阿尔封斯·德·拉马丁（Alphonse de Lamartine, 1790—1869），法国浪漫主义诗人，著有《沉思集》等。

里，还有一些可憎的著作，但它们也同样不朽。据说瓦利乌斯堪与维吉尔匹敌。他消亡了。埃里安是个白痴，他至今不朽。这就是后代！有人会对我说那个时代里的后代是野蛮的，这是僧侣们的错误。但是谁向我们担保我们不会也有野蛮的后代呢？我们知道留给未来的精神遗产会落到什么样的人手中！再说，假定我们的后代比我们聪明——这并非没有可能——难道这就是一个事先宣布他们可靠的理由吗？我们凭经验得知，即使在文化高度发达的时代里，后代也并非总是公正的。他们肯定没有确定的规则、可靠的方法来判断他们的行为，他们怎么会有规则和方法来判断艺术和思想呢？罗兰夫人[1]在议政方面相当糟糕，但却有一个女英雄的心灵，她在监狱里写了一些回忆录，她知道出狱就是走上断头台。她以有力的手在笔记的第一页上写下了这样的话：向公正的后代呼吁。过了一个世纪，后代回答她的只是兼有赞扬和谴责的、矛盾的窃窃议论。这位吉伦特党人的缪斯非常天真地相信了我们的智慧和公正。我不知道麦克白国王在他那个时代是否有过一种类似的错觉。如果他有的话就大错特错了。实际上他是一位出类拔萃的、灵活而正直的国王。他促进工商业的发展，使苏格

---

[1] 罗兰夫人（Manon Jeanne Phlipon, 1754—1793），法国政治家罗兰·德·拉普拉蒂埃尔（Jean Marie Roland de La Platiere, 1734—1793）的妻子，法国大革命期间在巴黎主持影响很大的沙龙，主要与吉伦特党人来往。1793年，她的丈夫在获悉她被处死后自杀。

兰富裕起来。编年史家把他说成是一位温和的君主、城市的国王、市民们的朋友。氏族都仇恨他,因为他是个伸张正义的好人。他没有杀害一个人。人们知道传说和才华把他死后的名声弄成了什么样子。

后代远非可靠的,而且完全有可能弄错,他们是无知和冷漠的。我看到高乃依和伏尔泰的后代此刻路过马拉凯码头。他们在散步,在四月的阳光下兴味盎然。他们走着,脸上垂着短面纱,嘴上叼着雪茄,我向你们担保他们几乎从不惦记伏尔泰和高乃依。饥饿和爱情就足够他们操心的了。他们想着自己的事情,自己的乐趣,而让学者费心去评价死去的伟人。在这些从学院里出来的后代中,我清楚地辨认出一张漂亮的面孔,戴着一顶颜色正流行的帽子。他就是今年冬天的一个晚上,有位问我诗人有什么用的少妇所说的那个人。我回答她说他们帮助我们去爱,可是她向我担保没有他们也能爱得非常成功。事实是所有的教授和学者只为他们自己形成了整个后代。因此你们认为最可靠的就是学者了。但是不,因为你们清楚地知道诗歌和艺术只能出自感情,科学对美一无所知,落到一个语文学家手里的一句诗,就像一个植物学家手指里夹着的一朵花。

当然啦,后代的结论是不可靠的,它们在很大程度上取决于偶然。我要补充的是无论亚历山大·仲马先生说些什么,它们从来都不是确定的。

既然后代永远没有尽头,一代代新人不断地对以前被判断过的事情提出疑问，那它们怎么可能是确定的呢？

17世纪谴责了龙沙，18世纪肯定了这种评价，19世纪又把它废除了。谁知道20世纪会怎样评价？但丁和莎士比亚在今天这样被人崇拜之前，曾经长期受到蔑视。拉辛在荣耀了一个世纪之后备受凌辱，风光不再。但是语言变得很快，现在已经必须是文人才能完全理解《费德尔》和《阿塔莉》的诗句了。

我听到一位出色的诗人指责拉辛表达不当。他不肯同意两个世纪以来语言的变化，也许是为了不承认它以后还要变化，以免这一次有损于他的利益。高乃依和莫里哀本人被曲解了，上演这些喜剧的演员们随时都在进行曲解。人们都在谈论拉伯雷，可是就像谈论贝尔特王后[1]一样，根本不知道是怎么回事。有些人的名声正在消失，塔索[2]就岌岌可危。杜巴尔塔斯[3]生前比龙沙还要出名，谁向我们担保他的名声不会卷土重来？歌德把他视为最伟大的法国诗人，我们年轻的象征主义诗人也很喜欢他。二十年前，拉马丁已经被人抛弃了，而缪塞当时的狂热度正在逐渐消退。他们两人今天又有了一些信徒。后代就是这样愚弄着天才

---

[1] 贝尔特王后（Berthe de Bourgogne，约964—约1024），法国国王罗贝尔二世的妻子，被国王在教会的压力下离弃。
[2] 托尔夸多·塔索（Torquato Tasso，1544—1595），意大利诗人，著有长篇叙事诗《被解放的耶路撒冷》。
[3] 杜巴尔塔斯（Guillaume de Salluste Du Bartas，1544—1590），法国诗人，他的诗歌多受《圣经》的启示。

的残骸。

维克多·雨果死后能保持他在生前占有的地位吗？亚历山大·仲马先生明智地表示怀疑，而且同样明智地没有事先就参与损害他的名声。未来会对维克多·雨果做出什么样的评价？这是任何人也无法推测的。我们既然不知道后代会是什么样子，当然也就无法知道他们会想些什么。要使当代的名声不朽或者被遗忘都是徒劳的。

我们只能说昨天举行葬礼的诗人的名声正在经历一个艰难的危险时刻。被十五年的过分努力变得厌倦的热情衰退了，某些幻觉消失了，人们本来以为一位如此伟大的诗人会想得更多的。

完全应该承认他摆弄的词语多于观念。发现他赋予最崇高的哲学的是一大堆支离破碎的庸俗梦想，这是一件痛苦的事情。归根结底，在感到可怕的同时，人们也为在他庞大的作品中、在如此众多的怪物中没有发现哪怕一个人的形象而感到悲哀。

希腊人说过："人是万物的尺度。"维克多·雨果大得过分了，因为他没有人性。人心的秘密从未被他完整地揭示出来，他生来不是为了理解和爱的。他本能地感觉到这一点，所以他要使人吃惊，他在这方面长期占有优势。可是人能永远吃惊吗？他的生活陶醉在音调和色彩之中，并且用它们来使世界陶醉。他的全部天才就在于此：这是一位杰出的幻想家和无与伦比的艺术家。这已经很不错了，但还不是全部。

至于后代,他们会成为能够成为的那个样子,会喜欢他们想要的东西。为他们工作是一个大骗局。在给他们送去的一切当中,他们保留很少的东西,偏爱的往往是合乎时宜的,而不是专门为他们写的作品。对此我非但不加指责,而且要全心全意地赞扬。也许归根结底,他们久而久之会像亚历山大·仲马先生所说的那样懂得自己的职责。但是如果不发生某种摧毁图书馆的灾难,有朝一日他们将可怕地拥挤在一起,因而到那一天,他们也许会讨厌我们为他们准备的一切字纸。说实话,在看到我老朋友的旧书箱在阳光下扬起尘埃的时候,我自己对这种讨厌也有了某种预感。

小仲马[1]

17世纪有一本虔诚的小书,巴黎的市民戈尔吉布斯非常欣赏,还推荐给他的女儿塞利娅阅读。这就是译自西班牙文的《罪犯指南》,是由路易·德·戈勒纳德在前一个世纪创作的。好好先生戈尔吉布斯发现了一篇苦行主义文学的杰作,因为写作这本《罪犯指南》时的热情和从神秘主义到流浪汉小说的笔调,显示出路易·德·戈勒纳德是圣女泰莱丝和罗哈斯[2]的同胞。戈尔吉布斯小姐连看都没看,我对此一点都没有责备的意思。如果相反,她把这本书从头看到尾,也不会找到拒绝莱利娅的爱情,并且嫁给据说"比莱利娅难看无数倍"但是富裕得多的瓦莱勒的理由。她会在书里看到必须放弃一切,以及也许与她性格相反的、使她感到冷酷和过分的建议。这不影响它是一本好

---

[1] 评小仲马的七卷本《戏剧全集》。原注。
[2] 费尔南多·德·罗哈斯(Fernando de Rojas,1465—1541),西班牙作家,著有悲喜剧《塞莱斯蒂娜》。

书，我在读小仲马先生刚出版的戏剧集第七卷的时候，就想起了那本书的名称。小仲马为新时代做了路易·德·戈勒纳德为信仰天主教的西班牙和古老的法国所做的事情：他是罪犯们的指南。他是灵魂的杰出引导者。你们很容易想到他的任务极其艰难，需要许多哲学和智慧，对于人们的身体和社会状况要了如指掌。但是他足以胜任。因为他有热忱的经历，是一个熟悉灵魂和感官的一切秘密的行家。在五六年前，我已经指出过《奥布雷夫人的观念》的作者对当代人的强烈影响。我说过能与这种影响媲美的，只有欧内斯特·勒南先生以其他方式和另一种观念所产生的影响。请允许我提及我当时写的东西。我要进行比较的两个名字同样著名和令人同情——这一点我在小仲马的这篇新作里还能找到证据，可惜今天它们已被死亡分隔，勒南的去世使我像当初一样悲痛和沉重，对我来说永远痛彻心扉和难以忘怀。

"亚历山大·仲马是一位剧作家，"我当时写道，"也是一位道学家。十五年来他和勒南先生分担着作为大众神师的职责。不过这两位忏悔师的气质却截然相反！勒南先生总是在赦罪，他告诉我们条条道路通向灵魂得救。他每天都给我们带来新的宽恕。他感谢我们身上具有的最微不足道的神圣之处，并且以哲学的乐观主义告诉我们，人不可能摆脱上帝的仁慈。这样一种学说只能诞生在一个豁达而可爱的头脑里，应该珍视它慈悲的公正。然而罪人共有的傲慢很难适应这么多的宽容。所有的人——我们全都在内——都不大重视我们的美德或罪过。我们愿意让我们的弱点本身显得很严重,人家说它们无所谓时我们还不高兴呢。我知道一些女信徒乐于向她们的忏悔师和上帝吐露她们可怕的焦虑,她们永远不会跑到勒南先生那里去。他是不会很生气的。亚历山大·仲马先生完全是以另一种方式行事。他把我们的罪行表现为一种夸张和生动的,使我们吃惊、关注和惶惑的形象。他把在恶中的我们描绘得比真实的我们更加崇高和强大。他正是通过这种奉承抓住了我们:它对于他就足够了,所以他小心地不让我们用它来做别的事情。他的坦率粗暴到这种程度,只有他巧妙的手法和逻辑的力量才能够匹敌。"

在出版包括大师的《巴格达王妃》《德尼丝》和《弗朗西翁》这三部杰出的新著之际,人们大概会允许我们重提这些感想。从此以后只有困难在考验他,他也不再小心翼翼地对读者说他们不爱听的话了。他并非只乐于展示他的艺术的异乎寻常的种种来源,而是因为他要把一些独特的观念打进一些尚未准备好接受的头脑里去。因为事实是集中在一个剧场里的人不愿意有人使他们吃惊,并且共同拒绝他们各自在家里会乐于接受的新鲜事物。演戏和布道是一回事。有人在里面改变了灵魂,是因为他是一个杰出的医生。

仲马先生要的就是这个,轻蔑地认为其余的都属于幼稚和徒劳。他在写于第七卷的三部剧作之后的一处笔记里，非常有力和庄重地表达了这种看法。这些笔记使我们摆脱了那些再也找不到的序言，而它们在前几卷里却是关于道德和文学的令人赞赏的评论。在《时代报》为读者提前刊登的《巴格达王妃》的笔记中，特别有一篇关于仇恨的辩护词，它从容的讽刺、冷静和深刻的诙谐，就连斯威夫特[1]也会嫉妒：

"仇恨他的邻人，"亚历山大·仲马说道，"应该是热爱生活的正当理由之一。其中有一种激励在推动您不断前进，使您热情地向往明天。也许您仇恨的人明天就会痛苦了。人是多么应该怀着这种美好的希望入睡啊！爱情也有好的方面，这是显而易见的。首先它像歌谣里唱的那样适于所有的季节，可是它不适合所有的年龄。它比只能像该隐[2]那样出自自身的仇恨更高尚，但不那么持久，不那么使人全神贯注，也许是产生仇恨的原因不那么偶然，不那么取决于某些生理状况，而且从不面临改变对象的危险吧。相反，人们甚至可以开始仇恨新人，却毫不减少对老仇人的仇恨。还有爱情需要和人

---

[1] 乔纳森·斯威夫特（Jonathan Swift, 1667—1745），英国小说家，著有《格列佛游记》等。
[2] 《圣经》中亚当的儿子，他出于嫉妒而杀死弟弟亚伯。

分享才能幸福，而仇恨只求报复，人们相信靠着先下手为强的手段就能达到目的。还有其他的好处：仇恨不会不守信用，什么都不能使它分心，什么都不能使它偏离它的目标。它也不会疲倦……"

在《巴格达王妃》的笔记里，你们读过了其余的部分，不要漏掉一行。但是像我刚才提到的斯威夫特的某个精彩篇章，或者像《梅尼普斯[1]讽刺诗集》里某篇逗乐又可怕的演讲那样，在如此有力和严密地进行赞扬之后，这位对高尚而诚实的"仇恨"夫人非常熟悉、自己连人带作品都被咬过多次的杰出作家向我们透露，这颗摇晃的毒牙没有使他感到任何疼痛，毒液也没有进入他的血液。为了给自己一个理由充分的证据，他怀着一种得体的自豪补充说：

> 任何人都不能从我这里夺去的，是写作为我提供的乐趣，这是构思和撰写这些或好或坏但始终真诚的作品所引起的纯粹的快乐，这是它们赋予我的物质和精神上的独立，这是其中某些作品对一切观念、习俗甚至法律产生的影响；这是我面对某些

---

[1] 梅尼普斯，公元前3世纪的古希腊犬儒学派诗人和哲学家，他写过讽刺诗，已失传。《梅尼普斯讽刺诗集》出版于1594年，是当时的多位诗人借用梅尼普斯之名出版的小册子，旨在抨击天主教联盟，为亨利四世的登基创造舆论。

现实的进步，对星期天在新区里散步的工人们所说的话进行思考的权利："我毕竟在这些房子里工作过。"归根结底，什么都不能使我热爱、研究和说明真相，我不要财富，不追求一种无益于你们的，就这样！理想，你们还知道什么？但无论如何不是为了我，而是为了某些别人我才让人思考或哭泣，这是一回事。

亚历山大·仲马先生有权利这样说。他的作品是一个实用的道学家——我要说是一个实践家——的作品。他以这种杰出的外科医生所夸耀的敏捷而博学的粗暴，把烙铁放在社会的无用或有害的肢体上。他使我们为自己的虚伪和怯懦而感到羞耻，他致力于证实真正的荣誉是在诚实、信义之中，在对纯洁和美德的尊重之中。他说过"决不要倒下"，还对倒下的女人说"重新站起来"。他也许没有改变世界的进程，对于普遍的利己主义未能取得多少胜利。但是如果可能纠正世上的幸运者，那么除了他，还有谁会这样做，让他们听到这么多残酷而又有益于身心的真相呢？

阿尔封斯·都德

一 都德和屠格涅夫之间的事端

都德和屠格涅夫之间的事端使得人们议论纷纷,并对此发表了许多谈话和文章。六个星期以来我几乎没有听到谈论别的事情。这在巴黎是一场狂热,在彼得堡是一场更大的狂热。据说六个星期以来,上流社会里有文学修养的俄罗斯人,在喝茶的时候没有不对这场闹得沸沸扬扬的小事发表意见的。

美国对这次事端了如指掌。欧洲和美国的报刊叙述了这一事端的所有最微不足道的细节。在这方面,报刊把这件事和相关的其他事情全都谈到了。归根结底,一种三十年来只在几个文学沙龙和两三家咖啡馆里谨慎地说着玩的流言蜚语,最终变成了各个民族的谈资。这就是由一个很大的原因造成的一种很小的结果。错误在于报刊,就像蒸汽和电力所造成的错误那样,发明强大的机器没有不受惩罚的，人创造了自动机械马上就会变成它们的奴仆。一切进步都要付出昂贵的代价，尤其是物质方面的进步。从前人们以为地球很大，自从电在刹那之间就能绕地球一圈之后，它就变得很小，很快就会只是一个跳康康舞用的小球了。应该看到工业方面的重大发明是传播庸俗观念的绝妙中介。电话和留声机必定以使我们变得渺小和愚蠢而告终。苏利-普吕多姆[1]在他的名为《幸福》的诗篇里预告了人类的末日，我在上个星期六已经对你们说过，他向我们预言我们都会死亡，感官因快乐而衰竭。我倒是更相信我们会毁灭在一种不可救药的愚蠢之中，正是在这一点上哲学家感受到了一种难以忍受的尴尬。因为当各个民族既未缩短彼此的距离，又没有推翻把他们分开的天然障碍的时候，他们的孤立就会使他们变得残暴。不过现在他们相互接近了，主要是交流一些平庸和愚蠢的事情。他们不是温和多了，而是更爱虚荣。哲学家是这样想的：他在过去的暴力和现在的懈怠之间犹豫不决，但是归根结底，他思忖地球永远在转动，它会长时间地把人类转瞬即逝的欢乐和痛苦带到宇宙中去；他思忖我们见证的进步大概会带来一种善，而它却在我们看到的恶旁边溜走了。

例如靠着留声机和报道，作家们现在比他们的作品更为读者所熟悉，这就是一种恶。大家在了解他们所写的作

---

[1] 苏利-普吕多姆（Sully Prudhomme，1839—1907），法国诗人，1901年首届诺贝尔文学奖获得者。

品之前,就知道了他们是否秃顶或欠债。如果人们对他们的思想有点好奇的话,都倾向于从他们的谈话而不是他们的作品中得到答案。

哦!我完全感到这里面有着自然和巧妙的东西。我和别人同样清楚地理解这牢牢控制着我们的吐露隐情和忏悔的趣味。没有什么比以作家的名义去研究人更加合法的了。当人在欣赏江河的时候,就想追溯它的源头。我甚至要说当人们不知道一本书是怎样写出来的和什么人写的时候,是不可能形成一种真正的批评观的。我在说些什么?书里只有让人看到的人才是珍贵的,但是书里没有描绘整个的人。我们当中没有一个人把他思考和感受的一切都说出来。没有一个人把他的心灵完全交给读者,没有一个人写出了他最好的书。所有的作家,特别是最坦率、最真实的作家,都把他们的杰作保留在他们的内心之中。人们有理由说最美的书是那些从未写出的书!

所以我们的诗人、小说家、哲学家的内心对于我们是多么珍贵。人们窥探它们、监视它们、倾听它们。人们希望他们在一封信或一次谈话之中,能放松地流露出杰作中没有写到的某种东西,揭示出难以言喻的秘密。

不过那是一种微妙的情感,只能萌芽在一些杰出人物的头脑之中。民众的好奇心就不那么巧妙和谨慎了。他们爱听庸俗的闲话,丑闻永远不会使他们粗俗的胃口感到厌倦。

例如都德与屠格涅夫之间的这个事端,就成了他们整整一个月的谈资。庸人为此感到高兴,而高雅的人则感到难以忍受。

构成这个文学事端的总的事实已经人所共知。现在似乎还没有到从中吸取教训的时候,我就不再重提它了,至少我会说得非常简洁。简而言之是这么回事:屠格涅夫在暮年因年迈多病和孤独而感到悲伤,让《新时代》的一个年轻记者伊萨克·帕夫洛夫斯基先生成了他的知己。像曾经收集歌德谈话的艾克曼一样,这个记者把大师对他的谈话记了下来。他把这些谈话编成一卷,在去年 12 月出版,名为《关于屠格涅夫的回忆》。这类让死者说话的回忆录,编写起来应该极有分寸,光凭善意是做不好这类工作的。在人们听到的谈话中,必须区分哪些是由于付诸实施而值得保留的话,以及哪些是说过就烟消云散的话,因为它们只是说说而已。这种区别是很讲究的,还要做到没有任何哪怕是无心的夸张和歪曲。归根结底,对于活着的人来说需要万分的小心。

伊萨克·帕夫洛夫斯基先生注意过这些非常明确的规则吗?我以为没有。我对屠格涅夫不大熟悉,十五年前在福楼拜家里见过他三四次,因此我并不以为自己能在这几个小时里弄清这位奇人的复杂性。我对他的感觉是:这个温和的巨人,有一双大眼睛,有着一颗无论是他还是其他人都永远无法完全探索的、感情丰富而又模糊的心灵。我首先感到这个杰出的斯拉夫人是由一些对比和奇特之处构成的。他把一个厌世老人的疲惫与诗人清新天真的青春活力结合在一起。他的头脑既有点混乱又极为敏锐。他以一种古怪的方式,把1848年那一代人的政治和社会感伤,与艺术家的绝对的超然混在一起。我尤其欣赏他那懒散的老虎般的倦怠。伊凡·屠格涅夫的温柔是毫不留情的,它像一大片平静的水面,掩盖着深得无法探测的辛酸和反感。随你们怎么说,这完全是加尔希纳先生所说的平静而善良的人,但是我认为他不像阿尔封斯·都德先生亲切地所想的那样是一个热情的伙伴。不过我再说一遍,我对他是很不熟悉的。他在我看来就像一个充满梦幻的美神,像一个充满了鸟儿的歌唱、鲜花和冰块的辽阔而孤独的世界。总而言之,这也许只是根据对他的作品的回忆而得出的印象。公正地说,我不能认为伊萨克·帕夫洛夫斯基先生全面曲解了屠格涅夫的谈话,因为我对此一无所知。我所知道的就是他极为错误地发表了那些本该任其被人遗忘的话。在泄露屠格涅夫对他绝交的朋友——龚古尔兄弟和阿尔封斯·都德的侮辱性评价的时候,伊萨克·帕夫洛夫斯基先生不适当地使用了这位轻率地信任他的杰出人物的回忆。特别是关于阿尔封斯·都德的谈话,为了屠格涅夫的名誉应该删去。

  我很注意不再转述这些谈话。当出版这本包括这些谈话的书的时候,阿尔封斯·都德先生正在看这本迷人的书的最后几页清样。这本书包括一些在不同时期写的片段,结尾是

1880年为纽约的《百年杂志》所写的一篇论文。

这个片段充满了赞美和好感,流露出惊人的亲密友谊。这位可爱的普罗旺斯人,以多么自然和优雅的文笔,赞扬这个老朋友,来自雪地的巨人!把他写成了多么可亲的好好先生!几乎就是风帽上带着冰霜、怀里抱着一棵枞树,每年都来让孩子们高兴的圣诞老人!这幅肖像是多么快乐、可亲、光彩夺目!模特和画家都是多么讨人喜欢!在读了伊萨克·帕夫洛夫斯基先生这本令人遗憾的书之后,阿尔封斯·都德对于他在《巴黎的三十年》中所写的关于伊凡·屠格涅夫的那一章,还是理所当然地一字不改,只是增加了下面这段附言:

"我正在校对这篇几年前写的文章清样的时候,有人给我带来了一本名为《回忆录》的书,书里的屠格涅夫从墓地里对我进行了毫不宽容的抨击。作为作家,我谁都不如;作为人,我也是最低劣的了。而且我的朋友们都知道得很清楚,他们都在说我是招人谴责的。屠格涅夫说的是哪些朋友呀,他们既然那么了解我,怎么还会做我的朋友呢?他自己,这个善良的斯拉夫人,是谁迫使他对我做出这副可爱的怪相呢?我在我的家里,在餐桌旁看到他,温和深情地拥抱我的孩子们。我收到过他一些真诚和珍贵的信件……我的上帝,生活看来是多么奇特,而希腊语里 Eidololatreia[1] 这个动人的词是多么妙啊!"

---

[1] 意为"偶像"。

虔诚的忧伤！这些话流露出伊梅特[1]的蜂蜜的美妙的苦涩！温柔而迷人的报复！可是亲爱的都德，您能相信屠格涅夫真的这样说过您吗？在我看来，我还存有疑虑。我愿意相信是伊萨克·帕夫洛夫斯基先生听错了。怎么！像您这样一位讲故事的人和小说家，用描述真实而使我们着迷和陶醉、无论如何也应该热爱的人，敏锐的屠格涅夫会否认您的才华？怎么，他对您的魅力、您的灵巧、您的创意都毫无感觉？这是不可能的！再说，按照他的性格，他会抨击一个像您这样善良和无可指责的、唯一的错误就在于因为想给予一切而许诺了一切的人？

不，亲爱的都德，这是不可能的。一个崇拜屠格涅夫、对您也非常赞叹的俄罗斯人——彼·马纳塞奥维奇先生，无法原谅您的过于轻信的天真，这挫伤了他最热诚的信念。他给我写信说：都德先生应该用他朋友健在时的可靠的话来反驳这种可疑的证词。他补充说，古代史上最崇高的榜样之一，是亚历山大用一只手把医生菲力普准备的药水举到唇边，同时用另一只手把一封揭发医生下毒的信拿给他看。马纳塞奥维奇先生想看到您扔掉伊萨克·帕夫洛夫斯基先生的书，就像亚历山大扔掉那封诬告信一样。我们都了解格·维鲁波夫先生的正直和坚定，他也给我们写信捍卫他杰出的同胞的名声，反对有人在他身后假借他的名义

---

[1] 雅典南部的山峰，以出产蜂蜜和大理石著称。

的可耻行为。亲爱的朋友，我们在做您没有做的事情。我们不能也不愿相信。我们感到愤慨。

这种愤慨是对这类书籍的谴责，它们像这本书一样，以可憎的突然袭击在我们当中散布忧伤和惊慌。在让死者说话之前必须三思而行。无论如何，代他们来冒犯热爱他们的健在的人，这是一种可悲的使命。是的，亲爱的都德，为文学的良好习俗着想，我们要把引起愤慨的泄密抛得远远的，我们只当它们没有存在过，而且要说：我们只想从屠格涅夫亲手写作和签署的作品里来了解他的思想。

1888 年 2 月 12 日

二　生存竞争[1]

"如果某个出类拔萃的天才偶然发现他生来是自由

---

[1] 《生存竞争》是都德在1889年上演的剧本。1880年左右，巴黎发生了一件凶杀案。青年巴雷以帮助买股票为借口，花光了一个卖牛奶的老妇辛苦积攒的一万法郎，他的朋友、医科大学生勒比兹为了帮他摆脱困境，杀死了老妇并肢解了尸体，案发后两人被送上了断头台。勒比兹作案的理由是达尔文的适者生存理论：与其让一个富有前程的青年名声扫地，不如让一个活着毫无用处的老妇死去。都德根据这个案件写了剧本《生存竞争》，写年过半百的公爵夫人爱上了青年阿斯蒂埃，他热衷名利而娶她为妻。在花光她的钱财后又诱惑了一个家财百万的少女，并企图毒死不肯离婚的公爵夫人，最后在即将达到目的时被少女的父亲瓦扬开枪打死。

的，不受他的父亲或君主的任何天然的约束；除非他自己同意，什么都不能使他屈从于世界上的任何权力；总之一句话，罪恶、美德，道德的善与恶，正义与非正义，以及附属于它们的一切，只存在于那些发明它们以支撑其利益的人的见解之中；我要说，如果这个非凡的、注定要撕毁幻觉的面纱的人，试图运用天赋的权利，动摇劳动、贫困、奴役和迷信的桎梏，他完全有理由担心更加严酷的暴政。"

这就是《马蒂厄教父》的主人公所说的话，这本可恶而迷人的小书，是疯狂和智慧的奇特仓库，于1766年由躲藏在荷兰的议事司铎[1]杜洛伦出版。这个马蒂厄教父是个新的巴奴日[2]，"坏蛋、骗子、酒鬼、街头流浪者、好色之徒"，但首先是个盗贼，而且不乏哲理。他为了自己的利益运用天赋的权利，这是最强大的法律。然而萦绕着他的观念是，人们从来没有从头到尾地得到过这种法律的保障。他悲哀地思考着坏蛋并非总是幸运，他们被麻烦纠缠，生活对他们和对老实人一样严酷，归根结底这恶人的勾当也不是好干的。在一次这样的沉思之后，他说出了各位刚刚看过的格言。这些格言是明智的，做一个坏人确实根本不是一种多么出色的才干，这恰恰就是阿尔封斯·都德先生刚刚在他的剧本中所运用的伦理。保尔·阿斯蒂埃这个坏蛋自以为很强大，但是瓦扬先生用手枪表明自己比他更厉害。瓦

---

[1] 司铎，天主教神父的正式尊称。编注。
[2] 拉伯雷的小说《巨人传》里的人物，是个精于算计、阴险狡诈的人。

扬打碎了他的脑袋,这是保尔·阿斯蒂埃根本无法反驳的证据。剧本的好处在于,它表明这些强大的人其实很虚弱,只要一粒沙子就能使他们完蛋。阿尔封斯·都德先生做到了这一点,因为他的才华是由怜悯、同情和人道的温情构成的,具有迷人的权威性。当谈到某个在上层的金融界或政界大胆行动的冒险家的时候,您会说"这是个坏蛋",人家就一定会回答您"是的,不过他很厉害"。然而厉害的人十次倒有九次是死得很惨的。因为正如表兄雅克所说的那样,他凭经验懂得了这一点,他完全有理由为一个比他更厉害的人——一个宪兵感到担心。阿尔封斯·都德先生走得更远,他相信确实的、命定的和不可避免的惩罚。他说:

"我完全相信'一切都有报应'这句格言,我总是看到人从他无论轻松还是沉重的劳作中取得报酬,不是在另一种我一无所知的生活里,而是在现在的、在我们的生活里,只是时间的早晚而已。"

对于这一点我有些怀疑。如果这个世界是为满足我们的正义感而安排的话,人们就永远用不着想象是否可能存在着另一个给予报酬和惩罚的世界了。"一切都有报应"是就这个意义而言:我们行为的后果是无限的,我们举起一个小指头就不能不使这个动作逐渐蔓延到整个宇宙。"一切都有报应",是因为一种恶劣的行为引起了一些无法估量的痛苦,否则它就根本不是一种恶劣的行为了。然而是否总是恶人受到报应还不是很肯定，至少不是他独自受到报应。把无辜者与罪犯连在一起的连带关系在神学里叫作原罪，在生理学里叫作遗传。正义的观念只属于人类，大自然根本没有正义——它的缺德是可怕的，这个重要的区别浸透了我们，从四面八方包围着我们。这种难以觉察的人性在茫茫宇宙里构成道德，它令人想到两个在一条鲸背上下棋的遇难者。鲸会沉下去，淹没棋盘和下棋的人。至少我们的荣誉将是按照规则把比赛进行到底。再说，在赌博中作弊的保尔·阿斯蒂埃，落水的时间早些或晚些是没有什么关系的。阿尔封斯·都德先生本人也愉快地同意这一点，他忏悔说，他之所以杀死保尔·阿斯蒂埃，主要是为了使自己满意，给自己一种审美的和道德的快乐。他是个正直的人，他玩味着他的乐趣："现在，"他在前言中说，"我承认我对恶人仇恨到这种程度，以致在处死保尔·阿斯蒂埃时也许过于讲究了。我抓住他时正是他最成功的时候，成功得他几乎会变成好人，嘴唇上含着一截柑树枝，眼睛里是他那浑身珠光宝气的犹太美女的令人目眩的映像。而恰恰就在这个他被窥视的时候，我让瓦扬对他实施了达尔文的弱肉强食的规律。'我有武器，你没有，所以我要打死你，强盗。'勇敢的瓦扬老爹！然而他还不是一个很厉害的人，他继承了一种陈旧的、非常陈旧的观念，就是相信一大堆过时的事情，他开枪了，畜生被打死了，当他在像回声那样冷漠地反复确认加价的时候，他向着天空的姿态,充分表明他是在以什么样的最后的和复仇性的拍卖来把自己当成工具。'好样的,德纳里!'年轻而活泼的图佩-德-尼姆在一个角落里低声说道。实际上,我有点同意他的看法,可是你们要我怎么办呢?我对这只肮脏的畜生的仇恨是如此刻骨铭心,以致我能亲自向他开枪。"

这难道不是斯多葛主义所说的"赦免众神"吗?

阿尔封斯·都德先生的这个剧本之所以能引起强烈的兴趣,具有一种不可抗拒的吸引力,原因在于诗人的技巧:它使题材焕发了活力,使人物不知为什么成了我们的同代人,无比细腻地抓住了使他们符合时代(即他所说的他们的"陈旧观念")的轻微特征,归根结底是在龚古尔兄弟之前马里沃[1]具有的、《萨福》和《福音传教士》的作者生来就接受的现代性天赋。人类在变化,他们是在不断地变化。他们永远做着同样的事情,但是从来不做得完全一样。现在与岩石下面的简陋住处和湖上村庄的时代一样,爱情和饥饿决定着他们的一切行为。种族的特性和保存的本能不断地把他们引向神秘的结局。但是历代人的工作和对大自然的不断征服使他们获得了一些新的意识。在每个国家里,天上的阳光和地上的各种形象在他们的心灵里留下了烙印,使它变得丰富多彩。他们传自祖先的肉体掠过了一

---

[1] 马里沃(Pierre Carlet de Marivaux,1688—1763),法国剧作家、小说家,他的作品具有矫揉造作和细腻入微的特点,被称为"马里沃风格"。

些新的战栗。每一代人都有它独特的战栗,只有一个非常敏感、非常有力的艺术家才能把握并记录下来。这方面最出色的自然是阿尔封斯·都德了。他在所有的作品里都给了我们对当前生活的幻觉以及终点敲响的感觉。他的取自现场和顺便捕捉的人物来来往往,具有风度、姿态和使他们具有时代特色的怪癖。服装和装饰都很少,都德不是裁缝也不是地毯商。他非常近视,只是抓住了一点,然而这一点上集中了人物形象的全部性格。这个出色的、没有说完的句子,就是生活和光明,以及魔鬼!啊!阿尔封斯·都德的句子,它们既不重要也没有雕像的纯洁,然而它们是活生生的。它们在走,在跑,非常狂热。

这是因为他这个人充分地占有了生活。被一种严重的疾病多次伤害,他仍然保持着乐观、朝气和全部的精力。他的朋友们知道他充满激情,经常发发小脾气,竭力欢笑、歌唱和说美妙的故事。他们会问他现在是否还像二十年以前那样,是个生活在阳光明媚的地区,醉心于歌曲,充满了快乐和忧伤,像火那样敏感的孩子。他即使是病人,患的也应该是狄更斯的疾病,是那种使他面对生活的景象浑身激动,并且赋予他不知为什么无法模仿的、令人悲痛的才华的神经官能症。

在体育剧院上演的这个剧本里,人们重新发现了这种对新鲜事物的兴趣,这种成就阿尔封斯·都德全部作品特色的栩栩如生的模特和"捕捉"。正因为如此,他的作品才使人愉快和引起关注。这里不该由我来评判作为剧作的《生存竞争》。弗朗西斯克·萨尔塞[1]先生已经做出了权威性的评论，但是这本如喜剧演员们所说的"小册子"刚刚出版，随你们怎么说，我谈的是这本"小册子"。众所周知，主人公保尔·阿斯蒂埃是一个很厉害的人，英国人（按照凯列班的极为生动的说法）对这类人很熟悉，称之为"为生活而战的人"。

此外，现在问题在于这不是一个非常古老的人种的现代变种。尤利西斯，古代的尤利西斯，老荷马的奥德修斯，随意地戴着他的水手帽，在与生活的斗争中，不也是一个非常机灵的人吗？他的头脑狡猾透顶。他根本不懂怜悯，战胜了无数次危难发了大财。我会乐于把他看成是第一个很厉害的人。在任何情况下，他都比保尔·阿斯蒂埃机灵多了。后者的特色在于他的卑鄙行为染上了科学的色彩，所以他是我们的同代人。他属于"这个残暴小人的种族，达尔文的生存竞争规律成了他们一切卑劣勾当和无耻行径的借口和理由"。按照都德先生的说法，这是个新品种，在这个名叫勒比兹的医科大学生之前几乎并不存在。他杀死了一个卖牛奶的老妇，然后做了一次关于达尔文主义的演讲，清晰地阐述了为什么谋杀是生活的规律。应该补充

---

[1] 弗朗西斯克·萨尔塞（Francisque Sarcey, 1827—1899），法国戏剧批评家，曾在《时代报》上主持了四年的戏剧评论，对观众的趣味有着很大的影响。

的是,在重罪法庭上,面对法官,他对科学谋杀理论的辩护是非常无力的。他被判死刑并立即执行,与为此写了一封感化人的信的可敬的克洛兹神父相比,他死得像圣人一样。埃德蒙·阿布从中得出结论:处在罗克特的地位,勒比兹就直接升天了。阿布说:"坐在天主的右边,从永恒荣耀的内部,注视着他的被投入地狱之火的受害者,并且喊道:他来不及悔过了,他!上帝的智慧多么令人赞美!"

归根结底,这个勒比兹根本不为达尔文操心,但他属于有文学修养的杀人犯这个可怕的种类。保尔·阿斯蒂埃在阴险的残暴方面与他类似,但不是医科学生,而且穿着漂亮的衬衣,看起来不大适合去谋杀。他没有读过达尔文的书,"他对达尔文知之甚少,却乐于在法庭上,在他的小圈子里,在淋浴的时候,在武器库里,总之在所有男人扎堆的地方加以引用。因为面对妇女,这个小伙子说的完全是另一套,他顺便掌握的几句达尔文主义的格言,足以向他自己,甚至向整个世界解释他那冷酷的野心家、喜欢决斗和追求享乐的罪恶生涯了。恶棍,可我才不在乎呢……!我是为生存而斗争"。

都德就是这样理解染有科学色彩的现代恶人的。他还向我们断言,在不久的将来会出现一些在自然科学方面大有长进的小坏蛋。但是不要弄错,《不朽者》和《生存竞争》的作者绝不是把卑鄙小人以学者的名义所犯的罪行归咎于这些屈指可数的学者。通过剧中的一个人物之口,他有意解脱了这位大人物、继拉马克[1]之后的进化论创始者的责任：

> 当然，我追究的不是伟大的达尔文，而是乞灵于他的虚伪的窃贼，这些具有学者的观察力和发现能力的人，想写一篇司法的论文并系统地付诸实施。哦！您觉得他们是伟大的，觉得那些人是强大的！而我，我要告诉您这不是真的……没有仁慈，没有怜悯，没有人类的团结，就根本谈不上伟大。我对您说，他们实施的这些达尔文理论是邪恶的，因为他们要在人的内心深处寻找野兽，正如埃尔舍所说，它们是在直立的四足动物身上唤醒仍然四肢着地的东西。

这说得多么好啊。谴责一种科学理论是极其不公正的，因为虚伪拿它作为外衣，正如上个世纪拿哲学、路易十四时代拿宗教作为外衣一样。

纯粹的科学不可能是道德或不道德的。它独立于人类的一切观念、习俗和信仰，在实验室的沉默中追求着它崇高的目标：真理。何况无论科学研究的结果如何，道德都

---

[1] 拉马克骑士（Chevalier de La Marck，1744—1829），法国博物学家，生物进化论的奠基人之一，著有《法国植物志》和《无脊椎动物自然史》等。

不可能受到损害,因为它来自人与人之间的必然产生的关系,而对自然现象的任何阐释都不属于改变这些关系的范畴。当我们被证明是猴子的后代的时候,我们就会变得不那么爱祖国、不尊重老人和怜悯痛苦了吗?我们就会免除哪怕是一种我们的义务吗?如果有朝一日出现了我们与动物有亲缘关系的证据,萨莫色雷斯岛[1]的胜利女神就会失去她的古典美,使她栩栩如生的神奇气息就会不再飘浮在她长裙皱褶里和丰满的胸脯上了吗?《伊利亚特》就不再是一部神圣的诗篇了吗?教育我们说我们曾经是野兽,这难道是要我们重新变成野兽吗?这难道不更是颂扬我们创造了正义和怜悯、科学和理性,劝告我们把人的统治发展到最崇高和最辉煌的程度?

这种有人想使之成为一切暴行的同谋、同时又向最优秀的人担保其权威的进化论,它所教导的即使不是最崇高的美德,也是一种大度的爱情,通过它,宇宙

……以一些更美的形态运动。
终结时认识到自己是一些更纯粹的精神?

1889 年 12 月 7 日

---

[1] 爱琴海上的希腊岛屿,1863年人们在这里发现了胜利女神的雕像。

三

第一部《达达兰》出版至今已有二十多年了。阿尔封斯·都德先生在《小箴言报》上发表了其中的几章。这份卖一个苏的报纸，它的读者读起无聊文章来都很激动，所以根本看不懂这篇优雅的幻想之作。有些人模糊地感觉到作家在嘲笑，就设想是冲他们来的，于是怒火中烧。必须在报刊上写过文章，才能了解那些单纯而粗暴的人敏感到了什么程度。阿尔封斯·都德先生收到了一些信件，有人在信里问他："这说明了什么，白痴？"这是他本人以惯有的优雅魅力告诉别人的。

他还补充说："最不幸的人是保尔·达罗兹，他花了巨额的广告费和绘图费，为一次试验付出了高昂的代价。在出版了十来部连载小说之后，我可怜他，就把《达达兰》给了《费加罗报》。"

维勒梅桑拿走了稿子并发表完毕，但是慢得使人感到有点懒散。这种懒散似乎来自编辑部的一个秘书，他无法容忍阿尔封斯·都德如此轻率地谈论阿尔及利亚。

书里的主人公当时叫作达拉斯贡城的巴尔巴兰。然而阿尔封斯·都德先生在《巴黎的三十年》（1888）里告诉我们："达拉斯贡城恰恰有一个古老的巴尔巴兰家族，他们用印花公文纸威胁我，尽快从这个侮辱性的滑稽故事里拿掉他们家族的名字。我对法庭和诉讼有一种神圣的恐惧，所以同意在已经印出的校样上用达达兰来代替巴尔巴兰,因此需要仔细地逐行清除'巴'字。这本三百页的书里有几个'巴'字难免漏网,所以在第一版里有一些巴尔达兰、达尔巴兰,甚至把'巴苏瓦'也改成'达苏瓦'了。[1]最后书出版了,在书店里卖得很好,尽管乡土气息很浓,并非每个人都能领会。必须是南方人或者相当熟悉他们的人,才能了解达达兰这类人在我们当中是多么常见,以及在使他们燥热和兴奋的达拉斯贡的骄阳下面,头脑里的和想象出来的滑稽事情会夸张起来,以像各种南瓜那样多变的形状和尺寸来畸形地发展。"这本书大受欢迎,有头脑的人为作者报了仇,他们使用的辱骂正是无聊文章的读者们曾经对作者使用过的。

"这部作品,是一个戏弄人的笑话,"都德总是亲切地说道,"在那边,在太阳下面,人们都同样被戏弄。"

戏弄人的笑话有它的魅力和快乐。所有的人都笑了,被逗乐了。只有达拉斯贡城不高兴。可是无论都德对此有什么看法,我相信对于这位动动手指就给它带来名声的嘲弄者,它也只是有点生气罢了。

据说在1878年,达拉斯贡城年轻人中的精英,高兴地乘火车来看世界竞技场博览会。他们来到杰出的雕刻家、

---

[1] 法语的"巴尔巴兰"是Barbarin,"达达兰"是Tartarin,这里说的修改就是把字母B改换成T,结果把"晚安"(Bonsoir)这个词也改成并不存在的Tonsoir了。

达拉斯贡人阿米家里，发誓只有在向都德进行复仇，挽回母亲般的达拉斯贡的名誉之后，才会离开这座野蛮的伟大城市。

这支由好战的蝉组成的队伍扑向巴黎之后，威胁要冲到诗人家里，咬牙切齿地把它毁掉。但是机智的阿米没有把他们要威胁的屋顶指给怒气冲冲的同胞们看，用这个巧妙的办法避免了一场大灾难。有一天这帮人闹哄哄地跑到特罗卡德洛的钟楼上，对着城里虎视眈眈，企图发现叛徒的住宅。机智的阿米这一次又巧妙地转移了达拉斯贡人的怒火，他把他们带到一个咖啡馆里，让他们在小提琴手的乐曲声中喝啤酒，因为此人受到过缪斯的教育，熟悉各民族的风俗，善于平息仇恨和狂怒。今年我在阿让见过他，为他的一尊很美的、逼真地表现火枪手诗人科尔泰特·德·普拉德的雕像揭幕。他向我表示达拉斯贡城原谅了都德，我听了很高兴。

对于这座圣女玛尔特[1]曾用她的蓝腰带捆绑妖魔的城市，都德也没有特别的反感。他选择它只是因为这个名字读起来很响亮。

至于达达兰，都德是在1861至1862年间冬天的一次旅行中，"在阿尔及尔"认识他的。不过这没什么要紧。达达兰不是一幅肖像，而是一个典型。人们说达拉斯贡城

---

[1] 圣女玛尔特，传说中来到普罗旺斯的圣女。

的达达兰,就像说德·拉曼却的堂吉诃德一样。

从第一个达达兰、"特尔人"那里的达达兰开始,这个典型就被创造出来了。巨大的虚荣心,被鲜明的英雄主义的强烈豪情所衬托的一种天真和自然的怯懦,一种善于毫不排斥某种情理的进行幻想的出色能力,一种巨大的、因某种直率(淳朴)而变得可以容忍的自我中心,所有这些幸运的特征都集中在杀狮子的达达兰身上。

阿尔封斯·都德先生把他描绘得十分完美,这是因为他喜欢这个人物!因为他凭自己的想象达拉斯贡化了;因为他如果不是都德的话,他就愿意成为达达兰。不错,都德当然喜欢他、欣赏他,而且要我们也欣赏他。都德是以什么样的笔调来赞扬他的伟大心灵,用什么样的热情来为他的勇气担保!

"我向你们发誓,如果狮子来了,善良的达达兰会接待它,握着来复枪,高举短剑;如果子弹没有打中,他会在肉搏中拼弯刺刀,最后赤膊上阵,用长着双层肌肉的胳膊使怪物窒息,用指甲和牙齿撕烂它,连皮都不吐出来;因为他这个戴鸭舌帽的猎手毕竟是个硬汉,而且是一个风趣的人,他是第一个取笑我的戏弄人的笑话的人!"

第二个达达兰丝毫无损于第一个的声誉,这可不是一桩微不足道的功绩。一个如此干脆地固执到底的人,在新的冒险中决不会停止不前,这是许多技巧和幸运的结果。当不久前都德先生向我们描绘阿尔卑斯山上的达达兰的时候，我们认出了他，他在瑞士登山也和他在沙漠里打猎一样使我们开心。现在迷人的讲故事人又让我们看到了第三个达达兰，我们在他身上愉快地发现了前两个达达兰的影子。他老了，身心都迟钝了，但还是同一个人。只有这一点是令人赞叹的。我勉强有两三个小时用来读这个《达达兰》的最后一部，名为《达拉斯贡港》。这次繁忙之中的阅读尽管仓促，也使我感到开心和放松。读读这个亲切的故事，追随这种犹如一只轻舟在深水上滑行的动人思想，你们会着迷的。那里一切都很明朗，都在欢笑。但是人们几乎不会弄错：这个人的笑主要是由勇气构成的。可爱的勇气，这就是整个都德。他的好脾气像一块面纱那样被扔在一种荒凉的背景上。这一次面纱更薄了，而且到处都掀开了一点。这一次，活泼的戏弄人的笑话有了一些突然出现的忧伤。唉！这是因为滑稽的事情涉及人的时候很快就变得痛苦了。难道堂吉诃德不是有时使你们为之泪下吗？就我来说，我很欣赏某些像无与伦比的《堂吉诃德》或者《天真汉》那样的作品，它们具有一种从容和发笑的忧伤，细看之下就是宽容、怜悯的教材，是善意的《圣经》。我几乎认为达达兰三部曲就有点属于这类作品。

最后一个达达兰的题材本身不无辛酸之处。我说的是《天真汉》。这个达达兰是都德先生版的《天真汉》。这实际上是这块布雷顿港的殖民地的故事，《法庭报》向我们揭露其中的恐怖：几千个移民被一个骗子扔在一个荒僻干燥的海岸上,死于贫困和饥饿。在无畏的达达兰的带领下,达拉斯贡的移民也经历了类似的冒险。有人向他们许诺了一个黄金国,他们疲惫不堪地来到一个岛上,那里不长玉米、小麦、土豆、胡萝卜,什么都不长。没有腐殖土,没有阳光,水太多,一个不透水的地下室,天天下雨,比里昂的雨水还多!有一些卡纳克族人[1]把移民抓去煮熟吃了。归根结底,就像伏尔泰小说里的邦葛罗斯和居内贡一样,有些达拉斯贡人被吃人肉的人俘虏了:他们几乎都死了,最后只剩下开药房的贝祖凯,他受的痛苦是无法弥补的。卡纳克族人给他文了身:他们把他从头到脚刻满了无法去掉的花纹,它们的粗俗下流证实了这些土人的堕落。其他的移民,他们躲过了吃人肉者的烤肉扦,不过他们曾可能被烤,这就已经够他们受的了。

达达兰天真的虚荣心和可怕的轻率开始向我们显示出它们的灾难性。他的无辜使我们前所未有地感动,我们要向他表示同情。

由于还没有多少人读过《达拉斯贡港》这部新颖的作品,我相信引用其中的一页会使读者感到高兴。我引用的是作为殖民地总督的达达兰对黑人国王巴布亚的隆重接待:

> 达达兰熟读航海家们所有的书籍,精通古克、

---

[1] 指新喀里多尼亚和美拉尼西亚的居民。

布甘维尔[1]、恩特雷卡斯托[2]的游记。

他走近国王身边,用自己的鼻子碰碰国王的鼻子。那个土人显得无比惊奇,因为这样的礼节,他们的部落早就不用了。然而国王随他这样做,以为这一定是达拉斯贡人的传统习俗;其他俘虏看到这个礼节也照样做了,连小莉基里基的鼻子、小得还没有猫鼻大,可以说几乎没有鼻子,也非得跟达达兰执行这个礼节不可。

等到彼此都碰过鼻子后,接下来便是和这几个家伙进行语言联系。巴塔耶神父首先用他从那边学来的巴布亚话对他们说话,但因为他说的不是这里的巴布亚话,他们自然一点也听不懂。西塞隆·布朗格巴尔默懂得一点儿类似英语的话,他试试用这种话说,艾克思古尔巴尼埃斯嘀咕几句含糊不清的西班牙语,但都跟别人一样毫无效果。

有人打开了几盒金枪鱼。这一回,土人们明白了,马上向食品罐头奔去,狼吞虎咽,一盒盒金枪鱼空了,被吃得一干二净,盒底朝天,他们的手指流满鱼油。接着又一大口一大口喝着烧酒,

---

[1] 路易·德·布甘维尔(Louis de Bougainville,1729—1811),法国航海家,著有《环游世界旅行记》。
[2] 恩特雷卡斯托骑士(Chevalier d'Entrecasteaux,1737—1793),法国航海家。

内贡科国王似乎格外喜欢烧酒,用沙哑的嗓门唱起歌来,达达兰和其他人都惊呆了。

不管你愿意,不愿意,
他们毅然决定,
从达拉斯贡的小窗口
把他扔进罗讷河。

这首达拉斯贡城的歌曲,由这个下唇突出的、有牲口似的黑牙、相貌奇特而凶恶的土人唱出来,听了使人打嗝。不过,内贡科怎么知道达拉斯贡这首歌呢?

发过一阵呆之后,他们明白过来了。

"法伦多尔"号和"吕西费"号上不幸的乘客们,几个月来和土人做邻居,所以巴布亚人学会了罗讷河两岸的语言;学得不多也不像,但是助以手势,总算能够听懂意思。

而且彼此都听懂了。

向他们打听了一下德·蒙斯公爵,内贡科国王声称,这个白种人,或者是与之相似的人,他这一辈子从来没有听说过。

这样说来,这座海岛未曾出售过了;同样也从来没有订过条约喽。

绝对没有订过条约！……达达兰一点儿也不激动，于是开会讨论，准备订立一个。学识渊博的布朗格巴尔默大力协助，严肃而仔细地拟订了这份文件。他通晓一切法律，使用了许多"鉴于……"，好比水泥一样，十分结实牢固。

内贡科国王出让达拉斯贡港的海岛，条件是一大桶朗姆酒、十斤烟草、两把布雨伞和一打狗项圈。

条约里又追加了一项条款，就是内贡科、他女儿和他那伙人有权居住在海岛西面，那部分地方，绝对不许那头变成野兽的公牛罗曼闯进去，那是殖民地上唯一危险的牲口。

在秘密会议上一切都达成了协议，会议延续了几个小时才结束。

由于达达兰的外交手腕精明，所以无数公顷的单据变得身价十倍，重新成为真实的东西了，本来这些他们是拿不到手的呀。[1]

这部作品具有一种嘲弄的、狡猾的快乐，结束全书并使它处于悲哀之中的，是主人公的死亡。我承认对我来说，这是一次巨大的不幸，因为我热爱他。

他死了，死的时候也醒悟了。他终于发现了自己的错

---

[1] 都德：《达达兰三部曲》，成钰亭、李孟安译，上海译文出版社，1988年，第372—374页。

误。他说:

"现在我看清楚了,好像有人给我动了白内障手术。"

他又悲伤地补充说:

"我啊,你看,我使我们的乡亲很不满意:我太喜欢想入非非了……"

巴斯卡隆是药剂师的学徒和法国南方的诗人,记录着这些最后的话,并以解释和格言的方式进行补充:"在达拉斯贡,我们把一切引人注目、我们想要又得不到的东西称为想入非非。这是梦想家和善于想象的人的精神食粮。达达兰说的是实话:没有人比他更能享受想入非非了。"

说着这些令人难忘的话,达达兰离开了达拉斯贡城,永远不再回来。三个月以后,他在博凯尔去世了。他去世的那天正好发生了一次日食。

他的去世难道不使你们想起堂吉诃德的结局吗?参孙·加尔拉斯果学士和理发师尼古拉斯师傅在他的床头,他对他们说:

"我终于有自由和清新的理智了,摆脱了无知的浓厚阴影。

"祝贺我吧,好心的先生们,我不再是堂吉诃德·德·拉·曼却了,而是被淳朴规矩的风俗称为善人的阿隆索·吉哈诺。"

他的朋友们推测他就要死去的迹象之一,就是他恢复了理智。他们徒然地极力使他恢复他珍视的一切幻觉。

对于恭维他过去的疯狂的话，他回答说：

"去年的鸟窝里今年没有鸟了。我曾经发疯，但是我现在是有理智的。"

他就这样从这一生过渡到了另一生，受到所有认识他的人的怀念，因为他总是脾气温和，讨人喜欢。

达达兰也是如此，尽管心态不那么崇高，灵魂不那么大度，却也是一个讨人喜欢和好脾气的同伴。我悲痛地获悉他离开了这个充满假象和虚荣的世界，他从来只使自己依附于假象中的假象和虚荣中的虚荣，所以他是一个像其他人一样的人。

1890 年 11 月 9 日

四　阿尔封斯·都德之死

在插着棕榈枝和玫瑰的灵床上，在经历了十五年的折磨之后，他恢复了他牧人般的美，他那神奇的牧人面容。他让朋友们看到的是他们将永远看到的那个样子，迷人而又年轻。

阿尔封斯·都德生在尼姆这个充满了古代的圆柱、花园和阳光的庄严城市里。他在"桑树、橄榄树和葡萄园的田野"之间，在"这些辽阔平原的忧伤的宁静"中长大，呼吸着"被密史脱拉风[1]吹打的"空气。他热爱"村里广场上树叶茂盛的梧桐，大路上白色的灰尘；骄阳下丘陵上的薰衣草"。他在这块类似希腊的芬芳的土地上感受着美妙的生活。他是一个热情而带有讽刺意味的孩子，是一个小小的农牧神。

但是他的父母和黄金时代的人一样，在森林里生活得一点也不幸福。都德家族和雷诺家族——他父系和母系的祖先，早就在朗格多克定居，在那里做批发商和厂主。两家人都很虔诚，都是保皇分子，为尼姆教区提供过一些教士。阿尔封斯是四个孩子当中最小的，在他很小的时候，父亲丝绸厂的生意就逐渐败落而濒于破产。于是这个小农牧神尝到了贫困的滋味，城里的悲惨的贫困。贫困是逐渐降临在全家迁居到里昂后的阴郁的街道上的。这个富于魅力和精神追求的人，这个耽于声色之乐的灵魂，经受了严峻的考验和贫穷不断造成的损害。他艰辛备尝却全身而退，他是块金刚石。

16岁那年，他在阿莱斯中学里当学监。他年轻、热情，喜欢梦想，留着古罗马牧人的长发，显得太漂亮、太纤弱、太优雅、太独特了，以至于不能不引起庸人的憎恨。在这个小城的中学里，他遭受塞文山脉年轻的山民们的粗暴对待、教师们的阴险奸诈、资产者家庭的轻视。在他看来，所有的

---

[1] 法国南部及地中海上刮的干寒而强烈的西北风或北风。

人都像这个把缪斯的夜莺关进一只箱子的、侮辱人的老师：

> 孩子命定是歌手、诗人，
> 他要戴上花冠，待夏季来临
> 悲歌的常春藤或高贵的月桂叶，
> 犹如科马塔年轻的牧羊人。

然而不要以为这个痛苦的孩子是一个软弱的战败者。这个小城的学监富有魅力，早晚会出人头地。他具有坚强的个性和意志。这是弗罗里昂[1]，不再是年轻的侍从，而是16岁的学监，破褂子下面是唱牧歌的牧人和龙骑兵上尉，小天使和拉甫勒斯[2]——如果能设想一个既不背信弃义又不凶恶的拉甫勒斯的话。在这段最初的时光里，都德就是弗罗里昂。我说这些不是为了勉强赞美这个充满热情的、他的具有母亲般心灵的哥哥既钦佩又害怕的年轻人。读读《一个西班牙青年的奇遇》，再重新读读《小东西》。你们会看到这两个南方的法国人，弗罗里昂和都德，在进入青春期之前，是否很像一家人，有着同样钟情和好斗的样子，都像小公鸡。还用得着说吗？他们的相似之处马上就消失

---

[1] 让-皮埃尔·弗罗里昂（Jean-Pierre Claris de Florian，1755—1794），法国作家，法兰西学院院士。
[2] 英国小说家塞缪尔·理查逊（Samuel Richardson，1689—1761）的小说《克拉丽莎》中的人物。

不见了，因为20岁的阿尔封斯·都德已经是一个与埃斯泰乐的情人完全不同的形象了。都德焕发出青春的光彩，不是在写作他最初的故事《小东西》《公墓里的夜莺》《到处宣扬的爱情》，他最初的诗歌，他不朽的《樱桃》的时候，而是在他燃烧着早熟的热情、沉溺于享乐和危险之中的时候。他身上有一种大胆冒险的本质。在另一个时代里，这个完美的文人可能会像一个火枪手那样生活和死去。不过我们要指出，他很小的时候就有了分身的才能，能够注视自己、观察自己、判断自己，有时甚至嘲笑自己、滑稽地模仿自己。他也有神秘的天赋，这是诗人不可救药的缺点。他必须不断地表露他那总是充实的心灵，必须说话、歌唱、写作。为此在他十八岁的时候，他的哥哥，善良的哥哥把他从里昂叫到巴黎去了。

从"参议院旅馆"的小房间，到背向圣日耳曼-德普雷的钟楼的老房子的阁楼，在这些他以一种天真的魅力叙述过的艰苦而抱着希望的年头里，他非常贫困，也不知所措。在奥德翁剧院周围，他起先遇到一些弱者和庸人，一些恶人，他绝不能像他们一样。他敏感而坚定，随和而勤奋，他找到了他的兴趣所在并锲而不舍。他给维勒梅桑的老《费加罗报》的故事，开始了他在文学上的好运。在一种艰难、暴露和散漫的生活里，隐居的习惯拯救了他。他像一个教士那样退省，从放荡不羁的生活突然转入了隐士的生活。三个月、四个月、六个月，他把自己关在村里的一个房间里，或者在这个他使之不朽的蒙托邦磨坊里,或者在这个他像莫泊桑那样驾着小船划桨靠近的麻雀岛上。在这些孤独的隐居地,他撰写着这些以自然的灵感显示出丰富技巧和深思熟虑的作品。

在写作过程中,他感受到一种痛苦的然而是独一无二的快乐。他说过这一点,应该相信他,因为他才华非凡却很天真。他还用一颗白色的鹅卵石记录了"这些令人痛苦的"、他说是"一生中最美好的时刻"。

他曾经是一个为表达和感受而生的神童。如果他没有体验到一切禀性良好的心灵都有的天生的不满,感受到一切卓越的头脑里的不安乃至焦虑的话,写作本来对他来说是太容易了。他一直不相信他有北方奥依语[1]抒情诗人的才能。词语是属于他的。他没有说南方行吟诗人,也许是因为他根本没有像他的朋友,既是抒情诗人又是行吟诗人的保尔·阿莱纳那样,用奥克语写作。阿尔封斯·都德完全是个抒情诗人,他大量地发现,永远在发现,但是也需要隐秘和深刻的写作。他长时间地思考着他的观念,并且逐渐加以发挥。他最初的叙事(所有的人,他自己都在我之前指出了这一点)包含着他后来发表的重要作品的梗概。在罗贝尔·埃尔蒙身上有着《富豪》这个动人的场面,它令人想起圣西门,以及莫拉公爵之死。都德的杰作像植物

---

[1] 奥依语,是罗曼语族的一支,源自法国卢瓦尔河以北和部分比利时地区。编注。

那样生长。从萌芽中缓慢但可靠地长出树干、树枝、树叶和花朵。

我认识阿尔封斯·都德是在他出名和经受痛苦之前。我不相信曾经有过任何人对大自然和艺术的爱比他爱得更为热烈和宽容,以更多的欢乐、力量和柔情来享受世界。只要看到这颗光明的灵魂在他活泼而躁动的肉体里玩耍,就能明白在去世前不久,在经受了十五年的痛苦之后,他低声说出的这句话的意思:"我正是因为太热爱生活而受到了惩罚。"

莫里斯·巴雷斯说过,泰纳到处寻找英俊、年轻和健康的人——为了欣赏他们,而他在第二帝国的最后几年没有见过都德!至少可亲的西奥多·庞维勒[1]把下面这幅小肖像写进了他的《巴黎人的浮雕》:

> 美妙迷人的头颅;琥珀色的皮肤具有一种热情的苍白;眉毛笔直,如丝一般;隐没的目光充满激情,既湿润又热烈,消失在梦幻之中,它并不看,但看过来时却令人愉快;肉感的嘴巴似在沉思,因充血而成了紫红色;温和的、孩子般的胡子;满头褐发;优雅的小耳朵:尽管具有女性的魅力,却自豪地构成了一个男性的整体。

---

[1] 西奥多·庞维勒(Théodore de Banville,1823—1891),法国诗人,帕尔纳斯派的先驱。

都德是在1873年，从发表《小弗莱蒙与大黎斯内》开始成名的。不过若干年以来他已经不再在塞纳河或罗讷河的荒僻隐居地里写他的作品了。他在自己家里，在他所说的这个女人身边找到了愉快的安宁，幸运的平静：

> 她本人是个多么出色的艺术家，在我所写的一切里参与得那么多！没有一页她没有校对和修改，没有洒上一点她那天蓝色的和金色的香粉。

阿尔封斯·都德的夫人朱丽娅·阿拉尔，被这句证词与她丈夫的写作联系在一起。她的一些质量上乘的诗句和与诗句同样珍贵的散文，表明她是个富于独创性的艺术家，具有一种非常独特的敏感性。

在这种温柔、强烈和令人愉快的影响下，在这个勤奋和迷人的隐蔽处，阿尔封斯·都德满怀激情地写出了他思考很久的杰出作品：《小弗莱蒙与大黎斯内》《雅克》《富豪》《国王蒙尘》《努马·卢梅斯当》《萨福》《福音传教士》《不朽者》，风俗小说，历史研究，艺术和真实的作品……一种安排得当、结构和谐的图画，但是其中所有的人物形象都是根据真人来描绘的。

根据真人来描绘，这是阿尔封斯·都德的唯一方法。他作为艺术家的全部努力，他的一切意愿、全部精力，都倾向于捕捉和表达这种实物,也就是他如此热爱的人类。他那像泰奥菲尔·戈蒂埃的眼睛一样的近视眼,以完全可靠的精确性接受着各种形态和色彩,并且全部保留下来。从尼姆的小农牧神开始,他就保留着一种几乎是野蛮的、感知一切千变万化的声音和气味的能力。他的日益增长、令人惊愕和产生幻觉的理解力,不断探索着灵魂的奥秘。他把所看到和听到的具有特色的东西,都记录在人们大加议论的笔记本上,他自己也这样解释过:

> 根据真人来描绘!我从未用过其他的写作方法。正如画家们仔细地保存的草稿画册一样,其中有一些轮廓、姿态、速写、手臂的动作都被当场记录下来,三十年来我积累了许多小笔记本,上面写着的批注、想法往往只有密密的一行,但是可以使我想起一个姿势、一种声调,以后为了重要作品的和谐可以对它们进行发挥和放大。在巴黎,在旅途中,在乡下,我在这些本子上不加思考地涂写,甚至没有想到积累起来用于将来的写作……

令人惊奇的是这样一个如此准确、如此可靠、极为强调写实的观察者却毫不残酷,没有任何苦涩,从来不阴郁到悲惨的程度。这是因为他热爱人类,所以他对他们当然是宽容的。他说:"我学会了热爱人民,包括他们的罪恶、贫困和无知。"他在历史小说里根据名人勾勒的肖像，被他用愉快的方式加以处理，流露出一种本能的善意。我把《努马·卢梅斯当》和《国王蒙尘》称为历史小说。其中的情节比所有的历史故事都更好地为我们揭示了当代的习俗，正如特里马西庸的命运比塔西佗更能告诉我们尼禄时代罗马人的情况一样：

> 莫拉公爵的死亡和葬礼（我引用欧内斯特·都德[1]的文章），突尼斯太守对富豪城堡的拜访，费利西亚·吕伊的工场，莱维斯的事务所，为死者举行的祷告夜，在家乡城市的旅行，努马·卢梅斯当，部长，这就是从最好的意义上来理解的历史。不是由现象构成的官方的历史，而是这种由有助于理解这些现象的激情、欲望、渴望、憧憬构成的历史。

在阿尔封斯·都德身上有圣西门和米什莱[2]的影子。这个讨厌恐怖和政治的风雅人物，在我们所有的小说家当中，也许最了解国家的琐碎机密以及热衷于公共事务者的内心感受、最准确地衡量官方荣誉的卑劣的人。他不是乐于羞辱傲慢的人，他对任何人都没有恶意。但是他提高卑贱者

---

[1] 都德的哥哥，法国历史学家。
[2] 于勒·米什莱（Jules Michelet, 1798—1874），法国历史学家，著有《法国史》和《法国大革命史》等。

的地位,颂扬弱者,热爱小人物。他热情的灵魂充满了怜悯。他的作品流露出来的宽恕和慈悲的平和语调,对于愚昧的人群来说犹如一部温馨而美妙的福音。他令人感动:他是属于人民的。也许他还得意地显得哀婉动人,那也是毫不费力的,因为他有催人泪下的天赋。

他有催人泪下和引人发笑的天赋。他的笑声有点乐感,十分轻柔,像年轻的林神在树林里嘲笑的笛声。我还没有提到他创作的一部作品,一部他很年轻时就构思,直到他一生悲痛地结束时才努力完成的作品:《达拉斯贡城的达达兰》,三个达达兰。他由此塑造了我们的堂吉诃德,或者差不多是如此。在达达兰三部曲里,他也许放进了最多的天才和仁慈,也最有独创性。像卡冈都亚一样,达达兰是一个民间的典型,所有的人都知道他,熟悉他。他雅俗共赏,生来就是为了给世界带来快乐。这种巨大的快乐被描写得多么纯洁!毫无残酷,没有任何东西使人想到北方的尖刻讽刺;这是动人的"戏弄人的笑话",在黑暗的松树下、在蔚蓝的天空里的一声嘲弄的鸟鸣,一种轻快的东西,一种神奇的东西。

这部成功的、有益的作品的最后几页,具有一种如此坦率的快乐。阿尔封斯·都德在写作它们的时候,一种棘手而难忍的疾病已开始摧毁他,像一把看不见的锤子在敲打,这是大自然从未有过的最精密的神经仪器之一。他曾经完美地适于感受快乐和痛苦的身体,经受了十五年连续不断的非人折磨。他始终把全部痛苦留给自己，唯恐讨厌的呻吟会把病情泄露给只有少数靠近他身边的朋友，他们也只是从他忽然变得衰弱和苍白的笑容、中断的手势和临终的冷汗中才了解他的苦难。

我可能会冒犯他们神圣的哀思，在这里谈谈无比关怀地围绕在病人身边的一个令人钦佩的女人，一个迷人的、还是个孩子的女儿，两个出色的儿子——弟弟倾向于艺术，哥哥是著名的青年作家。这位可亲和珍贵的人的生命，就在他们的注视下一点一点地消失了。我不说了，但是谁不动感情地想到，其中的一个学习和实践医学的儿子，作为生理学家宣告了他以人子之情守护、支持、拥抱的病人的不治之症？

在肌体毁灭，不断走向死亡的过程中，阿尔封斯·都德保存着、掌握着人生最崇高的财富——热爱和赞美的能力，工作的兴趣，对完成的任务的满足，也就是快乐，一种英勇的快乐。他还有对生活的兴趣，担心的不是无形地站在他旁边的死神，而只是他理智的混乱和迷失。他避免了这种灾难，把他全部敏锐和清晰的判断力、他令人钦佩的头脑和语言流畅的天赋保持到最后一息。在去世前的几个小时，他还以头脑里集中的全部才华写作或口授，我知道他还给朋友们寄去了显示一种永远善意的思想的证据。

我们再也看不到他亲切的面容了，听不到他生动地伴随着模仿得非常巧妙的手势的悦耳声音了。阿尔封斯·都德走了,在这个世界上留下了一大堆栩栩如生的人物形象:达尔让东,里瓦尔医生,黎斯内,西多妮,德洛贝尔,努马·卢梅斯当,蓬巴尔,埃里塞·梅罗特,莫拉公爵,托姆·莱维斯,蒙帕冯,以及这个人们会以为是出自一种民间传说或民族传奇的善良的巨人——达拉斯贡城的达达兰。

1898 年 1 月 1 日

诺贝尔文学奖授奖辞

瑞典学院常任秘书
E.A.卡尔菲尔特

阿纳托尔·法朗士在1881年发表了他奇特的小说《希尔维斯特·波纳尔的罪行》，引起了法国文学界乃至文明世界的注意，那时他已经不是一个年轻人了。在此之前他有许多年并不引人注目，然而在这段逐渐成长的时期里，他在文学方面做出了非凡的努力，他以自己的才智、思想和体验所写成的作品，虽然不太有力，却是篇幅得当、富有生气。他并不过分渴望成名，在他的一生中雄心似乎只起着微不足道的作用。确实，他说过自己在七岁时就想成名，善良虔诚的母亲讲给他听的圣徒传说，激励着他想到沙漠里定居，做一个隐士，像圣安东尼和圣热罗姆那样荣耀。他的沙漠就是"植物园"，那里的棚舍和笼子里生活着许多野兽，天父似乎伸出双臂，给园里的羚羊、瞪羚和鸽子以天堂的祝福。他的母亲对这种虚荣心非常担忧，然而丈夫安慰她说："亲爱的，你会看到他20岁时就讨厌名声了。"他的父亲没有看错，法朗士说过："从前我没有名声,也根本不想让我的名字刻在人们的记忆里,但是我像伊弗托德国王一样活得很好。至于想成为一个隐士的梦想,每当我认为我过的生活毫不快乐时,都要把它重温一下,换句话说,我每天都在重温这个梦想。而大自然则每天都抓住我的耳朵,带我去体验我们卑微生活中所产生的乐趣。"15岁时,年轻的阿纳托尔·法朗士把他的第一篇作品《法兰西王后圣拉德贡德的传说》题献给他的父亲和他挚爱的母亲。这篇作品没有保存下来,但是甚至在很久以后,他对圣人的信仰已经消失的时候,还仍然能以染着金色光环的笔来写他们的传说。

阿纳托尔·法朗士的名字似乎首先是作为诗歌明星闪耀在当时明亮的星空之中。在他的有资格的父亲所开的旧书店里,他很快就对知识产生渴望,流连在旧书的高贵尘埃之中。在这个书店里,"法国的武器"这块骄傲的招牌启发了父子俩对这个文学名称的兴趣,收藏家和珍本爱好者也来查寻新到的珍本,议论着作者和版本。年轻的阿纳托尔总是仔细倾听,在这种神秘的博学气氛中受到了启蒙,并把它视为宁静生活中最大的乐趣。我们只要看看瓜纳尔长老和他在《鹅掌女王烤肉店》里焕发的光彩就够了。为了换取在世上快乐地生活所需要的衣食,他在店里给年轻的烤肉扦上课,淋漓尽致地发挥他充满智慧、讽刺和基督教信仰的口才。我们看到他走进书店,用刚刚来自经典版本之国荷兰的书籍为他的心灵获得免费的满足。还有贝日莱先生，他厌烦乏味的家庭，来到书店和聚在书架旁边的朋友们谈天，以此度过他一天中最美好的时光。阿纳托尔·法朗士属于书店和书痴式的诗人。他的想象力在珍本收藏家的幻觉中任意驰骋。例如他曾赞美达斯塔拉克的绝妙的、规模巨大的馆藏图书和手稿，这位尊贵的神学家曾在其中寻找证实他的迷信的依据。"我从未像现在这样渴望，"瓜纳尔在他的冒险生涯结束时说道，"想坐在某个令人敬仰的藏书室的一张桌子面前，那里静静地堆放着许多精选的书籍。与人类相比，我宁愿和它们待在一起。我经历过各种生活方式，认为最好的方式就是自己专心读书，平静地承受生活的沧桑，并且以数百年来历代帝国的景象，来弥补我们生命的短促。"喜爱富有才华的著作，是阿纳托尔·法朗士个人信仰的一个基本特征。正如他的长老一样，他宁愿从知识和思想的象牙之塔的顶端，对准最遥远的时代和国家凝视。他过去为信仰而献身，他的讽刺现在仍富有活力。

然而尽管我们的存在是脆弱的，但是美依然无处不在，而作家则赋予它具体的形式和风格。阿纳托尔·法朗士的博学和深思，使他的作品具有一种非凡的庄重，同样重要的是他为完善自己的风格而付出的辛勤努力。他塑造的语言是最高贵的语言之一。法语是拉丁母语得天独厚的女儿，曾被最杰出的大师们所运用。庄重也好，欢乐也好，它都拥有宁静和魅力、力量和旋律。法朗士在许多地方都宣称它是地球上最美的语言,像对一个钟爱的女人那样,对它使用了许多最温柔的形容词。然而作为古人的一位真正的子孙,他希望它朴实单纯。他是一位艺术家,无疑是最杰出的艺术家之一,然而他的艺术立志于捍卫他的语言,使其通过严格的净化变得纯朴,同时尽可能富于表现力。当代欧洲流行着有害于语言净化的肤浅的艺术爱好,而他的作品则是在艺术如何使用真正的源泉方面的富有教育意义的典范。他的语言是古典的法语,是费纳隆和伏尔泰的法语,当然他也为美化它做出了新的贡献,赋予它一种轻微的古代痕迹,使之巧妙地适合他的往往是取自古代的主题。他的法语是如此明晰,以至人们总是联想起他那句关于利利特的女儿蕾拉———一位从他的想象中冒出来的鲜明而脆弱的人物——的话:"如果水晶会开口,它也会以这样的方式说话。"

阿纳托尔·法朗士的名字由于他的作品而获得了世界性的声誉。他虽然不想出名,却也无法避免。现在我们自己乐于对其中的作品进行回顾。这样一来我们常常会碰到法朗士本人,因为他不像大多数作家那样愿意躲在自己的词句后面。

他是一位公认的讲故事大师,以此创造了一种纯属个人的体裁,博学、富于想象和清澈迷人的风格,以及为了产生神奇效果而深刻地融合在一起的讽刺和激情。谁能忘记他的巴尔塔扎尔?这位埃塞俄比亚的黑人国王,去拜访美丽的女王巴吉丝，并且立即赢得了她的爱情。然而轻浮的女王不久就忘了他另结新欢，巴尔塔扎尔的身心受到严重的创伤，他回国后埋头研究预言家的最高智慧和天文学。突然一道令人吃惊和美妙的光芒照射到他由情欲引起的极度忧郁之上，巴尔塔扎尔发现了一颗新星，这颗星在高高的天空对他说话，在它放射的光芒中他和两位邻国的国王结交了。巴吉丝不能再迷住他，他的灵魂摆脱了肉欲，他同意追随这颗星星。正是这颗会说话的星星把三博士引导到耶路撒冷的马槽。

法朗士以古典大师之手，又一次在我们眼前打开了一个充满无价之宝的珍珠母贝。我们在其中发现了这个略具讽刺意味，然而最有魅力的传说。有塞勒斯坦和达米耶，老隐士和年轻的农牧神。他们齐唱复活节的颂歌。一个赞美基督的复活，另一个颂扬旭日的东升。他们的崇拜纯洁虔诚、息息相通，最后在历史学家敏锐的眼里同归于一个神圣的坟墓。这个故事告诉我们，法朗士热衷的领域介于异教和基督教之间，这里的黄昏混合着黎明，森林之神遇见了使徒，神圣的和渎神的动物一起漫步，丰富的素材使他所有微妙的幻想、沉思和诙谐的讽刺有了用武之地。我们往往不知道这是幻想还是现实。

关于圣奥利弗里和利伯莱特、欧弗西纳和斯科拉斯蒂卡的传说，受到称赞的是它们浪漫的高雅。这些篇章取自圣徒的编年史，或许是文学的仿作，但是由于法朗士的才华和灵感而写得出神入化。

法朗士又把我们带到锡耶纳城外的地坑,在春天的黎明时分,一个漂亮的卡迈尔教派修士在讲述阿西西的圣方济各及其心灵的女儿圣克莱尔,以及侍奉朱庇特、农神和耶稣这三个不同神圣的森林之神的故事。这是一个毫无启发性的,但是被法朗士以最精美的文笔重新改写的深奥传说。

在他著名的小说《苔依丝》(1890)里,他热情地深入了亚历山大城的世界,当时希腊文明软弱的幸存者,正经受着基督教的鞭笞和折磨。怀疑主义和肉欲在这里达到了顶点,神秘和唯美主义的纵酒作乐比比皆是,化为人形的天使和魔鬼在教会的以神父为核心的希腊主义哲学家们的周围恫吓,在他们上面争夺着人的灵魂。这个故事充满了那个时代的道德上的虚无主义,但是包含着优美的段落,例如孤独的沙漠中隐居者们在圆柱上传道,或者在木乃伊坟墓中做噩梦,都是很精彩的描写。

无论如何,我们都应该把《鹅掌女王烤肉店》(1893)视为阿纳托尔·法朗士的第一流小说。他在书里刻画了一群真实地面对生活的人物,在他们五彩缤纷的世界里,他们是法朗士智慧正统的或自然的子孙。瓜纳尔长老是如此生动,以至我们可以把他作为一个真实的人物来研究。只有触及他的隐私,他才显示出他全部的复杂性。别人也许和我会有同感,一开始我不大同情这个笨家伙,这个多嘴的长老和神学博士,他不大关心自己的尊严,有时甚至偷窃或犯其他同样可耻的罪行，而且还厚着脸皮为自己辩护。然而他的形象在被人熟悉之后便有所好转，于是我学着去喜欢他。他不仅是一个杰出的诡辩家，而且是一个极其有趣的人物，他的嘲讽不但针对别人，同样也针对他自己。这里深刻的幽默在于他高尚的见解和卑劣生活的对照，我们应该用他创造的宽容微笑来看待他。瓜纳尔是当代文学中最引人注目的形象之一。他是拉伯雷的葡萄园里一棵新的茁壮植物。

一个使人一看就觉得滑稽和可爱的人物是犹太神学家达斯塔拉克。他博学的神秘主义显然应该是18世纪小说里的方式。然而这个魔术师是一个特殊的有灵气的人，他摆脱了世俗的羁绊，在由蝾螈和女精灵组成的温柔而又有益的天地里自得其乐。为了证明这些生物的才华，达斯塔拉克说有一次一个女经理曾迫使一位法国学者送信给当时正在斯德哥尔摩向克里斯蒂娜女王讲授哲学的笛卡尔。阿纳托尔·法朗士也许是迷信不共戴天的敌人，然而他应该感激这种迷信赋予他作品的一切愉快的联想。

长老的学生、年轻的烤肉扦以令人赞叹的纯朴的虔诚语调叙述了所有这些动荡的事件。当他可敬的、不顾一切的老师在最后一刻受到坏人的袭击，忠于作为一个自己从不讳言的基督徒圣洁地死去之后，这个学生用拉丁文撰写了一段巧妙颂扬长老的智慧和品德的文字。作者自己在以后的作品中，也为他的主人公写了一篇赞语，说它是伊壁鸠鲁和圣方济各的结合，是个温和地藐视人类的人，并谈到了他善意的讽刺和宽容的怀疑主义。除了宗教方面，这种特征完全适用于阿纳托尔·法朗士本人。

现在让我们无忧无虑地伴随他到伊壁鸠鲁的花园里做哲学的漫步吧。他会教我们谦逊。他会对我们说：世界极其广大而人极其渺小。你们在想象什么？我们的理想是发光的阴影，然而只有在阴影后面我们才能发现真正的快乐。他会说人类的平庸随处可见，但是它不会把自己排除在外。我们也许责备他在某些作品里过多地描写了声色之乐和享乐主义的感想，例如他对佛罗伦萨的红百合标志的描写就不是出于严肃的思考。他会以与他精神之父的格言相符的话回答说，心灵的快乐远远超过肉体的快乐，而安宁平静的灵魂则是智者驾驶船只躲避感官生活风暴的港湾。我们要倾听他对时间所表示的愿望，它剥夺我们的东西是如此之多，却可以让我们怜悯自己的同类，这样在年老时我们才不会发现自己像是被关进了一座坟墓。

阿纳托尔·法朗士沿着这种倾向离开了他审美的隐居生活、他的"象牙之塔"，使自己投身于当时的社会斗争之中，像伏尔泰一样为自己被曲解的爱国主义、为恢复被迫害的人的权利而大声疾呼。他来到工人之中，设法在阶级之间和民族之间进行调解。他的晚年病危成为一个限制他的坟墓，最后的时刻对于他是美好的。在美惠三女神的宫廷里度过了许多年阳光灿烂的生活以后，他还是抛弃了多彩愉快的学习生涯而投身于理想主义的奋斗,在晚年去反对社会的堕落、物质主义和金钱的影响。他在这方面的活动并未直接引起我们的关注,但是对于在其高尚情操的背景下确定他的文学形象却大有裨益。他不是一个野心勃勃的人。他关于圣女贞德的作品争议颇多,他为写这本书付出了巨大的心血,企图揭开这位受神启示的法国女英雄的神秘面纱,恢复她的本性和真实的生活,这在准备使她成为圣女的时代里是一件吃力不讨好的事情。

《诸神渴了》是描写法国大革命进程的杰作,这场被认为是为理想而斗争的革命,反映了人浸在血泊之中的无足轻重的命运。无论如何,我们不要认为法朗士是想把它表现为最后的清算。要清晰地描绘人类走向宽容和人道的进程,一个世纪既遥远又太短暂了。有多少事件证实了他的预言!这本书出版后几年,便发生了巨大的灾难。现在为蝾螈们的游戏准备了多么漂亮的舞台!战争的硝烟仍然在地球上弥漫,烟雾之外则涌现了地球上邪恶的神灵。它们是复合的死人?阴郁的先知们做了一次新的预言。一股迷信的浪潮威胁要淹没文明的废墟。阿纳托尔·法朗士掌握着微妙而辛辣的武器,把这些幽灵和假圣徒打得狼狈逃窜。对于我们这个时代,信仰是武器必需的——然而得是一种经过健康的怀疑、明晰的精神所净化的信仰,即一种新的人道主义,一种新的文艺复兴,一种新的宗教改革。

像文明世界的其他地方一样,瑞典不能忘记应归功于法国文明的地方。在形式上我们受到法国古典主义这颗成熟而美妙的古代果实的丰富滋养。没有它我们会是什么样子?这是我们今天应该扪心自问的。阿纳托尔·法朗士是当代这种文明的最权威的代表,是最后一位杰出的古典主义者。他甚至被视为最后一个"欧洲人"。确实,沙文主义是最罪恶和最愚蠢的意识形态,它企图用惨遭破坏的废墟建起新的围墙,阻止自由知识分子跨越民族进行交流。在这样的时代里,他明朗动听的声音比别人更为响亮,正在告诫人们要懂得他们彼此需要。这个机智、卓越、宽宏大量和无所畏惧的骑士,是文明向野蛮发动的崇高和不停息的战争中最优秀的斗士。他是高乃依和拉辛创造英雄的光辉时代里的一位法国统帅。

今天,在我们古老的日耳曼祖国,当我们把这个世界性的文学奖颁发给这位法国大师,真和美的忠实仆人,人道主义的继承者,拉伯雷、蒙田、伏尔泰、勒南的后裔的时候,我们想起了他有一次在勒南雕像下所说的话,这句话表明了他的全部信仰:"人类在缓慢但必然地实现着智者的梦想。"

阿纳托尔·法朗士先生——您继承了法兰西语言这种令人赞赏的工具,这是一个高尚和典雅的民族的语言,因您而增添光彩的著名法兰西学院尊敬地捍卫着它,使它保持令人羡慕的纯洁环境。您拥有这种明晰锐利的出色工具,它在您的手中获得了闪耀着光彩的美。您曾出色地运用它创造出在风格和精致方面都是真正法国式的杰作。然而使我们陶醉的不仅是您的艺术,我们同样尊敬您的创作天才,并且为您作品中许多高贵的篇章显示出来的宽容和怜悯之心所倾倒。

诺贝尔文学奖获奖演说

阿纳托尔·法朗士

我曾期待着在我生命的晚年,来拜访你们美丽的、有着勇敢的男人和漂亮的女人的国家。我怀着感激之情接受表彰我文学生涯的诺贝尔文学奖。我把接受由一位情操高尚的人所设立,并经过如此公正和有资格的评审后颁发给我的文学奖视为无与伦比的荣誉。我曾作为法兰西学院成员应邀提供关于诺贝尔文学奖的意见,并有几次愉快地符合了你们的选择。一个巧合的例子是梅特林克,他把才华横溢的风格和极为独特的思想结合在一起;另一个同样巧合的例子是罗曼·罗兰,你们承认他是一个热爱正义与和平的人,他曾为了成为一个善良的人而宁愿默默无闻。

现在我若是谈论挪威议会颁发的诺贝尔和平奖,或许是超出了我的能力范围。尽管如此,如果要我说的话,我认为挪威议会的选择是值得赞赏的。我也许可以说,在我看来,你们是把布朗廷誉为一个富有正义感的、充满热情的政治家,人民就希望由这样的人来指引自己的命运!战争中最可怕的事情是一个和约引起的,它不是一个和约,而是战争的延续。除非在这个外交使节委员会里有了普通的常识,否则欧洲将会毁灭。即使我们没有充分的理由希望在欧洲各国之间实现团结与和睦,我至少还要相信,先生们,在诸位这样勇敢、正直和忠诚的人的影响之下,形势或许会有所好转。

(1921年12月10日)

法朗士年表

1844 年　4月16日早晨7点钟,阿纳托尔-弗朗索瓦·蒂波,即后来的阿纳托尔·法朗士,诞生于巴黎塞纳河畔马拉盖路19号。他的父亲弗朗索瓦-诺埃尔·蒂波是旧书商,母亲名叫安托瓦内特·加拉。

1853—1855 年　在圣母马利亚小学读书。

1855—1862 年　在斯塔尼斯拉斯中学读书。1859年他的作文《法兰西王后圣拉德贡德的传说》获奖。

1864 年　11月5日,中学毕业。

1866 年　1月11日,谋求参议院图书馆职务未成。
3月2日,《当代帕尔纳斯》第一册由阿尔封斯·勒迈尔出版。
6月,父亲患病,出售书店。

1867 年　进入帕尔纳斯派的活动中心勒迈尔出版社,结识勒孔特·德·李勒等帕尔纳斯派诗人。3月，发表《圣女苔依丝的传说》。

1868年　6月14日，参加人道主义者夏尔·路易·沙森的和平主义协会。

6月，发表第一篇文学评论《阿尔弗雷德·德·维尼》。

1869年　成为勒迈尔出版社的审读员。为《巴黎之风》撰稿。

1870年　1月7日，发表一首歌颂拿破仑三世的诗歌。普法战争期间待在巴黎。

10月，被动员加入国民自卫军。

1871年　1月4日，被征兵体格检查委员会除名。

3月18日，魏尔伦等帕尔纳斯派诗人对巴黎公社表示同情，法朗士没有表态。

5月5日，持假护照离开巴黎。

6月，重返勒迈尔出版社。

《当代帕尔纳斯》第二册于年底出版，其中有法朗士的两首诗。

1873年　4月，出版《金色诗篇》。

1874年　在勒迈尔出版社主持出版拉辛等经典作家的作品。

1875年　7月，与庞维勒和科佩等主持出版《当代帕尔纳斯》第三册，他删去了马拉美和魏尔伦等人的诗篇。

1876 年　发表三幕诗体悲剧《科林斯人的婚礼》。
　　　　8月3日，任参议院图书馆督察员。

1877 年　4月28日，娶细密画家让·盖兰的外孙女、20岁的玛丽-瓦莱丽娅·盖兰为妻。

1878 年　10月，在《时代报》上匿名发表《若加斯特》，并答应由勒迈尔出版。但他又与卡尔芒-雷维签订了出版合同。作为弥补，他与勒迈尔签订了写作《法国史》的合同。

1879 年　1月，《若加斯特和瘦猫》由卡尔芒-雷维出版，法朗士以后的作品大多由他出版。

1881 年　3月1日，女儿苏珊出生。
　　　　4月，《希尔维斯特·波纳尔的罪行》由卡尔芒-雷维出版，获法兰西学院小说大奖。
　　　　7月1日，任夏拉韦出版社文学主编。
　　　　8月，勒迈尔通过法庭向法朗士索取《法国史》手稿。

1882 年　2月，勒迈尔收到《法国史》手稿后拖延出版。
　　　　4月，《让·塞尔维安的愿望》由勒迈尔出版。
　　　　12月11日，受到参议院总务主任佩里西埃将军的斥责。

1883 年　2月，童话《阿贝依》由夏拉韦出版。

受到历史学家勒南的接待，开始出入奥贝侬、卢瓦娜和卡娅菲等贵妇人的沙龙。

1884年　1月27日，《科林斯人的婚礼》在"知心艺术俱乐部"上演（仅演一次）。

12月31日，获法国五级荣誉勋位。

1885年　3月16日，发表《友人之书》。

7月，主办《文学与艺术》杂志。

1886年　3月21日，离开《文学与艺术》，在《时代报》上开设评论专栏。

7月，发表《我们的孩子》。

1887年　1月16日，在《时代报》上开设专栏，取名为《文学生活》。

8月28日，猛烈抨击左拉的《土地》。

1888年　会见布朗热将军，被认为是布朗热主义者。

初夏，与卡娅菲夫人关系密切，开始写作《苔依丝》。

8月4日，就勒内·萨米埃尔被任命为图书馆主任管理员向总务主任提出抗议。

10月，出版《文学生活》第一卷。

1889年　4月8日，发表《巴尔塔扎尔》。

在《两世界评论》上发表《苔依丝》。

1890年　2月1日，辞去在参议院图书馆担任的职务。

5月11日，父亲去世。

10月14日，《苔依丝》由卡尔芒-雷维出版。

1891年 3月3日，就文学演变问题接受采访，他的观点激怒了勒孔特·德·李勒，几乎酿成决斗。

1892年 6月6日，离家出走，给妻子写信要求离婚。

6月28日，在《时代报》上撰文赞扬左拉的《崩溃》。

9月28日，发表故事集《珍珠盒》。

10月6日，在《巴黎回声报》上连载《鹅掌女王烤肉店》。

1893年 1月15日，在《时代报》上赞扬马拉美。

3月22日，《鹅掌女王烤肉店》出版。

3—10月，在《巴黎回声报》上连载《瓜纳尔长老的意见》，后由卡尔芒-雷维出版。

8月2日，被判决离婚。

1894年 3月16日，《苔依丝》在巴黎歌剧院初演。

6月18日，出版《红百合花》。

11月7日，出版《伊壁鸠鲁的花园》。

1895年 2月27日，发表故事集《圣克莱尔井》。

7月，获法国四级荣誉勋位。

1896年 1月23日，当选法兰西学院院士。

4月，为普鲁斯特的第一部作品《欢乐与时日》作序。

	12月20日，法兰西学院举行欢迎法朗士的仪式。
1897年	1月13日，出版《当代史话》第一卷《路旁榆树》。
	9月22日，出版《当代史话》第二卷《柳条模型》。
	11月23日，德雷福斯事件引起轰动，法朗士接受《黎明报》采访。
1898年	1月13日，左拉在《黎明报》上发表致总统的公开信《我控诉》，法朗士签署《知识分子请愿书》。
	2月19日，出庭为左拉做证。
	7月，左拉被吊销荣誉勋位，法朗士不再佩戴勋章。
1899年	1月，离开《巴黎回声报》。
	2月1日，出版《当代史话》第三卷《红宝石戒指》。
	2月25日，《红百合花》在滑稽歌舞剧院首次上演。
	6月5日，《皮埃尔·诺齐埃尔》由勒迈尔出版。
	11月11日，出版《克里奥》。
1900年	法朗士不再参加法兰西学院的活动。
1901年	1—3月，赴埃及、希腊和意大利旅行。
	2月，出版《当代史话》第四卷《贝日莱先生在巴黎》。

年末发表短篇小说《克兰比尔事件》。

1902年　1月30日，《科林斯人的婚礼》在奥德翁剧院首次上演。

10月5日，在左拉的葬礼上发表演说。

1903年　3月28日，《克兰比尔事件》在文艺复兴剧院首次上演。

6月，出版《滑稽故事》。

9月13日，在勒南雕像揭幕仪式上发表演说。

1904年　3月22日，《柳条模型》在文艺复兴剧院首次上演。

4月18日，社会党的《人道报》创刊，连载法朗士的小说《在白石上》。

1905年　1—2月，发表长篇政论《教会与共和国》。

12月7日，法朗士禁止勒迈尔出版《红百合花》。

1906年　7月，德雷福斯恢复名誉，被授予荣誉勋位。法朗士参加21日为此举行的阅兵式。

出版《走向美好的时代》。

1907年　准备写一部社会主义小说《维克多·曼维埃勒》，但未成功。

1908年　2—3月，出版两卷本历史小说《圣女贞德生平》。当选英国皇家文学会会员。

7月18日，卡娅菲夫人拟定遗嘱，把所拥有的法朗士的十八份手稿遗赠法国图书馆。

10月，出版《企鹅岛》。

12月，出版《娶哑巴老婆的人的喜剧》。

1909年　4月30日至8月28日，赴阿根廷、巴西和巴拉圭旅行。

发表短篇小说《蓝胡子和他的七个妻子》。

1910年　1月12日，卡娅菲夫人去世。

12月14日，卡娅菲夫人的女仆埃玛与法朗士同居。

1911年　与美国少妇盖杰夫人相恋。

12月17日，盖杰夫人自杀。

1912年　6月12日，出版《诸神渴了》。

1913年　5月23日，在《人道报》上撰文反对关于兵役的《三年法》。

7月13日至8月27日，与埃玛赴德国、俄罗斯和奥地利等地旅行。

10月，出版《拉丁之神》。

1914年　3月18日，出版《天使的叛变》。

7月31日，饶勒士因反战被暗杀。

8月3日，第一次世界大战爆发。

9月22日，在《社会战争报》上发表一封信，引起抗议，收到许多恐吓信，于是向陆军部长要求参军。

	10月1日,感到绝望,想自杀。
1915年	定居贝施勒里,写了一些爱国主义文章。
1916年	1月,发表《在光荣的道路上》。 7月13日,重返法兰西学院。 发表《死者的愿望》。
1917年	4月20日,女婿战死。 6月6日,为一名被判死刑的士兵呼吁。 为俄国十月革命的胜利而欣喜。
1918年	2月7日,《科林斯人的婚礼》在法兰西喜剧院上演。 10月28日,女儿去世。 11月11日,停战。
1919年	1月9日,出版《小皮埃尔》。 3月17日,被雅典大学授予博士称号。 3月25日,参加纪念饶勒士的游行。 11月6日,在发表于《人道报》上的"光明社"的呼吁书上签名。
1920年	8月末,因血管痉挛而瘫痪数日。 10月11日,与埃玛结婚。
1921年	1月11日,《人道报》宣布法朗士加入新成立的法国共产党。 11月,获诺贝尔文学奖。

	12月10日,在斯德哥尔摩领取诺贝尔文学奖,发表主张和平的演说。
1922年	5月31日,法朗士的作品被罗马教廷列为禁书。
	7月5日,出版《如花之年》。
	11月8日,在《人道报》上发表《向苏维埃人民致敬》。
	12月,共产国际在莫斯科举行第四次代表大会,指出"在法国有大量的、凭兴趣入党的"知识分子,宣布要清除他们,法朗士不再给共产党报刊写文章。
1923年	4月7日,立遗嘱。
1924年	4月16日,巴黎人民庆祝法朗士八十寿辰。
	5月24日,出席为他举行的集会。
	10月12日,将近午夜时去世。
	10月18日,法国政府在巴黎为他举行国葬后把遗体安葬在纳伊。

我思，成就另一种个体
To be another